·编辑学人丛书·

我是编辑

介子平 著

山西出版传媒集团
山西教育出版社

图书在版编目(CIP)数据

我是编辑/介子平著. —太原:山西教育出版社,2017. 8
ISBN 978 - 7 - 5440 - 9350 - 7

Ⅰ. ①我… Ⅱ. ①介… Ⅲ. ①杂文集 - 中国 - 当代 Ⅳ. ①I267. 1

中国版本图书馆 CIP 数据核字(2017)第 158556 号

我是编辑
WO SHI BIANJI

责任编辑 刘继安
复　　审 李梦燕
终　　审 彭琼梅
装帧设计 薛　菲
印装监制 蔡　洁

出版发行 山西出版传媒集团 · 山西教育出版社
(太原市水西门街馒头巷 7 号 电话:0351 - 4729801 邮编:030002)
印　　装 山西臣功印刷包装有限公司
开　　本 890 × 1240 1/32
印　　张 9
字　　数 201 千字
版　　次 2017 年 8 月第 1 版 2017 年 8 月山西第 1 次印刷
书　　号 ISBN 978 - 7 - 5440 - 9350 - 7
定　　价 30. 00 元

丛书总序

编辑是个关于文字的职业。然编辑写作，如同歌者舞蹈，画家书写，相亲相近，却属客串、票友性质。昔时，编辑职业流动性大，或作家兼任，或教授代办，编辑写作实乃常态。当下，此业相对固定，更为专业化，作为独立的写作反倒少了。然就编辑工作而论，写作无疑有益于提高职业素养。

《编辑之友》杂志创刊于1981年，为国内最早的出版学刊，当代编辑出版学借此发展，并直接推动了相关学科的研究。在此基础上，1986年11月设立书海出版社，作为山西人民出版社的副牌，出版了大量编辑出版学研究成果。此次“编辑学人丛书”的出版，实为文脉承续。

丛书取材，无外编辑从业者、教学者两类，或编辑论编务，或编辑谈杂学。论编务者，难免有些工作总结意味，然内行看门道，字里行间捕捉信息，价值不可限量。出版改革的蜿蜒进程，此处可见；市场变化的左右摇摆，此处可闻。作为一个区间的记录仪，经验积累也罢，史料价值也罢，其意义不唯当下，也在以后。入编此丛书者，以职业定调，内容不囿。故在丛书名号下，各具形态，此不为过，在各自领域上乘即是。

时下，出版形态日新月异，编辑的能力与修养与之应对相关。新业态产生新需求，新需求促成新形制，但总有一些千变万化中之不变，成为众人为之固守的精神内核。丛书仍固执地以纸质形式出版，其着重者，即其中之一。编辑学产生之前，编辑已然存在；编辑学成熟之时，编辑依旧从业。编辑学之确立，为的是于纷乱繁杂中理析出规律，使编辑能更快入手，出版能更好发展。如今电子网络无限延展，编辑队伍日趋庞大，自媒体时代，人人皆写手，人人可编辑，但业余与专业毕竟不同。编辑人数越多，编辑学问当越精，此间越发显得专业素养的可贵与可靠。

作为编辑学说最早的倡导与刊发者，《编辑之友》在贡献学术论文的同时，汇集相关内容出版图书，此非业务之延伸，乃业态之深化。从书秉承者，刊物一贯之质量品格也。

编辑是个不衰的行当，也是在传承中不断顺应变化的事业。编辑之于实操的任何思考，规整为文字，则为文章，规制为理论，则为学问。时间上的滞后，无碍理论上的超前。所谓学术眼力，既为理解能力、判断定力，更是《编辑之友》持之不懈的努力。

从书于不急不躁、不紧不慢中陆续开印。其间或有这样那样问题，对于编者，唯有克服困难，坚持不懈，编下去，走下去。起初，读者的期待不及编者的期许，待书出版，得以认可，读者的企望便会超过编者的祈望。但愿如此。

是为序。

《编辑之友》主编　康宏

丙申小雪

编辑有无专业（代序）

编辑无疑职业，专业乎？所谓编辑学，二十世纪八十年代方再次被人提出。

于学无所不窥，乃编辑职业特质，故称“杂家”。“家”为一门，“杂”出多头。许地山说：“为学有三条路向，一是深思，二是多闻，三是能干。第一途是做成思想家的路向，第二是学者，第三是事业家。”编辑大概介乎二三者间。先前从事此业者，多为文人客串，或教授，或作家，或员外，乘兴而来，兴尽而归，皆在业余状态，来无影无踪，去潇洒临风。如此，不断有新鲜血液输入，新陈代谢，生机勃勃。好编辑不说没完没了的节日快乐，却道有根有据的这般那般。非恶奴欺主，乃点石成金，谁说我编辑其次，风骨其间耳。

坐而言者，起而可行，此客串者特征，但为职业，另当别论。曾问及一位电视台名主播，过嘴内容记得几许，告知播完即忘，诵读时，仅在意发音句读之准。编辑也如此，只在意字句对错，标点准确，入纤尘微观，而宏旨不见，辨墨色五分，而面貌不全，久而久之，便有了文有惊雷、心似平湖之定。仔细乃编辑素质，也束缚，编辑历久，与会计似，咬文嚼字，锱铢必较，与大夫似，我为刀俎，人为鱼肉，赤条条庖丁解牛非人胴。

过分喜欢书者，勿开书店，自每本书里，俱能觅得可取之处。其也无法做编辑，往往忘却职责所在，手软留情遗患。其害最终在读者，浏览全书，未见精彩，又不忍有一页没一页地跳跃，生怕存遗珠而失察觉，此害无补，读毕方悟，时间已浪费殆尽。契诃夫曾言：“如果邮差知道其邮袋里装着多少愚蠢、庸俗、荒唐的废话，他们就不会跑得那么畅快且定会要求加薪。”昔时，书于竹帛，镂于金石；今者，流通市场，滥竽充数。人物偶像化，故事模型化，作品系列化，文字表现片段，背景构成故事，页面空白多，乃畅销书的共通特性。如今，出版界已无坐馆课徒之幼苗培植、制作常销书之从长耐心，在意眼前利益，竞争无情；计较一时得失，生计维艰。

蒙田《论经验》云：“与其他任何主题相比，书是书籍谈论最多的主题。”其实，人比书有趣，编辑比作品有趣。宁存书种，重义理，毋苟富贵，薄有田产，不治主业，轻功利。基于某种内心的执着追求，默默行进，努力寻求专业突破。编辑在意文字的构架空间，以自己的审美情趣、文化修养与作者对话，挑剔作者的同时，最终挑战自我。诗人气质，满腔热情；编辑素质，冷面直对。

编辑不是传教士，只是为作者与读者提供了相约谋面的机会，是稀罕的意外，是遇到两方面的了解。当下编辑恰恰多有不及此者，若及，即专业。

编辑之业余，一在读书，一在写作，此为职业需求，也为专业训练。陈垣说：“凡读书博的人，常常不能深入；凡记忆力强的人，往往不肯勤查书。”而编辑正属于读书博，又需勤查书者。读书写作，非编辑之专业，专长也。否则如河伯之观海，井蛙之窥天，无识也。此集即训练所得之一二。

是为序。

作者

丙申霜降

目录

壹 青灯黄卷

叁 校雠之累

肆 文字呕心

壹 青灯黄卷

藏书不易　读书亦难

藏书不易，在过去时代，藏书家往往需耗尽毕生精力搜罗之，倾尽所有余财淘换之，故书架以物质的形式，展示着个人的成就与渴望。为示隆重，还要专门设庋间藏之，谓之藏书楼。东壁图书，西园翰墨，乃昔时文人理想的生活方式。只因藏书不易，不要说宋元嘉椠，明清善本，就是一般的册子，也是秘藏不示，幽闭不宣。读书人终身以书为伴，经书肆辄徘徊不忍去，展卷而欣然忘食，岂有不掏腰包者也。夏丏尊《我之于书》云："我不喜欢向别人或图书馆借书，借来的书，在我好像过不来瘾似的，必要是自己买的才满足。这也可谓是一种占有的欲望。买到了几册新书，一册一册地加盖藏书印记，我最感到快悦的是这时候。"积书成山，置之一处，书房是文人的心灵单间，藏书极具个性特质，故"翻人书籍，涂人书桌，折人花木，皆极招厌之事。而窃窥人箧笥中字迹，尤为不可"。叶德辉甚至在书架上贴了"老婆和书概不外借"的条子，为的是免开尊口。

藏书不易，读所藏之书亦难，故张潮《幽梦影》云："藏书不难，能看为难；看书不难，能读为难；读书不难，能用为难。”因为读书，所以藏书，还是因为藏书，所以读书，这似乎是个无聊的设问。“藏书如山积，读书如水流，山形有限度，水流无时休”，丰子恺题《读书图》上的这段文字，道出了藏书与读书的关系。

读尽藏书不可能，也不必要。老子说：“吾生有涯，而知也无涯，以有涯随无涯，殆已。”苏轼说：“书富如入海，百货皆有之，人之精力不能兼收尽取，但得其所欲求者耳。故愿学者每次作一意求之，如欲求古人兴亡治乱、圣贤作用，但作此意求之，勿生余念；又别作一次求事迹故实、典章文物之类亦如之。他皆仿此。此虽迂钝，而他日学成，八面受敌，与涉猎者不可同日而语也。”黄侃说：“八部书外皆狗屁。”读进去易，读出来难，书越读越薄，越读越少，信矣。

藏书与读书，的确是对矛盾体。有人问陈垣：“你买了这么多书能念得完吗?”对曰：“书并不都是要仔细念的。有的是供浏览翻阅的，有的是供参考备查的，有的是需要熟读记诵的。有的书要必求甚解，有的则可以不求甚解嘛!”季羡林也说：“有的年轻人看到我的书，瞪大了吃惊的眼睛问我，‘这些书你都看过吗?’我坦白承认，我只看过极少的一点儿。‘那么你要那么多书干吗呢?’这确实是难以回答的问题。”董桥则说：“藏书家不读书据说也是常情。见人家家里藏书千卷还要问人家是不是把这些书全看完了，此人必是庸人。”问话者难免有种酸溜溜的心理，而回答者也颇不自在，往往文不对题，答非所问。林语堂的回答却耐人寻味：“像苏东坡这样富有创造力，这样守正不阿，这样放任不羁，这样令人万分倾倒而又望尘莫及的高士，有他的作品摆在书架上，就令人觉得有了丰富的精神食粮。”

如今已非唯纸本独尊的时代，读书以外，尚可读屏，然开卷有益，只要读就好。人所拥有的知识，以每年百分之二十的速度淘汰，若不随时充电，五年便可消耗殆尽。陈平原曾言："如果你半夜醒来发现自己已经好长时间没读书，而且没有任何负罪感的时候，你就必须知道，你已经堕落了。不是说书本本身特了不起，而是读书这个行为意味着你没有完全认同于这个现世和现实，你还有追求，还在奋斗，你还有不满，你还在寻找另一种可能性，另一种生活方式。"类似的话，多矣。

当然，藏书的功用尚不止一读，还有传承的作用、版本学的意义。郑振铎藏书中往往同一部书有多个版本。如《水浒传》有29种，《西游记》有31种，《红楼梦》有42种。"书贵古本，不仅因其'古'而贵之，实在因一字之差而引起误会。"周振鹤云："郑振铎先生的《西谛书目》比他的《西谛书话》更有用，因为他收了很多书。张元济只收好版本。但郑振铎很高明，除去好版本，罕见的书、重要的书，即使版本不好也收。我跟郑振铎比较像，我怕遗漏好书。这也等于替国家保存一些好书，捡漏捡一些好书。"

当下年出书品种40余万，藏书不再难。积金于子孙，子孙未必能守；积书遗于子孙，子孙未必能读。启功曾对张中行说"读日无多慎买书"。藏书老人故去，儿女将其所藏，趸售予贩，以废品价处理之，有的老人不忍见其状，生前便捐给了各类图书馆，而图书馆不拂好意，接受后却犯愁如何上架。黄裳《春夜随笔》为此叹曰："私人藏书恐怕不会有了，我们大概是最后一代了。"藏书无难后，读所藏之书者便减却了敬畏。但陈丹青不这么认为："我的亲身经历告诉我，读书有两个作用，一是让我自以为非，一是让我有一间自己的房子，有内心生活。不要迷信读书，也不要贬低读书。爱读书的人自会去读。"书不能改变人生，但能给人一个立场，有了立场，便有了方向，方向引导目标，有了目标，实则已间接改变了人生。

上有天堂　下有书房

上有天堂，下有书房，鲁迅在《伤逝》中说“我终于在通俗图书馆里觅得了我的天堂”，博尔赫斯也说“天堂应该是图书馆的模样”，书房兼有家庭图书馆功能，大约也是读书人的天堂。张潮说“有工夫读书谓之福，有力量济人谓之福，有学问著述谓之福”，三福之中与书房沾边者二。书房乃存书之室，更是与书相遇之所。遁入书房，未必读书，便可使心宁帖。书房纵使不是爱书人甘愿埋葬自己灵魂之处，也该是理想生活的同义语。

书房的空间，个性、私密，西人有谚“不要带陌生人参观你的书房”，知堂老人也说“书房是不能给人随便参观的，否则人家一下便可看出你有多少学问”，皆切肤之言。书房里固然有适于独自阅读之书，但书房更是一个适宜独处之地。我也有间简陋书房，堆了很多的书，本就没有学问，当然也就无从看出所做的学问，倒看得出近三十年来买书的行迹。许多册子早该下架了，最是人间留不住，朱颜辞镜花辞树，书籍之辞架，本应逐潮流、随兴致新陈代谢，但还是舍不得，插在那里，是对既往岁月回不去的念想。倒是一些我未曾读的新书，品相虽佳，仍登不了架，只得乱叠于桌凳之上，任尘埃接触；杂积于床榻之下，由虫豸驻留。藏书越多，内心的忧虑便越强：一忧无以尽览，好书买得愈多，读债便欠得愈深；一虑无着归宿，如今书摊上的好书，多为爱书人后代之所弃。

最是冬日里射入书房的那抹阳光，暖融融，懒洋洋，昏昏欲睡时，便生了迥出尘表的超然。去年春上，斛建军兄为《如此书房》一书撰稿，光临书房采风，文章题曰《书房和博客一样典雅》。我本粗人，安了“典雅”的词，顿觉颓臊，藏几本除用作求知，更具象征意义。书出版后，还结识了该书的主编薛原先生。大概是受到斛君优美文字之鼓惑，而启动了遐想程序，薛先生说若来太原，定要到我的书房看一看，我说当然可以。

读书不择地，何须至书房。据说钱锺书、杨绛先生家中，并无多少藏书，书非借不能读，无数的书其间流进流出，存留者唯有一摞一摞的读书笔记，学问随逸气皆已入内，胸罗万卷矣。黄裳《榆下说书》提及二人的书斋生活：“钱锺书、杨绛是住在清华园的名教授，我把采访安排在晚上，吃过晚饭后我找到他的住处，他和杨绛住着一所教授住宅，他俩同在客厅里，好像没有生火，或许炉火不旺，觉得很冷，整个客厅没有任何家具，越发显得空落落的。中间放了一张挺讲究的西餐长台，此外两把椅子，再无别物。长台上堆着两叠外文书和用蓝布硬套装着的线装书，都是从清华图书馆借来的。他们夫妇就静静地对坐在长台两端读书，是我这个不速之客打破了这个典型的夜读环境。除了上课办公开会之外，可以说深居简出，晚上的空余时间对于他们来说，是青灯黄卷的好时光，他俩不愧是一对读书种子。”餐厅是个可以吃食的书房，卧室是间能够躺下的书房，芸香人家，随处芬芳。一个手捧书本旅行的青年，车厢即书房；一个窃笑书里情节的小贩，柜台亦书桌。

我起初翻书的动力，源自职业编辑的功利需求。好编辑的一项基本条件，便是知书爱书超乎常人。编辑读书较之一般读者，更理性，较之专家学人，更宽泛。梁启超“书宜杂读，业宜精钻”的话，大概就是说给编辑的。出于对书籍的尊重，对知识的景仰，便需给书找个安身之所，遂将家中唯一的阳台，腾让出来。虽说有东壁图书，而无西园翰墨；虽说有明窗曲几，而无松风竹月，却已令人感到奢侈异常，有愧三餐矣。好编辑始终对书有着一份特殊情感，即便我算不得好编辑，对书的情感还是有的。

朱光潜说：“读书必须有一个中心去维持兴趣，或是科目，或是问题。”起初我是以编辑的科目为中心的，之后便全然消失了目标，进入乱翻书的自由界域，成了弗吉尼亚·伍尔夫所说的“普通读者”：“他读书，是为了自己高兴，而不是为了向别人传授知识，也不是为了纠正别人的看法。”阅读纯粹源于一种好奇时，书房随之减却了用途。

“画师垂老有娇女，名士结交无俗宾”不知谁人联句，“寒夜读书忘却眠，锦衾香烬炉无烟。美人含怒夺灯去，问郎知是几更天”乃袁枚诗篇，皆属书房里的呓语之惬，纵使乌衣门第，也则“案有琴书家必贫”。设间书房，就伪读书人而言，撑个面子；就真读书人而论，穷之始也。晚明胡震亨藏书万卷，人谓“博物君子”，由固城县教谕，知合肥县，荐补定州知州，万历四十六年，因有政绩官声，擢升德州知州。然为留守一室的藏书，竟托病不出，冠冕堂皇的理由是老母年事已高，需人服侍。德州小吏远来催促，其接过文牍，且在上面题了两句诗："自爱小窗吟好句，不随五马渡江来。"最终，胡震亨还是挂印而归，一头钻进书房，至死而不复出焉。

书房何须大，花香不在多，书房也无规制，富者筑楼为室，贫者一隅一席。"当今之世，人要活下去也是不容易的，能有点文学艺术的修养，才能活得从容些"，是否可将台静农的这句话改作"当今之世，房价这么贵，能有间书房，已属不易耳！"

东窗醉眠

我曾在天地坛的居舍为东西房，东西各一窗，晨可见朝阳，晚可照夕阳。冬日里，若遇晴天，且在周日，心苟无事，不偷闲而闲自来，我会躺在那里，肢体皆适，尘劳尽消，再捧起一本闲书来。融融暖阳自射入，到偏离而逝，前后不过两个小时。近来视力衰，读小字本难，唯在强光下才能清晰，句读皆然。开始是追着光线，光线拂面时，以书遮挡，散光也可将书页照亮堂。这时极易迷眼，但又睡不死，家人讲话、路车鸣笛皆得闻，似睡非睡而飘飘然。梦里有梦，无聊有聊，枕边梦去心亦去；身外有身，窍中有窍，醒后梦还心不还。时光任意本无主，且将居舍作山房，醒来时半窗光照已去，竹外溪流，洒然而往，方才读了些什么，俱忘矣。清晨才起，未至亭午已高眠，黄粱南柯之惬，不过尔尔。

陶渊明《孟府君传》载："（桓）温尝问君，'酒有何好，而君好之？'答曰：'渐近自然。'"醇醪百斛，不如此眠，故我将此睡称之为"醉眠"，渐近自然之眠也。现实中的渐近自然之人，或放情肆志，任性不羁；或宅心玄远，超然物外；或介然不群，特立独行；或不修威仪，不修边幅。顾城说："在我放弃了自己的时候，我忽然就自由了，我终于理解了什么叫自然而然。"近自然之人，何以不近常人，常人视之为异人，异人也悻悻然，是常人矫情，还是异人无态？光线横射时，尘埃弥漫，光移，眼已不见，虽说尘埃还在那里。

坠落总比升起快，西窗夕阳，也就个把小时。影射白壁，可惜不见窗花。窗沿是个小块平台，我将陈米馍屑铺在盘子上，冬日穷食麻雀归巢前，总要光顾一趟，于是除却叽叽喳喳的群戏，墙上还留下了争食者抖动翅膀的剪影。只要前来，哪怕是窗前路过的鸟雀，我都想奉送一份礼物，这扇窗户在十五层的高处，意气相许，自来共坐，上来一次也真不容易。世外交情，可惜不长，鸟散，日已落山。白壁去痕，无迹可寻，却蘋末风起，偏唤愁人。想起了毛姆《作家笔记》里的一句话："生命的尽头，就像人在黄昏时分读书，读啊读，没有察觉光线渐暗；直到他停下来休息，才猛然发现白天已经过去，天已经很暗，再低头看书却什么都看不清了，书页已不再有意义。"真是不堪。

在灯光下，昏昏然不易产生"寸光阴"的提示，哪怕熬夜至凌晨，因为此非自然之光。纵使自然光下，少年人也难有光阴之慨。童年可以等待，将今天的行动推至明日，中年不行，今天的事，今天实施，其间许多变化，未历者不足以道。太阳永恒，日日东升西落，从未仓促，也未迟缓，仓促的是赶赴的脚步，迟缓的是徘徊的疑惑。

东窗微光，西窗薄阳，花开一样的短促，想起唐人张籍的《梅溪》："自爱新梅好，行寻一斜径。不教人扫石，恐损落来花。"新梅年年好，几回行寻人，人之零落，较之花朵之败谢，诗境之易失，似乎更速。有些精彩，只能偶遇；有些景色，只能路过。平日里，东窗曦微即已出门，西窗日落尚未归来。清闲无事，坐卧随心，想想看，如此醉眠，一年几遇？晴天常有，晴天心情不常有；晴天心情常有，晴天心情时的得闲不常有，澄心闭目，掐指算来，较之一年一度的梅开，还要稀少。

一心无累，四季俱良辰，哪怕木食草衣，左迁右职；一日得闲，随时可醉眠，无论瓦枕石榻，东窗西窗。

阅读是成熟的标志

有人总结一个人成熟的表现：其一，打电话给朋友的次数少了；其二，低落时选择孤独地待着。王小妮有首诗道出了中年人的心态："三十以后，朋友和敌人都足够，不认识的就不想再认识了，到今天还不认识的人，就远远地敬着他。"

成熟的另一标志，是低落时守住执念，孤独时学会阅读。林语堂说："没有阅读习惯的人，就时间、空间而言简直就被监禁于周遭的环境中。他的生活完全公式化，他只限于和几个朋友接触，只看到他生活环境中发生的事情，他无法逃脱这个监狱。但当他拿起一本书，他立刻就进入了另一个世界，到另一个国家，或另一个时代，讨论一个从未想过的问题。"林先生的这句话，让人想到了无个人嗜好者，一旦赋闲在家，失落无着，手足无措，遂烦闷成性，抑郁成疾。有书可读，有暇得读，一旦成为家常饭，虽素不比饭店，却能淡中寻得滋味。美国著名作家福斯特·华莱士说："阅读要求你孤独地坐在一个安静的房间里。我有些朋友，脑子很好，但他们不读书，他们不只觉得无聊，甚至觉得这里面有种恐惧——我们这个时代有种对安静的恐惧。”周国平也说：“我们捧着一本书，如果心不静，再好的书也读不进去，更不用说领会其中妙处了。读生活这本书也是如此。其实，只有安静下来，人的心灵和感官才是真正开放的，从而变得敏锐，与对象处在一种最佳关系之中。但是，心静又是强求不来的，它是一种境界，是世界观导致的结果。”阅读使人安静，安静方可阅读。读书可以医俗，作诗可以遣怀，遣怀者不只在作诗，登高赋抑或不赋，临池书抑或不书，皆可遣怀也。但医俗，唯读书。

竹几当窗，拥万卷，列百城，南面王不与易此；蒲团藉地，结双趺，空万有，西方圣立证于兹。陈继儒《小窗幽记》称之为：“人生一世有三乐，开卷读书，闭门修禅，一语济世。士君子贫不能济物，遇人迷障处，出一言点化之，亦为济世济人。”

年轻时，可以容貌身体悦人；不再年轻时，悦人者唯思想，相由心生，修心补相。张爱玲说：“有美的身体，以身体悦人；有美的思想，以思想悦人，其实也没有多大分别。”分别还是有的。苏联作家尤里·邦达列夫说：“几乎在每个人的命运中，书上的语言都起过无可比拟的作用，谁要是没有被一本好书俘虏过，那将是最大的遗憾。”邹容《革命军》中言：“吾幸夫吾同胞之得与今世界列强相遇也；吾幸吾同胞之得闻文明之政体、文明之革命也；吾幸夫吾同胞之得卢梭《民约论》、孟德斯鸠《万法精理》、弥勒约翰《自由原理》、《法国革命史》、《美国独立檄文》等书译而读之也。是非吾同胞之大幸也夫！是非吾同胞之大幸也夫！”这是年轻人的阅读，接收得多，反刍得少；囫囵者多，融汇者少。

读书长阅世之历，阅世助读书之解。郑板桥云：“少年游冶爱秦柳，中年感慨爱辛苏，老年澹忘爱刘蒋。” 1933年12月8日，林语堂在上海某大学演讲《关于读书之意见》时说：“人生在世，幼时认为什么都不懂，大学时以为什么都懂，毕业后才知道什么都不懂，中年又以为什么都懂，到晚年才觉悟一切都不懂。”此即著名的宋禅语“看山看水”理论：“参禅之初，看山是山，看水是水；禅有悟时，看山不是山，看水不是水；禅中彻悟，看山仍然是山，看水仍然是水。”赵熙也说：“余三十以前学诗，三十以后专治古文小学，近五十又学诗。”木心则说：“现代以前，诗无邪；现代，思有邪；后现代，邪无思。”类似语境，西洋也有，威斯敏斯特教堂有碑文曰：“当我年轻时我梦想改变世界；当我成熟后，我发现我不能改变世界，我将目光缩短，决定只改变我的国家；当我进入暮年，我发现我不能改变国家，我的最后愿望仅仅是改变一下家庭，但这也不可能。当行将就木，我突然意识到，如果一开始我仅仅去改变自己，我可能改变家庭、国家甚至世界。”阅读即改变自己的便捷途径。“万卷古今消永日，一窗昏晓送流年”，开卷有益，开卷就好，其中的益好，迂回一二程，即可见矣。

读书是读书人的专长，却不是专利。山水自在，人心自得，瞽者不忘其灯，跛者不忘其履，每天晒晒书，心情焉能缺钙？

因为读书，他们与众不同

查建英的《八十年代访谈录》（三联书店2006年5月版）所访谈的人物有十一位，皆当下社科领域的精英人士。作为一个断代期，二十世纪八十年代对改革开放初期的国家而言十分的重要，而作者所采访的这些人物，八十年代正是他们的塑造期、成长期。在此之前，他们这一代人经历了考学、插队、做工等等，可以说已有了相当的社会经验。他们以后的卓越，源于之前已显现的与众不同，而广泛阅读在其人生发展期又起到了至关重要的作用。

阅读的欲望，包含着对生活的追求。在他们最需汲取营养的成长阶段，恰是普遍禁读的时期，而每次阅读似乎都来之不易。这样的体会，我也有过。记得有几本前无头后无尾的小说，读之欣然，后来才知其中的一本为《格林童话》，一本为《上海的早晨》，所以我对宋濂《送东阳马生序》中“家贫，无从致书以观，每假借于藏书之家，手自笔录，计日以还。天大寒，砚冰坚，手指不可屈伸，弗之怠。录毕，走送之，不敢稍逾约。以是人多以书假余，余因得遍观群书”的体验，感同身受。王佐良在《一个中国诗人》里描述了缺书情形下的西南联大：“联大的屋顶是低的，学者们的外表褴褛，有些人形同流民，然而却一直有着那点对于心智上事物的兴奋。在战争的初期，图书馆比后来的更小，然而仅有的几本书，尤其是从外国刚运来的珍宝似的新书，是用着一种无礼貌的饥饿吞下了的。这些书现在大概还躺在昆明师范学院的书架上吧。最后，纸边都卷如狗耳，到处都皱叠了，而且往往失去了封面。”但那是在极端的战争岁月。

阿城于二十世纪六十年代中期在北京上初中，因父亲政治上的变故，他被剥夺了去长安街欢迎前来访问的亚非拉某些总统的权利，在自尊心受到伤害的情况下，他闲逛到西城区图书馆借书，初中生只能借阅一九四九年后出版的作品，但琉璃厂旧书店、西单商场旧书店、东安市场旧书店、隆福寺却有着不一样的书。北岛对他最初读到的卡夫卡的《审判》、萨特的《厌恶》、艾伦堡的《人·岁月·生活》印象深刻，有的书还读过多遍，“它打开一扇通向世界的窗户”。陈平原的父母都是语文老师，“文化大革命”中被打倒了，但藏书没有损失，这些书先是被封存着，后来也随他来到山村插队，“周围都是贫下中农，就我一个孤零零的知青，只能自己念书”。甘阳于1973年时开始大量读书，有康德的《纯粹理性批判》、范文澜的《中国通史》等。知青每年都会回家探亲一次，待两三个月，“这个时候你又会干老勾当，就是大家交换书嘛。各家抄，有些书都偷出来了，那就互通有无”。

类似情形，高华也有叙述：“我的家附近有南京某中学留守处，这个中学已被勒令搬至农村，所有被封存的图书都堆放在留守处的大仓库里，由一姜姓老先生看管（老人是山东人，年少时被国民党拉去当兵，被解放军俘虏后成为‘解放’战士)。至今我仍感激这位老先生，是他允许我每周进一次仓库借一旅行袋的书，下周依时交换。正是在那里，我翻检到1958年《文艺报》的《再批判》专辑，因而我第一次读了王实味的《野百合花》和丁玲的《三八节有感》。在那几年，我从这个仓库借去大量的中外文学和历史书籍，至今还记得，孟德斯鸠的《一个波斯人的信札》、罗曼·罗兰的《约翰·克利斯朵夫》、惠特曼的《草叶集》、叶圣陶的《倪焕之》、老舍的《骆驼祥子》，就是在那个时候读的。”丁东在《从主流阅读到非主流阅读》一文里叙述，1972年他离开农村，到山西省委调研室工作。调研室里有一个图书馆，“文化大革命”前省委等单位的图书都搜罗到这里，“文化大革命”中内部发行的图书也有权购买。他还当了一年的图书馆管理员。在整个社会没有书读的时代，他却得到了一个难得的读书的环境。德热拉斯的《新阶级：对共产主义制度的分析》，托洛茨基的《斯大林评传》，安娜·路易斯·斯特朗的《斯大林时代》，夏伊勒的《第三帝国的兴亡》，爱伦堡的《人·岁月·生活》《解冻》，索尔仁尼琴的《伊凡·杰尼索维奇的一天》，奥斯本的《愤怒的回顾》，阿克肖诺夫的《带星星的火车票》，沙米亚金的《多雪的冬天》，柯切托夫的《落角》《你到底要什么?》，李巴托夫的《普隆恰托夫经理的故事》，巴巴耶夫斯基的《人世间》，艾特玛托夫的《白轮船》，三岛由纪夫的《丰饶之海》，马克斯韦尔的《印度对华战争》，费正清的《美国与中国》等书，皆在此读到。

这样的读书，只是出于对知识的渴望，甚至就是因为无聊，而无任何功利色彩，“圣人教人，皆略启其端，使学者深思而自得之”。但这些看似不经意的行为，却使他们开始反思现实，反思自我。而那个时代的多数青年便没有这般幸运了，他们也思量现实，思量自我，但与那些有一定阅读经历者毕竟不在一个层面，他们输在了起跑线上。那种反思今天看来还很肤浅幼稚，但在那个时代已然相当超前另类了，这种反思为“文化大革命”的结束积累了社会基础，为后来的改革开放攒聚了能量，也为其自身的卓越蕴蓄了丰富的养分。因读书而反思，而怀疑，有句西谚说得好：“怀疑的时候，为未来踏出了一小步。”

一年能读几本书

阅读率为人所关注，原因在于其事关国民素质的升与降。阅读率统计，以纸质书为依据。但这一观念相当的模糊，阅读一本画册，几分钟即可，阅读一本图文本，也不费力，唯有阅读文字本，需要时间与精力，而书本又分厚薄，这还不是主要的，重要的是深读还是浅读。

我一年之内要买许多书，具体多少，未做统计，但能够精读者寥寥。所谓精读，对我而言，就是一晚上读不了几页的那种，有时甚至几个钟头，就在几行孤寂的文字里辗转反侧，踟蹰不前，一棵树撼动了另一棵树，一朵云推动了另一朵云，一颗心唤醒了另一颗心，无以交流，披衣而起，记录心得，遂成一文。翁森在《四时读书乐》冬读一节中写道："木落水尽千崖枯，迥然吾亦见真吾。坐对韦编灯动壁，高歌夜半雪压庐。地炉茶鼎烹活火，一清足称读书者。读书之乐何处寻，数点梅花天地心。"天地之心，不也人之心？他道出了读书的孤寂，即无法与常人交流的孤寂。熊十力说"举头天外望，无我这般人"，此也读到孤寂处的境界。此孤寂使之与周遭格格不入，与社会格格不入。如此，一年下来，真是读不完几本。

但这样的磨蹭读法，较之泛泛而过的浏览，收益多多。

从古无不读书之圣贤，自心学之说行，而六经可废矣；从古无不读书之诗人，自竟陵之派盛，而空肠寡腹者，人人坛站自命矣。杜威描述知识分子特征，第一条便是有独立之思想：不肯把别人的耳朵当耳朵，不肯把别人的眼睛当眼睛，不肯把别人的脑力当脑力。而一个内心强大者，才是真正有独立思想之人。对于任何不同的声音，都能以自己的耳朵听之；对于任何不同的色彩，都能以自己的眼睛观之，再以自己的脑力思辨之、求索之。深读是此听进入此思的一条途径。

今人的困惑，古人也遇到过。《温公为张文潜言》云："学者读书，少能自第一卷读至卷末。往往或从中，或从末随意读起，又不能终篇。光性最专，犹常患如此。从来惟见何涉学士案上惟置一书，读之自首至尾，止校错字，以至读终，未终卷，誓不他读，此学者所难也。"为免心驰旁骛，目有窥园，申涵光《荆园小语》建议："每读一书，且将他书藏过，读毕再换，其心始专。"梁启超曾写信给儿辈，告诫其向学切不可"泛览无归"。老子所谓"知者不博，博者不知"，所倡也在专注。

以前读书没有勾画批注的习惯，故一本书读毕，干干净净，若需查阅，隐约记得某章某节，甚至页码中的大概位置也能对号入座。黄宗羲《兵制》云："凡人膂力不过三十年，以七十为率，则四十年居其老弱也。"膂力如此，脑力何不然。如今记忆力衰退，昨晚上被书中的片段激动得心潮澎湃，翌日早起，似有所感，却如梦中，于是撕纸做签，待下次翻阅时温故之。傅雷也曾哀伤过："未老先衰，脑力迟钝，日甚一日，不仅工作质量日感不满，进度亦只及十年前三分之一。"在海量出版的当下，慢读也不易，且有的书还需回笼再读，直至寻得内核的共鸣。如此下来，一年能读几本书？

追风阅读三十年

我在该读书的年龄无书可读，所以现在每遇适合的书，便下意识先买下来，储备起来，待以后慢慢消耗，书是越积越多，但读书的进度却因琐务缠身越来越缓，以致书柜里的大部分著作均未及细读。这有些像我的父母，他们经过三年饿肚子后，家中总要藏许多的粮食，由于存得太多，所以一年到头总在吃陈粮。精神上的饥馑与肚子里的馁然，竟能导致相同的行为。

到了1978年，社会上开始发行一套“数理化自学丛书”，渴望高考上榜的青年甚至将买到这套书与能否考上大学联系到了一起。这套书在县城新华书店的供应从未全过，而托关系买到的，印刷质量也不很高，一本书中往往出现几种类型的纸，颜色深浅不一，克数也不一。此书发行前后，开始重印《官场现形记》《儒林外史》《子夜》《家》《春》《秋》《悲惨世界》《神曲》《一千零一夜》等一批中外文学名著，自然也是热销，但毕竟与现实有些距离。1979年，《第二次握手》的出版，改变了这一情形。我读这本书的第一感觉是，它像手抄本，与我先前看过的《梅花党》《一只绣花鞋》等等，一样具有小资情调，这种感觉与我第一次听到邓丽君的歌声时相似。之后红起来的伤痕文学、知青文学，也看过一些，印象深者有叶辛的《蹉跎岁月》，但这类作品看多了，发现其中大致有个套路。1978年翻译出版的一本科普书《从一到无穷大》，两次印刷的数量高达60万册左右，一部专业教材《政治经济学概论》（第一版）也能累计发行超过300万册。

进入二十世纪八十年代，尼采的《悲剧的诞生》、萨特的《存在与虚无》、弗洛伊德的《精神分析法》等一批介绍西方人文主义思潮的作品悄然走俏，读书人之间的话题也不离这个范围。此时也有了通俗文学阅读的兴起。那时夜间五一广场的盗印书摊上开始有了金庸的《射雕英雄传》，印得很薄，错别字连篇，即便如此，一本小册子传到我手中时，已是前无皮后无底。我一直对武侠小说没有多少兴趣，可能同我以如此方式第一次与之接触有关。武侠小说是男同学的最爱，而女孩子则喜欢三毛、琼瑶，《撒哈拉的故事》让人感受到了地理名词之外感性的阿拉伯世界。之后是朦胧诗，北岛、舒婷、顾城，但我读得最多的却是席慕蓉的作品，《七里香》《无怨的青春》中的篇章至今可以诵读。有人则喜欢浅显的汪国真，《罗兰小语》、林清玄、刘墉也属这类。柏杨《丑陋的中国人》的出版，犹如引爆了一枚炸弹，持批判主义精神的还有龙应台的《野火集》。美国未来学家米勒·托夫勒的《第三次浪潮》给人的震动也不得了，他当时预测，未来人们可以在家办公，我看后觉得不可思议。类似者还有布热津斯基对苏联独到预见的书。孙犁《故事和书》云："寒酸时买的书，都记得住。阔气时买的书，读得不认真。读书必须在寒窗前，坐冷板凳。"所言极是。1985年之后，各地陆续成立了一些出版社，出书品种数量明显增加，也正是此时，图书市场由卖方转到了买方，出版社与书店的库存直线上升。此时，《中国实用文体大全》《厂长必备》等一些非文学类书籍也开始走俏。

二十世纪九十年代之后，随着出版的多元化，阅读则趋于个性化，尽管如此，一些热点依然被不断制造出来。一本匪夷所思的《学习的革命》竟能红遍大江南北，子虚乌有的雪米丽系列但凡开印，便在几十万册，一册几万字的《谁动了我的奶酪》定价却如此之高，买《哈佛女孩刘亦婷》的家长百分之百有望子成龙的因子，这时，市场开始了炒作，读者一次次被忽悠着。这时，文艺界的明星竞相出书凑热闹，但内容多无聊。同时，明星作家也被塑造了出来，余秋雨、贾平凹的作品出一部火一部，《霜冷长河》出版时，书稿的交接如隐蔽战线在行动，《废都》之中的空格符曾引发多少人的联想。王朔作品的畅销，意味着世俗智慧对精英价值观和话语体系的反讽与颠覆取得了胜利，但我对京味作品不大感兴趣。

进入二十一世纪，书店销售者像火车站期盼春运般期待着畅销书的出现，《哈利·波特》从一出到七，再有就是韩寒、郭敬明、痞子蔡、慕容雪村的小说，由于年龄的原因，我不可能再读这类书了，但如二月河系列及《狼图腾》《登上健康快车》《河南人惹谁了》《于丹〈论语〉心得》等等的畅销书，我也未阅读，不是它们不好，是我的兴致不在其中。《没有任何理由》等所谓的励志书，我也未读，自己已过不惑，早成无志之人，也幸得没读，原来这批书中的许多，是伪书。

读书的环境

爱因斯坦说“桌面不整洁的人，一定很聪明”，起初匪夷所思，后渐解。学人攻关，考证求据，书似青山常乱叠，做得来学问者，定有学力资质。犹太人崇尚学问，“学者应成为一个民族的精神领袖”。《塔木德》中有段流传甚广的话：“宁可变卖所有的财产，也要把女儿嫁给学者，为使女儿嫁给学者，即使丧失一切也无所谓；如果父亲和教师两个人同时坐牢，当儿子的首先应保释教师；一个学者死了，没有人可取代之。一个国王死了，所有人都可取代之。”

西人读书多不择其地，或台阶，或车厢。姿势更是无状，或席地而坐，东倒西歪；或靠墙而站，金鸡独立。国人则不然，窗明几净，焚香左右，正襟危坐，一脸严肃，朱熹便说：“凡读书，须整顿几案，令洁净端正，将书册齐整顿放，正身体，对书册，详缓看字，仔细分明读之。”但凡文人，或大或小都有一间叫作“书房”的地方。《尊生八笺》说文人书房：“斋中长桌一，古砚一，旧古铜水注一，旧窑笔格一，斑竹笔筒一，旧窑笔洗一，糊斗一，水中丞一，铜石镇纸一。左置榻床一，榻下滚脚凳一，床头小几一，上置古铜花尊或哥窑定瓶一，花时则插花盈瓶以集香气，闲时置蒲石于上，收朝露以清目。或置鼎炉一，用烧印篆清香。冬置暖砚炉一。壁间挂古琴一，中置几一，如吴中云林几式最佳。壁间悬画一，书室中画惟二品，山水为上，花木次之，鸟兽人物不与也。”纵使识文断字的妓女，也有书房。《喻世明言》说妓家书房：“床间挂一张名琴，壁上悬一幅古画。香风不散，宝炉中常热沉檀；清风逼人，花瓶内频添新水。万卷图书供玩览，一枰棋局佐欢娱。”

未普及教育之前，读书大抵只是少数人的营生，故隆重几成仪式，姑且算作对读书的敬重。许地山说：“要做书虫必须具备五个条件，第一要身体健康，第二要家道富裕，第三要事业清闲，第四要志趣淡薄，第五要宿慧超越。”除去身体条件，其他皆非奔波生计、养家糊口所及。

与朱熹似，胡仔《苕溪渔隐丛话》说读书习惯：“余之读书，不洁不整不愿读，书有折角，如不展舒，则心中不安亦如卷折。然细想实不必要，徒损时间精神，于读书求学无关也。但古来读书人多爱书，不读书者视之为怪。余见他人读书，极为压迫书籍以求方便，心颇痛之，然在彼人，此种感情实难理解。旧习本宜改过，但不近书则已，近书则故态复萌，因既在身边，即难不顾而生情，有之为累，生之为痛，乃法则也。”

东壁图书，西园翰墨，此为读闲暇书之所；柴门寒窗，破冰磨墨，此为读功名书之居。前者，看的是书，读的是情趣，沏的是茶，尝的是生活；后者，看的是书，读的是炎凉，斟的是酒，品的是艰辛。官无常贵，民无终贱，读书改变之，《五杂俎》议科考之读书：“夜读书不可过子时，盖人当是时，诸血归心，一不得睡，则血耗而生病矣。余尝见人勤读，有彻夜至呕血者，余尝笑之。古人之读书，明义理也；中古之读书，资学问也；今人之读书，不过以取科第也，而以身殉之，不亦惑哉?”唯有诗意的读书，才在乎周遭环境，“雨醒诗梦来蕉叶，风载书声出藕花”“瓶花落砚香归字，风竹敲窗韵入书”。

孙犁购得新书，有包书皮的习惯，敬重之余，有些浪费装帧设计人员的创作。二十年前，我利用工作之便，自书店借读商品书，采取的也是包书皮的做法，以免污损之。看过的书干干净净，绝无勾画批注，至今此习未曾改，只是先前博闻强记，如今过目即忘。书有不曾为我读，后来读过的好书，抑制不住激动，书生人情一张纸，买来分送友人。有人反复推荐一本书时，里面定有急于想与之分享的心情，与之共鸣的渴望。某日，携带又往，见友人将上次所送之书，当作杯垫，上有茶渍，顿生失意，以后也就打消了这般雅意。至今还记得，那书是董桥的《文字是肉做的》，文汇出版社出版。

前些日子，单位年轻人结婚，至新房道喜，有两样感慨。一是家中不设电视，一人一台电脑。一是不设书柜，而其中的一位，正是出版社的编辑。居今之世，为今之人，倒不难理解，房价如此高，蜗居其间，哪有书籍的空间，筑室因藏善本书，太奢侈了。

满城文运转，遍地是方巾，随处皆可阅读的时代，人们反不在乎书房的存在。其实，书房更是文人求得精神慰藉之所，是吾日三省吾身之所。

读书的心情与环境

与数卷读残窗外月、三更灯火五更鸡式的功利性读书不同，与牧童八九纵横坐、天地玄黄喊一年式的灌输型读书也不同，闲读书者上马不捉鞭，反折杨柳枝，读书全然成了一种生活状态，一种心情释然。怅惘时诵两首宋词，有什么比“寻寻觅觅，冷冷清清，凄凄惨惨戚戚”更悲凉的，有什么比“错、错、错！”“莫、莫、莫！”更辛酸的。称庆时吟几段唐诗，有什么比“黄云万里动风色，白波九道流雪山”更磅礴的，有什么比“一川碎石大如斗，随风满地石乱走”更壮观的。古人有刚日读经、柔日读史之谓，说的也是读书的心情。经者皆为圣贤语论，周作人诗云“圣贤已死言空在，手把遗编未忍披”，遗编即所指。刚日之下，正襟危坐，恭谨肃穆，乃对圣贤的恂恂之礼，虔诚之述；柔日之下，娓娓长史，叹惋不已，事到抽身悔已迟，每于败局算残棋。古人尚有醉酒读骚之说，盖现实中的酒醉与骚之慷慨激昂、亦真亦幻多有共通之处。刘熙载《艺概》云：“离骚东一句西一句，天上一句地下一句，极开阖抑扬之变，而其中自有不变者存。”欧阳修云："屈原离骚，读之使人头闷，然摘一二句反复味之，与风无异。"骚之久远，且佶屈聱牙，倒是李太白的《将进酒》于我，平日诵之缺头残尾，断断续续，微醺浅酡后，反能背得整章。

欧阳修曾言："余平生所作文章多在三上，乃马上、枕上、厕上也。"清代乾嘉朝郝懿行《晒书堂笔录》有《入厕读书》文："旧传有妇人笃奉佛经，虽入厕时亦讽诵不辍，后得善果而竟卒于厕，传以为戒。虽出释氏教人之言，未必可信，然亦足见污秽之区，非讽诵所宜也。《归园录》载钱思公言平生好读书，坐则读经史，卧则读小说，上厕则阅小词，谢希深亦言宋公垂每走厕必挟书以往，讽诵之声琅然闻于远近。"入厕必读，是某些人的习惯，不论阅读者何，未免有些亵意。不过此引所及坐读经史，与刚日柔日异曲同工，而卧读小说，想必是消遣读物便以自闲的方法应对了。卧读之时，全身放松，唯脑行进，故效果极佳，且也是一种极廉的享受。作家陈村曾对卧读以美言："我们躺下了，我们也就成了古人。我们才有资格和古人说短论长，才能占有和奉献。"看来能躺着看的书，方是好书，只是有些深奥晦涩的文字，易引人昏昏欲睡。纵使如周作人这样的饱学之士，"在书房里以十年萤雪的工夫学会了些古文，如今翻阅旧书，往往看得昏头昏脑"，虽如此，寝不掩卷，梦来也佳。站着做人，躺着读书，似嬉言，却也有味。不过在纷乱的地铁、颠簸的列车上读书，更有装模作样、故弄玄虚之嫌，倒不如厕上的效果好。当然也有奇人，非常理能涵盖。1965年5月3日，共青团上海市委召开上海青年纪念"五四"运动46周年大会，授予宝山吴淞人民公社城中生产大队基干民兵连"上海市红旗青年突击队"称号，同时《中国青年报》刊登照片《牢记血泪仇，守卫长江口》，民兵连女民兵班副班长何金英正右手翻书，左手托着三块砖，“时常不忘锻炼手劲”。

唐庚《唐子西集》言读书状态：“山静似太古，日长如小年。余家深山之中，每春夏之交，苍藓盈阶，落花满径，门无剥啄，松影参差，禽声上下。午睡初足，旋汲山泉，拾松枝，煮苦茗啜之。随意读《周易》《国风》《左氏传》《离骚》《太史公书》及陶杜诗、韩苏文数篇，从容步山径，抚松竹，与麛犊共偃息于长林丰草间，坐弄流泉，漱齿濯足。既归竹窗下，则山妻稚子作笋蕨，供麦饭，欣然一饱。弄笔窗间，随大小作数十字，展所藏法帖、墨迹、画卷纵观之。兴到，则吟小诗。或草《玉露》一两段，再烹苦茗一杯。出步溪边，邂逅园翁溪友，问桑麻，说粳稻，量晴校雨，探节数时，相与剧谈一饷。归而倚杖柴门之下，则夕阳在山，紫绿万状，变幻顷刻，恍可入目。牛背笛声，两两来归，而月印前溪矣。”读书的状态，其实也是读书的心情。

人之不能无屋，犹体之不能无衣，书亦然，故读书人皆有书房情结。“斯是陋室，惟吾德馨。苔痕上阶绿，草色入帘青。谈笑有鸿儒，往来无白丁。可以调素琴，阅金经，无丝竹之乱耳，无案牍之劳形。”此乃刘禹锡对陋室书房之描述。李渔的《闲情偶寄·居室部》中专有《书房壁》一节：“书房之壁，最宜潇洒。欲其潇洒，切忌油漆。油漆二物，俗物也，前人不得已而用之，非好为是沾沾者。门户窗棂之必须油漆，蔽风雨也；厅柱榱楹之必须油漆，防点污也。若夫书室之内，人迹罕至，阴雨弗浸，无此二患而亦蹈此辙，是无刻不在桐腥漆气之中，何不并漆其身而为厉乎？石灰垩壁，磨使极光，上着也；其次则用纸糊。纸糊可使屋柱窗楹共为一色，即壁用灰垩，柱上亦须纸糊，纸色与灰，相去不远耳。壁间书画自不可少，然粘贴太繁，不留余地，亦是文人俗态。”古代文人书室十三事的标准为，一随意散帙：善本名帖，自由案上；二焚香：一缕沉香，袅袅弥漫；三论茗品泉，黑虎泉水，武夷岩茶；四鸣琴：架上古琴，高山流水；五挥麈：名士雅集，谈古论今；六习静：诵经打坐，养心养性；七临摹法书，二王千遍，每日功课；八观图画：古画今画，展卷把玩；九弄笔墨：山水罗汉，挥洒畅怀；十看池中鱼戏或听鸟声：鱼游石缸，鸟鸣竹林；十一观卉木：兰草修竹，舞弄清影；十二识奇字：黄金万两，四合为一；十三玩文石：太湖寿山，漏透润泽。就连如归有光这样的寒门之家，也得有一“室仅方丈，可容一人居”的书房，虽曰是“百年老屋，尘泥渗漉，雨泽下注；每移案，顾视无可置者”，却也“借书满架，偃仰啸歌，冥然兀坐，万籁有声”，且无端生出些“前辟四窗，垣墙周庭，以当南日，日影反照，室始洞然。又杂植兰桂竹木于庭，旧时栏楯，亦遂增胜”，“庭阶寂寂，小鸟时来啄食，人至不去。三五之夜，明月半墙，桂影斑驳，风移影动，珊珊可爱”的情趣来。书房之设是对读书的尊重和推崇，西人则不然，公共图书馆已取代私家书房成为首选，但无论公私，都说明读书是需要一个被营造的环境的。环境也影响心情。八大山人有心得曰：“净几明窗，焚香掩卷，每当会心处，欣然独笑。客来相与，脱去形迹，烹苦茗，赏文章，久之霞光零乱，月在高梧，而客在前溪矣。随呼童闭户，收蒲团静坐片时，更觉悠然神远。”此乃古时读书人的佳境，今人当也向往之。

读书未必有用

读书未必有成，因之未必有用，正如锻炼身体未必延寿，却能提升生活质量，使每日的清爽扑面而来。花开不多时，活着不就是一个等死的过程？生命到头来也不过是一场悲剧。读书提升的则是精神质量，与功利的学而优则仕本就不该挂钩。

三日不读书，面目顿狰狞；一日不作诗，心源如废井。为此，读书人常常无事忙，终年忙。文徵明《除夕》云："人家除夕正忙时，我自挑灯拣旧诗。莫笑书生太迂腐，一年功事是文词。"黄仲则《癸巳除夕偶成》云："年年此夕费吟呻，儿女灯前窃笑频。汝辈何知吾自悔，枉抛心力作诗人。"除夕犹如此，素日可想而知。

读书未必有用，多数读书人未因读书而生活得更好，便也合情理。徐渭一生潦倒，经年挣扎于不可名状的昏暗中，却不乏生活的精致，其《秘集致品》说饮茶："茶宜精舍，宜云林，宜瓷瓶，宜竹灶，宜幽人雅士，宜衲子仙朋，宜永昼清谈，宜寒宵兀坐，宜松月下，宜花鸟间，宜清流白石，宜绿藓苍苔，宜素手汲泉，宜红妆扫雪，宜船头吹火，宜竹里飘烟。”现状与之描述，大概不会一致，郑逸梅为此分析道：“一般旧文人，喜弄玄虚，总是题了许多斋馆堂轩的名儿，似乎他们的生活是很优越雅致的，实则不是这样一回事，这些斋馆堂轩，都是空的，无非建筑在纸上罢了。”一窗佳景远山借，四壁青山屋漏痕，虽曰家无长物，囊无余钱，却是松风蕉雨、烟岚雪月主人，诗书自乐，茶禅自得，便不会随流转俗，失从容逸气。

除考取功名、入仕为官之外，读书人经世致用的职业选择，首推教书先生，江湖郎中次之，若不济，做个算卦的半仙。1933年11月2日，在圣心中学为教员的陈垣之子，因薪水过低，驰书求之于垣，欲得周济，垣无能为力，遂回信道：“父亲本是一个穷儒，素不善谋生，且亦不愿专于谋生。从前叫你们不要读书，本是有鉴于我。不愿意子弟学我，且子弟亦不能学我。因我虽穷，我能处，你们不能也。既不能处，何为要学我？我故曰，生计问题不解决，不能读书。而你又偏学人读书，又不能挨饿，所谓南辕而北辙也！”既是一行，便有穸有达，若独裕此行，岂有此理。“十有九人堪白眼，百无一用是书生”，在形而下的讨生活里，书生又逊一筹，砚田无税，不易耕矣，因此毁一生，穷三代。正入万山圈子里，一山放过一山拦，你无法使心灵摆脱生活，却可以通过读书，感受到流云与微风的习习气息，由此减轻心灵的悒悒不乐与郁郁寡欢。

身不怀币，口不论钱，读书人的清高，使之不愿等同于其他行当的从业者，迂腐观念作祟耳。万般皆下品，唯有读书高，读了书只是通了一窍，市人行尽野人行，每个行当都有祖师爷，也都通有一路。阿城《也夫是人精》云：“老话说人情练达即文章，让我明白文盲不是文字盲，而是人盲，不懂人的关系的勾连变化，是文化盲。所以很多学者的文章我看下来，感觉是文盲状态。”仰观绝顶上，犹有白云还，读书的终极目的，在于开胸襟，明心明志，扩视野，明德明理。

功利之内，读书乃多数人必需；功利以外，读书始终是少数人的事。功利性读书，往往是一种负担，而非乐趣；非功利性读书，方有情调。而此情调甚是挑剔，忙人不可，累人不可，有闲者方可。有闲是种不系舟的状态，羁鸟脱樊笼，忘机返自然，有闲未必真有不占心的空暇，只是坚守了一种平淡的习惯。

读书止躁

多少人看似自由，实则身不由己。推力无形，笔不落色，节奏越来越紧，慢性子也于不觉中被参照系带快了。无事也忙，必因心躁。心躁乃读书大忌，往往过目不过心，纵有翻阅人，往往难脱功利性。

读书对多数人是手段，而非兴趣，这与天分无关，与资质无涉。多少上智者，不违天时，不夺物性，满腮春色消失在肉眼生活里，不动声色混迹于上流社会中，而如我这样的下智人，随缘自适，清风白云，逢人不说人间事，仍以读书的习惯打发着无聊时光。我见过路旁菜贩手捧盗版武侠书，如饥似渴怠慢了生意的场面，也见过以套书做装饰墙，其上封尘蒙灰的虚荣，胡适所指凡是要等到有了图书馆才读书的，就是有了图书馆也不肯读的，盖此类。何兆武《上学记》云："读书不一定非要有个目的，而且最好是没有任何目的，读书本身就是目的。读书本身带来内心的满足，好比一次精神上的漫游。在别人看来，游山玩水跑了一天，什么价值都没有，但对我来说，过程本身就是最大的价值，那是不能用功利标准来衡量的。"如此姿态，无疑心闲之人，豁达之士，白石老人有题画诗云：“穷到无边犹自豪，消闲还比做官高。归来尚有黄花在，欣喜平时未折腰。”闲与贫富无关，与愚智无涉。

台大教授齐邦媛说：“我希望中国的读书人，无论你读什么，能早日养成自己的兴趣，一生内心有些倚靠，日久产生沉稳的判断力。”龙应台在《亲爱的安德烈》中对儿子说：“我也要求你读书用功，不是因为我要你跟别人比成就，而是因为，我希望你将来会拥有选择的权利，选择有意义、有时间的工作，而不是被迫谋生。”成人成己，明理明德，何尝不是读书之目的，且为终极目的，故曰读书也许改善人生，也许不能。有行者问老僧：“您得道前做什么?”老僧道：“砍柴担水做饭。”“得道后呢?”“砍柴担水做饭。”又问：“何谓得道?”对曰：“得道前，砍柴时惦记着挑水，挑水时惦记着做饭；得道后砍柴即砍柴，担水即担水，做饭即做饭。”落花深一尺，不用带蒲团，读书一如老僧悟禅，清音远而独闻，内中得道，心能会意，瓦缶已化牺樽，而外无改变。

当读书成为一种生活状态，读书的目的便还是读书。放下书本，无着无落，拿起书本，便回到了家。盈掌小书，悬水三十仞，流沫四十里，乾坤至大矣。鲁迅《书苑折枝》曾言：“余颇懒，常卧阅杂书，或意有所会，虑其遗忘，亦慵于抄写，但偶夹一纸条以识之。”其在生命的最后时刻，仍躺在病榻上读书谈书：“看洋装书要年富力强，正襟危坐，有严肃的态度。假使你躺着看，那就好像两只手捧着一块大砖头，不多工夫，就两臂酸麻，只好叹一口气，将它放下。所以，我在叹气之后，就去寻线装书。”手工时代，效能低下，一本书几代人享用，秘藏之，可传家，赵孟頫规劝后人护书：“聚书藏书，良非易事。

善观书者，澄神端虑，净几焚香。勿卷脑，勿折角，勿以爪侵字，勿以唾揭幅，勿以作枕，勿以夹刺。随损随修，随开随掩。后之得吾书者，并奉赠此法。”读书乃雅事，多郑重其事为之，美国人戈尔茨坦说：“康德告诉我们，应尊重每一个人，而不要将其当成达成某种外在目的的手段。这正是我对待书籍的态度，我更愿意将它们当作一个人来看待。”

个性化的需求，使读书成为私密之事。日本地铁里读书者众多，读什么，无从知晓，因为每本书都有书皮包裹。买书时书店即将书皮包好，看似惜书，实则保护隐私。藏书处也是隐所，陈继儒《小窗幽记》云：“吾斋之中，不尚虚礼，凡入此斋，均为知己。随分款留，忘形笑语，不言是非，不侈荣利，闲谈古今，静玩山水，清茶好酒，以适幽趣。臭味之交，如斯而已。”“月斜诗梦瘦，风散墨花香”，书房乃读书人精神的归宿，“风云三尺剑，花鸟一床书”，闭门即是深山，读书随处净土。

心躁者，无以读书，然治躁药剂，仍在读书。食能止饥，饮能止渴，而读书止昧；畏能止祸，足能止贪，唯读书止躁。读书愈少，愈介意环境；读书愈多，愈不满自己。故读书者旷然能自适，安静且内敛，独坐角落，聆听众说而三省吾身。

读书的悖理

故纸犹香，与古人遇，与离人遇，阅读是痴者的际遇；志士惜年，贤人惜日，圣人惜时，阅读是闲人的忙碌。闲也罢，忙也罢，未曾打乱节奏，偷得半日闲，无聊才读书，倒没有什么期许，并以此作代价，无事何须投笔起，此生原为读书来。

鲁迅《读书杂谈》云：“我们自动的读书，即嗜好的读书，请教别人是大抵无用，只好先行泛览，然后抉择而入于自己所爱的较专的一门或几门；但专读书也有弊病，所以必须和现实社会接触，使所读的书活起来。”然读书人但凡与社会接触，难免愤愤不平，挑灯读离骚，载酒歌乐府，毕竟与书中所造氛围，有云泥之距。云外好山看不见，马头歧路去何忙，“读书到了最后，是为了让我们更宽容地去理解这个世界有多复杂”，梁文道所言极是，浅读之人多不及。流沙河《画火御寒》云：“读书过程中读进去有异于读下去。对故事感兴趣，由此广见闻，自然能读下去。更进一步，与人物同悲欢，遂至移我心性，就是读进去。”浅读只因未读进去，未与之同振共鸣。读不进去，或只因未能宁静与闲暇。而匿于内者，倒是读进去了，见识也超群，却困于实践，无以致用。但入世，便被当作尘事俗人，退避三舍，不愿为伍。此即读用悖理，身外化身者，似无。

席慕蓉曾言“家是有人爱你的地方”。家还是摆放书的地方，书房里保存着读过的旧书，也保留了曾经的回忆。芥川龙之介《一个傻子的一生》云：“排列在书架上的，与其说是书籍，不如说是世纪末本身。”弹指红颜老，刹那芳华逝，一架的旧时光，越放越泛黄，抽出哪一本都有故事，都舍不得扔。一路红尘，半鬓白发，我也火气渐消，装模作样斯文起来。

时光的含义是：年龄越大，越不易改变，包括喜欢上一个人，迷恋于一件事，此非认同危机，而是先前已同自己签订有一份无字的契约。人生贵得适意，有所痴迷，大塞而大通，方能宁帖。流水掺杂，潭水清澈，水清澈，因沉淀，心也如此，静若止水，安之泰然。

“早岁读书无甚解，晚年省事有奇功”，事事皆书，阅人也如读书，董桥写道：“杨绛说读书是从一本书的最高境界去欣赏和品评，使用绳子是从最薄弱的一段去断定绳子的质量，政治家企业家把人当绳子使用，书呆子才把人当书读。”不忽细微，善于剖析，读书的结果，或能使人目光犀利，不怒自威。曾国藩所言“为人威重，美须髯，目三角有棱，每对客，注视移时不语，见者悚然。退则记其优劣，无或爽者”，大可不必。

醒时读书，追慕古哲，趋效时贤，为文造境，托名自传；醉里写作，觉民行道，挑灯看剑，抽出簪子，披头散发。昔时，书由文人写就，大众阅读；当今，书由大众写就，无人阅读。自媒体时代，传播无限，跨界逾域，人人皆可创造内容，皆可分享链接，然扩散神速，消失也快。读书自乐，吟风弄月，写作自娱，题壁题蕉，心不为形役，身不被名牵，此皆我家私事矣。

读书人之不堪

孔子回答樊迟关于士的判断标准："行己有耻，使于四方，不辱君命，可谓士矣。"当下文化，转眼文物，江湖上已久无士人传说。

士人是文字的容颜，也是文化的底色，虽剥蚀不能掩其秀。不仅如此，钱穆《国史大纲》云："中国史之演进，乃由士之一阶层为之主持与领导。此为治中国史者所必当注意之一要项。"

先有市场，才有消费，有了消费，才能盈利，作为士之一部分，读书人盖也如此，朝为田舍郎，暮登天子堂。科举废，一时不知所措。路障不通，选择拐弯，恰在此时，报馆兴起，一批文人适时转入其间。戈公振《中国报学史》云："因为新闻纸还是个新事物，报人还不是一个社会公认的正当职业。只有那些落拓的文人，因战乱和贫困等客观原因，才不得已在别人的推荐下来到报馆工作，'旧报人'参加报业，多半是被动的就业，为啖饭而来。""钱昕伯、何桂笙这样的科场失意者，满腹旧文人习气，对何为新闻、各类新闻体裁的写作规范一无所知。他们大多是受人雇佣者，只为稻粱而谋，极少将办报当作一种事业去追求。访员们新闻观念淡薄，甚至歪曲事实，敲诈勒索；主笔们并无明确的立场归属，常常成为报馆主人的传声筒。”嘴上说不，身体倒是诚实，既为吃口饭，使些手段当属平常，由此节操便也碎了一地。门无杂宾，拥书千卷，煮茶读经，吟啸其中，此与现实中读书人的差距太大。由此就说文人无行、斯文败类，未免以偏概全。类似报人这样的新型职业，并非没有精神追求，只是其旨趣迥异于传统。

戈公振尚有另一番描述：“当时报馆房屋，均甚敝旧，起居办事之室，方广不逾寻丈，光线甚暗，而寝处饮食便溺，悉在其中。冬则寒风砭骨，夏则炽热如炉。最难堪者，臭虫生殖之繁，到处蠕蠕而动，大堪惊异。往往终夜被扰，不能睡眠。馆中例不供膳，每日三餐，或就食小肆，或令仆人购餐于市肆，携回房中食之。所谓仆人者，实即馆中司阍而兼充主笔房同人差遣奔走，并非专司其事之馆役。薪水按西历发给，至丰者月不过银币四十元，余则以次递降，最低之数，只有十余元，而饭食、茗点、茶水、洗衣、剃发与夫笔墨等等无不取给于中。生涯之落寞盖无有甚于此者。”此般情形，虽未必馆尽如是，然设备上之简陋，经济上之节省，概可知矣。如此便不难理解，何以一言不合即毒舌相加，一切咆哮与压抑，皆源于拮据，空憋肚子与脑满肠肥，全然两种判断。

人人为自己，上帝为大家，如同务农做工，读书本生存方式之一种。郁达夫尝言：“大学毕业，以后就可以有饭吃，你这种定理，是哪本书上翻来的?”变革时期的读书人，多数时期是风箱里的老鼠，一方面，“何敢自矜医国手，药方只贩古时丹”，一方面“避席畏闻文字狱，著书都为稻粱谋”。

虽如此，却多了一重对读书人的道德要求，其中固然有文化的使命与担当，也不乏读书人的自我标榜。故群舞时代的假面人，多为读书人。国将兴，必贵师而重傅，但文化的地位，与读书人的地位有时抽离，有时相悖。自以为找到了使命与担当，但其后的种种不堪，皆由此带来。

读书使人不安

鸡汤之言惑人，多经不住检验。

鸡汤说，读书是大脑的健身方式，是成本低廉的升值。前半句认同，后半句未必。以我的经验，好书读不快，每一页都会有许多的羁绊。非生词生句之不解，思想积累之不够也。再者，否定既有，蜕变自我，或使自己更为迷惘。变革重塑，且需勇气，此成本低廉否？

三月赏花，五月品果。品得甜果，正常不过；品得涩果，也有滋味。书读之初，树影横窗，花香入梦；书读既久，多闻阙疑，慎言其余。一两黄金一两墨，笔端愈发惜字，口上愈发缄默。

旅途荒凉，偶有照面，你是谁，便会遇到谁。花期不同，各花入各眼，吴冠中说，“美，分为两路：一路是大众审美，夺人眼球；一路是艺术审美，撼人心灵！”书也如此，选择撼人心灵者，往往阵痛。鸡汤说，自己优秀了，其他都会跟着好起来；而当你变成更好的你，就会遇到更好的人。浅显感觉如此，深刻理解未必。所谓层次越高，遇到的精致利己主义者也越多，而为人峭直、不干荣利者，并不讨人喜欢，倒是贪心生起、曲意逢迎者，八面玲珑，人见人爱。

书是走天涯的代步工具，龙应台《目送》里说："我喜欢走路，读书写作累了，就出门走路。……但是两个人一起走时，一半的心在那个人身上，只有一半的心，在看风景。要真正地注视，必须一个人走路。一个人走路，才是你和风景之间的单独私会。"读书深处有心得，却是一个人看风景，相看两不厌，仍无以交流。读到最后，都是读自己，翻腾那些隐匿心底的讳莫如深。衷于现世，望彼将来，纠正诗化的过去。经目之事，犹恐未真；书本之言，岂可全信？读自己，读书本，彼此印证，互为诠释，古今时空隔代，人性大致相当。

小人无错，君子常过，无错在自得，常过因三省。发自内心的谦卑，远离人群的随和，品质之可贵，终在善良。态自天生，非可强造，自无错而常过，菩萨畏因，凡夫畏果，读书也可渐变之。秀才是孔子的罪人，提升学说者，不在拥护者众，在叛逆者时出。学说设立之基础，原本在对人性错误的假定之上，又恰好迎合了特定时期公众的情感需求，或被某些传播者摇唇鼓舌，而成显学。谁反对，即敌人，学说竟成毁人利器。"其美者自美，吾不知其美也；其恶者自恶，吾不知其恶也"，多数人如此。因而，行为的道德正当性强化，恶行具有了辩护理由，野蛮屠戮遂成毋庸置疑的正当。扬汤止沸，不如釜底抽薪，所谓提升，有时真不在添柴，在否定之否定。

山谷盘旋，万峰耸翠，碧水萦回，岳渎钟灵，明知书越买越多，读不完还得读。读书是习惯养成，而非时间问题。执事之敬，耕读可比，人勤地不懒，读书无捷径。黄侃云："常人治学有二病，一曰急，二曰懒，所以无成。"哪些是性格，哪些是习惯？不违自然，乃得其性，却又以顺其自然，敷衍人生。那也好，唯愿孩儿愚且鲁，无灾无难到公卿。而读书路上，举目如我这般半途而废者，见官不低头，看人与众不同，遇佛不合手，张口不合时宜，求之不得，舍之不能，旧的已去，新的未来，时常处于“无”的状态。此“无”非道家之“无”，春秋多佳日，西北有高楼，登高远望，空空如也。

狐仙小鬼在侧，黑山老妖不远，读书使人不安。而人之所寄，归之安放，索性放下书本，又自觉蹉跎，不能自拔，依旧使人怀揣惴惴，六神无主，此不安，虚度之不安也。

读万卷书　行万里路

古人所谓“读万卷书，行万里路”，实则是一种胸襟与境界。“纸上得来终觉浅，绝知此事要躬行”，读万卷书，是必备素养，是学识；行万里路，带有印证性质，是能力。二者关联，参证精思，亲历躬行，一则在于忌闭门读书，书中知识毕竟有限；一则在于强调学以致用。顺序应为读书在先，行路在后，行万里路，此路乃读书人的必经之路。

钱泳《履园丛话》论二者关系：“语有云读万卷书，行万里路，二者不可偏废，然二者亦不能兼。每见老书生矻矻纸堆中数十年，而一出书房门，便不知东西南北者比比皆是。然绍兴老幕，白发长随，走遍十八省，而问其山川之形势、道里之远近、风俗之厚薄、物产之生植，而茫然如梦者，亦比比皆是也。国初魏叔子尝言人生一世间，享上寿者，不过百岁；中寿者，亦不过七八十岁，除老少二十年，而即此五六十年中，必读书二十载，出游二十载，著书二十载，方不愧‘读万卷书，行万里路’者也。”许知远在《一个游荡者的世界》中的解释，似乎消极了些："读书让你回避现实的失控，旅行也是。它经常是智力与情感上懒惰的标志，因为无力洞悉熟识生活的真相与动人之美，人们沉浸于浮光掠影的新鲜感，以为看到了一个新世界，不过是在重复着旧习惯。"美国意象派女诗人狄金森《没有一艘船能像一本书》云："没有一艘船，能像一本书，带我们跨越千山万水。"徐志摩也有类似的诗意表达："带一卷书，走十里路，选一个清净地，看天，听鸟，倦了时，和身在草绵绵处寻梦去。"此为二者间的心灵关联，令人沉思。

灵感源于生活，灵感没了，就该出去走走了。毛泽东早年所作《讲堂录》道："闭门求学，其学无用。欲从天下万事万物而学之，则汗漫九垓，遍游四宇尚已。"看得出来，毛泽东的学以致用，是早年就有的志向。绘画亦然。董其昌云："读万卷书，行万里路，胸中脱去尘浊，自然丘壑内营，立成鄄鄂。"

闻之不若见之，司马迁二十岁左右即外出云游，勘察地理形制，对照历史典故："南游江淮，上会稽，探禹穴，窥九疑，浮于沅湘，北涉汶泗，讲业齐鲁之都，观孔子之遗风，乡射邹峄，厄困鄱薛彭城，过梁楚以归。"后随武帝巡游平凉崆峒，奉使巴蜀，南抵昆明。河洛之间，与父亲会。"行万里路"固然重要，但不可强调过头，梁实秋曾言："丧乱以来，吾人行路岂止万里，所惭愧的是'书有未曾经我读'耳。"也不可如作家创作必须深入生活、体验生活般过头。刘再复曾言："作家必须有第二视力。陀思妥耶夫斯基在牢房之外看到无边的监狱；卡夫卡在人类身上看到甲虫；艾略特在繁荣之中看到荒原；残雪在革命大道上看到布满虫蛆的黄泥街；这就是第二视力。"刘再复这段话实则说出了"读万卷书，行万里路"的另一重关系。

“读万卷书，行万里路”强调的另一点，在于多与广，即涉猎多、游历广。实则不尽然，书岂有读尽时，路岂有走完时。庄子云：“吾生也有涯，而知也无涯。以有涯随无涯，殆已。”黄侃云：“中国学问如仰山铸铜，煮海为盐，终无止境。”朱光潜《谈读书》：“读书原为自己受用，多读不能算是荣誉，少读也不能算是羞耻。少读如果彻底，必能养成深思熟虑的习惯，以至于变化气质；多读而不求甚解，譬如漫游‘十里洋场’，虽珍奇满目，徒惹得眼花缭乱，空手而归。”

“读万卷书”即内求，为心法，“圣人不出门，能知天下事”所求亦心法；“行万里路”则为良师善导之外求。若不读书，行万里路不过是个邮差。纸书可读，山水也可读，要么行路，要么读书，身体与灵魂，反正要在路上。

就诊式阅读

苏东坡当年居江州，得陶渊明一诗集，每至心情不悦，便拿来读一首，仅仅一首，“惟恐读尽后，无以自遣耳”（见《书渊明羲农去我久诗》）。陶诗的本真质朴、超脱旷达之于官场屡屡失意、备遭倾轧的苏东坡，无疑是一种自慰排解和疗伤。东坡对陶诗评价极高，其《和陶诗》曰：“吾于诗人无所甚好，独好渊明之诗。渊明作诗不多，然其诗质而实绮，癯而实腴，自曹刘鲍谢李杜诸人，皆莫及也。”陆游喜读岑参诗，“每醉归，倚胡床睡，辄令儿曹诵之，至酒醒或睡熟乃已”。边塞派的铿锵催人、苍劲峻峭，使酒后的放翁能够到达醒时抵达不了的意气界域，移情于轮台冷月的豪迈壮观、卷地北风的磅礴之势。

书房似药房，医病救命、调养身心者，药房也。书房是文人极具个性化的私人空间，忧愁时，在此可以读读婉约派，谈谈李清照，有什么苦楚苦过“凄凄惨惨戚戚”；激昂时，读读盛唐诗，读读李太白，“君不见黄河之水天上来，奔流到海不复回”，那是何等的气概；理智时，读读安然温和的胡适，“容忍比自由更重要”；愤怒时，读读勃然变色的鲁迅，“真的猛士，敢于直面惨淡的人生，敢于正视淋漓的鲜血”。诗词曲令、文赋剧联，诗中的乐府、田园，曲中的清丽、豪放，文中的史传、政论，剧中的本色、文采，都是放置在不同格屉里的药剂，可单方口服，也可复合饮用。

“释书便觉心无着”式的阅读，不仅是为果腹般获取知识，它已融为生命的一部分。阅读一旦成为对号入座、按图索骥式的需求，如同体内需要糖分时，食甜品；需要盐分时，吃咸菜。果真有如此的体恤温存？虽遇逆境，中年时与老年后读陶渊明，心潮激越，醉酒时与醒酒后读岑参，显然是不一样的。心灵总是很脆弱，易失衡，无论凡人还是伟人，皆然。

或诊治，或滋补，总还是主动在先的，而大病既久、仿佛无病者，真就不可救药了。

阅读乃二度创作

历史作品与其说是再现既往事实，不如说是现时社会认同之体现。文艺作品以怡神悦魄为主，使人之碌碌此世者，咸弃其焦思繁虑，而暂迁其心于恬适之境者。虽如此，也以时代需求为出发点，应时者在当下，时过境迁，湮没无闻；永久者在事后，事过境在，谓之经典。文化批评多以后现代理论、符号学结构、象征隐喻的分析方法，进行现象式观察与思考，时评则就事论事，在某个价值观基础上，对事件做出判断。真实真情，是其生命，无论专业与通识、经典与时尚，皆如此。

读者需求，即读者选择，朱光潜云："一首诗的生命不是作者一个人能维持得住，也要读者帮忙才行。读者的想象和情感是生生不息的，一首诗的生命也就是生生不息的，它并非是一成不变的。"博涉百家之书，各有各的喜欢，或文赋或诗词，或豪放或婉约。元曲者，律而不拘，散而不油，俗而不恶，雅而不伪，谐而不轻，悲而不绝，乃文人自由状态下的笔触。点滴烟云，荡漾一色，草草而成，不失天真，倪云林的画也如此。陡峭之笔，洒然而来，突然涌出，若天外奇峰，壁立千仞。苏东坡作文，必先朗读几篇《史记》，接浩然之气也。置心为止水，视身如浮云，沐手抄经，必也虔诚。君子斋戒，处必掩身，身欲宁，去声色，禁嗜欲，安形性，事欲静，以待阴阳之所定。读者开卷，大致亦然，抚琴谁解凭栏意，近大旨；眼波才动被人猜，引共鸣。花开同赏，花落共悲，听书垂泪，替人担忧，读书读到这个份上，便算痴读了。英国作家查尔斯·兰姆说："读弥尔顿的诗歌之前，最好能有人为你演奏一曲庄严的宗教乐章。对此，你要摒除杂念，洗耳恭听。"默写愁，人无眠，酒因劝客小盏饮；杯中酒，怯孤寒，句到惊人大笔麾。所谓痛饮酒熟读骚，情景还原而已。

秀而不可不图者，图之，不以无名而弃；常而可以不图者，已之，不以有名而取。插图画家的解读，影响更为深刻。"古来画师非俗士，妙想实与诗同出"，陈洪绶之于《西厢记》，张光宇之于《金瓶梅》，皆神会心得之作。

心似已灰之木，身如不系之舟，阅读解救了书页囚禁的文字；前设不言而喻，意外没有理由，想象展开了自己隐形的翅膀。角色跨界，阅读是二度创作，流传越广，版本越多。人人有改编之权利，或高雅或低俗，言者无罪，诠释无过。一个事实，两部历史，一部由秦始皇写就，一部由孟姜女完成。

谢谢手抄本

偶与尔雅书店老板靳小文谈少年读书事，感叹二十世纪七十年代无书可读之饥渴，他说每得《红小兵》之类的杂志，如获至宝，不舍得一气读完，藏掖起来，一天只读一点儿。凡稀缺，便珍贵。诗人张枣的外婆是旧时代读过书的人，尤喜白居易，一本白居易诗选，被她锁在装钱及粮票的柜子里，有空即拿出捧读，几被翻烂。读书何须破万卷，一卷即可。

我则不同，排房中若出现一本什么书，你读一夜，我读半天，须尽快读完，以致废寝忘食，通宵达旦。陆游《跋渊明集》也记述过类似现象："吾年十三四时，侍先少傅居城南小隐。偶见藤床上有渊明诗，因取读之，欣然会心。日且暮，家人呼食，读诗方乐，至夜，卒不就食。"有时两人同时读，读得快的需等读得慢的，频率不同，总不能尽兴。许多书没头没尾，且还是二十世纪五十年代留下来的繁体字本，其中有些书后来对上号了，《格林童话》《格列佛游记》《百花齐放》是从插图辨别出来的。一位叫铁生的大孩子，家中存些旧杂志，印象最深的是《中国妇女》上的漫画，其中一幅画着一鸟笼，里面圈一美女，美女卷发旗袍高跟鞋，本意指妇女不可金丝雀般被供养，要参加生产劳动，但大家还是窃窃私语，说是抓了女特务，电影《铁道卫士》中的女特务王曼丽，即此打扮。读速最快者，当数手抄本。

手抄本的流行，起初是从叛逆的知青中开始的，著名者要数《一只绣花鞋》《少女之心》《绿色尸体》了。同样的故事，有不同的版本，盖加入了抄写者的理解，的的确确成了集体创作。雪夜闭门读禁书，人生一惬也；每爱奇书手自抄，也人生一惬也。今思之，如数日前事。这些手抄本的魅力首先在于故事曲折，有悬念，有爱情，与当时《艳阳天》《金光大道》等主流说教式小说大相径庭，原来小说还可以这么写，民间真有高人。我在敌台里第一次偷听到邓丽君的歌时，也是此般脱胎换骨的感觉，原来歌还可以这么唱。1974年，王洪文就清查黄色小说《少女的心》做出专门批示。1975年1月7日，根据姚文元的扫黄令，《第二次握手》的作者、湖南知青张扬在大围山被捕。张扬一脸迷惑：男女主人公，一辈子只握过两次手，怎么就成了黄色小说？法庭对《第二次握手》的指控有四：一是反党；二是吹捧臭老九；三是鼓吹科学救国；四是你明明知道不准写爱情，为什么硬要写？康熙五十三年（1714）上喻："近闻坊间多卖小说淫词，荒唐俚鄙，殊非正理，不但诱惑愚民，即缙绅士子未免游目蛊心焉，所关于风俗者非细，应即通行严禁。"历史何其相似！

除此之外，尚有手抄诗，也不知作者，但有人对此如痴如醉。后来到了喜欢诗的年代，方知这些都不是普希金的诗，而叫朦胧诗。

据说传抄者，甚至为此抄肿了手。这些本子的字体隽秀，段落清晰，实在是下了大功夫。抄袭者不淫不屈不移，贴工贴时贴料，偷偷摸摸，遮遮掩掩，甚至冒着被抓捕的危险。那个时代不一样的手抄本，唤醒着泯灭的人性，冲破了禁锢的藩篱，作为读抄者，我至今心存感激，虽不知要谢哪个具体的人。那些困顿迷惘中的知青，除要感谢村里的姑娘小芳，是否也要感谢一下这些不知作者的手抄本？

对功利性读书的感慨

以写小说起家的现代文人在将自己的那般“苦难经历”情绪化地一遍遍付诸文字后，有的趁商潮来临随势下海了，借着文坛上的旧名气，成了不文不商的小老板，日子过得蛮不错，有的则从政为官了；也有人虽从事写作，但早已不在常规范畴，而是一会儿造个气功神话，一会儿塑个神医传奇，与神话一起走火入魔，与传奇一同沉迷不醒；还有一部分则始终不愿放下钟情之笔，向写作的深层次一个猛子扎了下去。愿望虽好，意志可嘉，却心有余力不足，虽遍设书袋，引经据典，行竭力仿效之能事，但终究火候不到，功夫不济，让人读来不伦不类。生于轰轰烈烈的年代，学于旧学坍毁新学不立时期，之后是造反有理，上山下乡。欲把“四人帮”耽误的十年赶回来，然“这一群‘文化大革命’新一代，后来大多数都成了没有文化的人。有一些在农村里苦读，回来补十年的课，终归差得多”（韦君宜语，见《思痛录》，北京十月文艺出版社1998年5月版）。不要说背诵“十三经”了，就是《古文观止》、唐诗宋词、“蒙学读本”也没念几篇，而一下子要涉猎古典，让一个先天侏儒去做巨人运动，除引二手资料外，便只有想当然了。袁枚《随园诗话》中言：“谚云，‘读书是前世事。’余幼时，家中无书，借得《文选》，见《长门赋》一篇，恍如读过，《离骚》亦然。方知谚语之非诬。毛俟园广文有句云，‘名须没世称才好，书到今生读已迟。’”“书到今生读已迟”出自苏东坡的诗。

梁晓声在《中国社会各阶层分析》中，将县令说成九品，将“榜眼探花”说成“加起来也不过十来名”，显然是在想当然，于一知半解时没能翻翻资料。二月河在其《雍正皇帝》中将山西的阳泉、清徐两个现代才成立的市县，演义到了二百多年前的清朝，也是犯了同样的错误。叫人不好意思的是，这些多为常识性的低水平错误。引用为的是论证主题，更充分地说明事实，如果援引不当，姑且不饾饤为好，援引的多寡不表示学问的高低，不钩稽能阐述清楚者最好，如同兵家之“不战而胜”，是所追求的最高境界。梁晓声以往多秉狷介之笔，有话都表在明处，拜读者、道好者恰是看准了这一点。而他此次不厌其烦地引据，必是受了时下学者文风的影响，这是可悲之处，又是可嘉之处。可悲在随便改变自己的文法及思路，犯了舍其长取其短之忌；可嘉则在敢于改变沿用了几十年的套路，开拓一片新天地。可以学然后知不足。

与梁晓声的经历与思路都不同的余秋雨在出版的几本散文集子中，也犯了几处因史料引用不确切造成的“学术硬伤”。有人出来为其辩解，说这毕竟不同于学术考证，是通俗化的散文，春风文艺出版社总编安波舜便持此说。读者对于余先生的期待与梁先生自然不同，希望在他这一代人中间能有久违的大儒硕彦出现，能有国学家底的传承者诞生，这一期待随着钱锺书、顾廷龙、王利器这一代大家的先后乘鹤，变得更为迫切，这不是对余秋雨个人的苛求。

另外，当人们注意到作者这些或大或小的错漏误植时，还没有责问这些书的责任编辑、终审编辑，为何对众多瑕疵视而不见，无察觉？懒得修改？刘项原来也不读书？追究起来，编辑们也脱不了干系。不合格产品出厂，检验员责任可谓大矣！编辑如同检验员，而不是记账簿者。过分相信名家出品，也许是其放弃责任、麻痹疏忽的原因吧，这可能是仅有的开脱。老一代编辑中，赵家璧、钱君匋、范用、戴文葆等既是杂家，又是专家，其严谨的编辑作风，最是被人称道。

钱锺书《谈艺录》中讲诗，仅苏轼之“春江水暖鸭先知”一句，便引证了上至《诗经》，下至《西河诗话》《渔洋诗话》《随园诗话》《诗品》等典籍。在《管锥编》中对陆机《文赋》的短序诠释、引证更是涉及徐孝穆、汪中、王士源、张怀瓘、苏轼、《左传》、《尚书》等等。读《谈艺录》后，夏承焘于1948年9月17日的日记中写到“疑其书乃积卡片而成”。钱先生在学业上是下过一番硬功夫的，据黄永玉回忆，一次年节时分，单位领导登门拜年，而此时钱先生与杨绛先生正在闭门著述，所以只开了条门缝，说了句：“谢谢，谢谢！忙得很！”便将门闭合了，一行人只得悻悻而去。如此强闻博记者，近百年来，可能只有陈寅恪与钱先生二人了。对大师的艳羡与激赏，并不意味着凡作文都要“八股”成一种格式，大师的成就毕竟是先天聪慧、后天功夫与有素训练的完美结合。这虽是多数人达不到的境界，但大师的治学方法予人的启示是广泛的。旁征博引、援用成例无非说明读书多，若再能恰当自如地拾掇取舍为我所用，则表明学以致用了。但不该引用时牵强附会为之，则避不了衣绣昼行之嫌。郢书燕说、鲁鱼亥豕的错误，流露出的现炒现卖的急切心情虽让人矜恤，可捉襟见肘的学问着实令人尴尬不已。补苴疗伤的唯一途径还是读书、读书、再读书。一批学者、专家的散文出版后，作家的东西便渐被冷落，为什么？逸致闲情、雅趣韵意的内容可以从明清性灵小品中读到，可从二十世纪二三十年代的学人文作中找寻。不客气地讲，这类文章的品位，今人不比古人，当代不如近代，且山重水复者多，可读可不读者多。同时也说明，读者阅读档次的提升的确快于文章写作水平的提高。

在辽宁省新闻出版局主办的《书缘》（1998年第2期）杂志上，曾拜读过作家苏童谈读书体会的文章，大意讲他只读与笔下主题有关的书籍。这样的文字由时下当红作家说出，想必令许多人惊讶，质疑他是否受了鲁迅所说的少看或不看中国书那句话的影响。其实，功利性读书已成为社会普遍的现象。林语堂在一篇题为《论读书》的演讲中提到："今人读书，或为取资格，得学位，在男为娶美女，在女为嫁贤婿；或为求爵禄，刮地皮；或为做走狗，拟宣言；或为做塾师，骗小孩……诸如此类，都是借读书之名，取利禄之实，皆非读书本旨。"有林先生的精辟透彻，后人便再讲不出什么新意了。傅山晚年忆一生读书经历时说："自恨以彼资性，不曾闭门十年读经史，致令著述之志不能畅快。"于是告诫子侄："尔辈努力，自爱其资，读书尚友，以待笔性老成、见识坚定之时，成吾著述之志。"这样的箴言出自著作等身、学术成果数百年间大河以北无人比肩的傅青主之口，耐人寻味。生活节奏的加快，知识更新的急剧还不是功利读书有增无减的主要原因。闾阎也倒罢了，发生于研究领域、知识层面的追尾跟风、人云亦云现象则令人不可思议。出版单位增加了却不知该出什么书了，书的品种丰富了却不知该读什么书了，越是不读书的年代，张扬自己读什么书的声音也越嘈杂。

作家学者化之路以书本铺就，看似不远，其实每挪动一步都须耗费巨大的精力和漫长的时间，且还要看你以什么样的心态对待之。

劝读

1917年，张勋利用黎元洪与段祺瑞间的矛盾，率五千辫子兵，以调停为名，于6月14日进北京。复辟之前数日，张勋密谒十二岁的溥仪，进以复辟之说，溥仪摇头不顾。张曰："圣上不愿，其意安在，能讲给老臣听否？"溥曰："陈师傅宝琛终日子曰诗云闹个不了，朕还有何心思去干别样事！"张曰："圣上如允重登大宝，即日理万象，可以不用读书了。"溥大喜："敢是一做皇帝，书就可以不必读了么？"张曰："古来只有马上天子，从无读书天子。"溥曰："准如卿言，朕便干了。"幼帝纵使有天下最好的老师，也不愿读书，因为幼帝也是孩子。《子寿终录》云："凡为君者多无度，随心所欲，迎其好者，侍君如待孺子。"况且此君确系孺子。溥仪确实不好学，学业也无成效。据秦翰才《满宫残照记》云："溥仪在六岁开始上学，由大学士陆润庠和侍郎陈宝琛教读汉文、都统伊克坦教读满文，但满文成绩很不行。其后有英人庄士敦教读英文、刘骧教读日文，但日文也不行。"姜泣群《朝野新谭》云："宣统读书，本属虚文……据云现已读至《孟子》，惟其生平极好弄。去年十月间，师傅伊克坦授读时，彼忽赐饼数枚与伊，并亲送入伊口。不待其下咽，又一再塞入，伊无奈何，即向瑾皇太妃辞职。”张勋以“可以不用读书了”哄孩子，也够缺德了，哄的虽是废帝，已无欺君之罪，却有欺世之过，果然，复辟闹剧仅十二天即破产。

史震林《西清散记》云：“一生有可惜事，幼无名师，长无良友，壮无善事，老无令名。”“幼无名师”竟是人生第一缺憾事，溥仪等不存在此憾，却不好学。童子贪玩忘学，古今皆然，故有劝学之说。刘勰《文心雕龙·体性》云：“夫才由天资，学慎始习，斫梓染丝，功在初化，器成采定，难可翻移。故童子雕琢，必先雅制，沿根讨叶，思转自圆。”劝学的形式可谓多矣，有善诱法、激将法、灌输法、苦刑法等等，其中又以善诱法最为常效。循循然春风化雨，谆谆然诲人不倦。清人彭瑞淑《为学一首示子侄》云：“蜀之鄙有二僧，其一贫，其一富。贫者语于富者曰，‘吾欲之南海，何如？’富者曰，‘子何恃而往？’曰，‘吾一瓶一钵足矣。’富者曰，‘吾数年来欲买舟而下，犹未能也，子何恃而往！’越明年，贫者自南海还，以告富者，富者有惭色。西蜀之去南海，不知几千里也，僧富者不能至而贫者至之，人之立志，顾不如蜀鄙之僧哉！”此寓劝进，目的无非功名，无非前程。但这需要付出，读书是精神上的劳动，唯此等劳动他人无法替代，故需劝导。颜真卿有《劝学诗》云：“三更灯火五更鸡，正是男儿读书时。黑发不知勤学早，白首方悔读书迟。”韩愈给儿子韩昶写过一首《劝读诗》，其中有“人之能为人，由腹有诗书。诗书勤乃有，不勤腹空虚”句。劝学业劝读书，目的亦然。杨继盛有《言志诗》云：“读律看书四十年，乌纱头上有青天。男儿欲画凌烟阁，第一功名不爱钱。”同赤裸裸的《神童诗》无异，其曰：“朝为田舍郎，暮登天子堂。将相本无种，男儿当自强。”宋真宗赵恒的《劝学诗》中更有“书中自有千钟粟，书中自有黄金屋，书中车马多如簇，书中自有颜如玉”句。进入近代，虽经民主科学洗礼，但口气仍未变，商务印书馆《国语教科书》第八课《读书》云：“飞禽走兽，饥知食，渴知饮，又知营巢穴以避风雨。其奇者，能效人言。惟不知书，故不如人。人不读书，则与禽兽何异?”读书如服药，药多力自行，读书不独变气质，且能养精神。

但真正的读书，是生活的一部分，所谓“古之学者为己，今之学者为人”也。黄山谷尝云：“士大夫三日不读书，自觉语言无味，对镜亦面目可憎。”米元章亦云：“一日不读书，便觉思涩。”想古人未尝片时废书也。民间据此演绎道：“一日不读书，无人看得出；一周不读书，开始会爆粗；一月不读书，智商输给猪。”尤袤云：“书，饥读之以当肉；寒读之以当裘；孤寂而读之，以当友朋，幽忧而读之，以当金石琴瑟也。”万事易满足，读书不知足，田家英乃书生，酷爱读书，少年时曾写就一联：“走遍天下路，读尽世上书。”据说，毛公闲余，喜欢与之谈天，话题多在读书一路，曾戏言，若田死后，当立一碑，上书“读书人之墓”。王晫《今世说》载：“李启美嗜古学，抱疴十月，犹聚书床头读之。将革，叹曰，吾死矣，独念茫茫泉路，能读书否？悠悠来生，解读书否?”“文化大革命”时，钱锺书下放农场，杨绛曾指小山窝棚问道，可否终老于此。钱沉思片刻曰：“没有书读。”此皆真正读书人。因了读书，使之坦然熬过难关，正应了毛姆所言：“养成读书的习惯，就给你自己建造了一座逃避人生几乎所有不幸的避难所。”不为无益之事，何以遣有涯之生？此时活下去的精神养分，皆自读书而得。

刘銮《五石瓠》说张献忠："日使人说《三国》《水浒》诸书，凡埋伏攻袭咸效之。"张乃文盲，其获取书中养分，听得而读不得。这也属实用类型者，无劝而读，却动机不纯。张献忠成为杀人魔王，有本性的原因，是否还受到了《水浒》《三国》中滥杀无辜、草菅人命式冷酷描述的影响。

朱熹《观书有感》云："半亩方塘一鉴开，天光云影共徘徊。问渠那得清如许，为有源头活水来。"于谦《观书》云："书卷多情似故人，晨昏忧乐每相亲。眼前直下三千字，胸次全无一点尘。"其也劝学，却是自劝，而非劝他。苦读千年史，笑吟万家诗，历来就有"读书种子"之说，昔人方孝孺、叶德辉，今人陈寅恪、钱锺书，皆得此誉。苏轼有"发奋识遍天下字，立志读尽人间书"之愿，包世臣有"恨无十年暇，尽读奇书"之憾，奋发于良书，且患不多，读书已然成为他们自觉自愿的生活方式。扫地焚香，清福已具，其有福者，佐以读书。万事皆易满足，唯读书终身无尽。

有些路只能一人走，读书亦然。依我的经验，读书无须交流，其妙在意会，一本让你心潮澎湃、夜不能寐的名著，推荐他人后，却心若止水，古井无波。所以说，劝读可以，但不必开书单；开卷有益，但不必照书单行事。莘莘学子，书海无涯，总希望有人从旁开示津梁，少走弯路。于是请硕学鸿儒自作多情，广开书目，意欲金针度人。黄侃曾言"八部书外皆狗屁"，意谓平生信奉推重经典只八部，即《毛诗》《左传》《周礼》《说文解字》《广韵》《史记》《汉书》《文选》，其余均不可论。其实这也是他为人开出的书单，此单等于无单，但他的话很有道理。

1925年1月，《京报副刊》刊出启事，征求"青年爱读书"与"青年必读书”书目各十部。鲁迅也在被邀之列。《京报副刊》为此栏目专门印发了一种表格，分上下两栏，上栏是“青年必读书”，下栏是“附注”。在上栏里，鲁迅填的是：“从来没有留心过，所以现在说不出。”“附注”栏里填的则是那句著名的话：“我以为要少——或者竟不——看中国书，多看外国书。”后来，鲁迅说明了自己“交白卷”的本心：“我向来是不喝酒的，数年之前，带些自暴自弃的气味喝起酒来了……我知道酒精已经害了肠胃……和青年谈起饮食来，我总说，你不要喝酒。听的人虽然知道我曾经纵酒，而都明白我的意思。”他在《写在〈坟〉后面》中也说到了不愿做青年导师的话，虽无关荐书，“倘说为别人引路，那就更不容易了，因为连我自己还不明白应当怎么走。中国大概很有些青年的‘前辈’和‘导师’罢，但那不是我，我也不相信他们。我只很确切地知道一个终点，就是：坟。然而这是大家都知道的，无须谁指引。问题是在从此到那的道路，那当然不只一条，我可真不知哪一条好，虽然至今有时也还在寻求。在寻求中我就怕我未熟的果实偏偏毒死了偏爱我的果实的人”。胡适倒是未列书单，但大致指出了不读什么：“每天花一点钟看10页有用的书，每年可看3600多页书，30年读11万页书。诸位，11万页书足可以使你成为一个学者了。可是，每天看三种小报也得费你一点钟的工夫；四圈麻将又得费你一点钟的光阴。看小报呢？还是打麻将呢？还是努力做一个学者呢？”又想起了《伍尔夫读书心得》中的一句话：“关于读书，一个人可对别人提出的唯一指导，就是不必听什么指导，你只要凭自己的天性、凭自己的头脑得出自己的结论就可以了。”读书无禁区，缺什么营养，补什么成分，你感兴趣的、能读下去的，都是你所需要的。

读书本是个人私事，劝人读书与劝人从良，皆煞风景之事，无趣得很。

旧话重提说勤学

凡古今之人学术之成，皆由辛苦，鲜有天才。子曰：“十室之邑，必有忠信如丘者焉，不如丘之好学也。”又曰：“吾尝终日不食，终夜不寝，以思，无益，不如学也。”

宋人陈鹄《西塘集耆旧续闻》卷一“苏东坡日课”载：“朱司农载上尝分教黄冈，时东坡谪居黄，未识司农公，客有诵公之诗云，‘官闲无一事，蝴蝶飞上阶。’东坡愕然曰，‘何人所作？’客以公对，东坡称赏再三，以为深得幽雅之趣。异日公往见，遂为知己，自此，时获登门。偶一日谒至，典谒已通名，而东坡移时不出，欲留则伺候颇倦，欲去则业已达姓名，如是者久之，东坡始出，愧谢久候之意，且云，‘适了些日课，失于探知。’坐定，他语毕，公请曰，‘适来先生所谓日课者何？’对云，抄《汉书》。公曰，‘以先生天才，开卷一览可终身不忘，何用手抄邪？’东坡曰，‘不然。某读《汉书》，至此凡三经手抄矣。初则一段事抄三字为题，次则两字，今则一字。’公离席复请曰，‘不知先生所抄之书肯幸教否？’”钱穆《九十三岁答某杂志问》云：

“我自七岁起，无一日不读书。我今年九十三岁了，十年前眼睛看不见了，但仍每日求有所闻。”成功绝非偶然，学习不是因为缺少时间，而是缺少努力，天才苏东坡亦然。

顾炎武博学于文，经世致用，与黄宗羲、王夫之并称为明末清初三大儒。在经史、音韵、小学、诗文、金石考古、方志舆地诸多方面，皆有造诣。然其勤学也过于常人。清陈康祺《郎潜纪闻》云：“亭林先生自少至老，手不释书，出门则以一骡二马，捆书自随。遇边塞亭障，呼老兵诣道边酒垆，对坐痛饮，咨其风土，考其区域。若与平生所闻不合，发书详正，必无所疑乃已。马上无事，辄据鞍默诵诸经注疏，遇故友若不相识，或颠坠崖谷，亦无悔也。精勤至此，宜所诣渊涵博大，莫与抗衡与。”傅山的勤奋不在顾炎武之下，他曾言：“文章诚小技，可怜终日在里边盘桓，终日说梦。”

周篔为人不趋附权贵，坦荡不羁，交游广泛，秉性刚直好义，遇人有急难，竭其所有相助。“其为诗超尘拔俗，不袭前人一语。时同里王翃、范路交赏公诗。朱竹垞、朱一是、李麟友皆与公相唱和。”其年轻时，正值明末兵乱，易宗夔《新世说》载：“周青士遭乱，弃举子业，爰廛卖米。有括故家遗书鬻于市者，买得一船积楼下，每日中交易，手握箕筥斗斛，夜则拨乱书读之。有郡丞行署与周邻，以吟诵达旦，丞不能寐，忿甚，遣吏勾摄，将抶之，有士夫解而免。”

《清代名人趣史》载“顾栋高裸体读经”事：“顾栋高先生复初，清康熙辛丑进士，性倨慢不合时，仅三载即归田。深于经学，自幼至老，未尝一日不读书，于五经皆有发明。掌教淮阴时，夏月坚闭重门，解衣裸体，寸丝不挂，手执一卷，高读不辍。客至，自门隙窥之，大笑。先生仓皇着衣而出。谈者传为笑柄云。”

梁启超治学甚勤，平昔眼中无书，手中无笔之日绝少，无论冬夏，五点起床，每日工作十个小时，星期天也有日课，不稍休息。其尝言“万恶懒为首，百行勤为先”。清华每周六有一个同乐会，师生全部参加。梁启超上课很严谨，到了同乐会上，大家让他表演，他就说背一段《桃花扇》，结果全段背出，清华师生惊叹不已。

章太炎在台湾结识了一位记者李书，某日，两人闲聊，章问李几岁开始读书，李说大约二十岁他才延师启蒙。章听后连连摇头，嫌他读书太迟，并说自己六七岁便开始读书，到二十岁差不多已经读完了。李书对章还能记得多少颇为怀疑，于是随便举出几则自己记得的经书来问，不待李说完，章就一字不漏做了答复，甚至连哪一句在哪部书的第几页都说得清清楚楚。

才不胜今人，不足以为才；学不胜古人，不足以为学。辜鸿铭获文、哲、理、神等十三个博士学位，会九种语言。但他认为自己的博学源于勤奋，他曾对北大的一位同仁谈及如何学习外语：“我学习希腊、拉丁文时，不知哭了多少次。人们都说我聪明，其实，主要还是坚持‘困而学之’的办法。有些人认为记忆好坏是天生的，不错，人的记忆确实有好坏之分，但是认为记忆力不能增强是错误的，人心愈用愈灵。”

王国维平日埋头书房，绝少出游，一生没有娱乐二字。闻一多也绝少出游，郑天挺在回忆西南联大时曾谈一掌故：“我和闻先生是邻居，闻先生十分用功，除上课外轻易不出门。饭后大家去散步，闻先生总不去，我劝他说何妨一下楼呢，大家笑了起来，于是成了闻先生一个典故，一个雅号——‘何妨一下楼主人’，犹之古人目不窥园。”

一次，武酉山问黄侃一句典故，黄说出自《汉书》，说完便背诵一大段，武惊讶地问：“《汉书》你如何会背得呢？”黄道：“《汉书》都不会背，教什么书？”《文选》中不论长短，一写就是满黑板，从不用翻书；《说文》示部众六十三篇，可以按次序写出来；《文心》每篇都可以背诵。他在日记中提到："平生手加点识书，如《文选》盖已十次，《汉书》亦三过，《注疏》圈识，丹黄烂然。《新唐书》先读，后以朱点，复以墨点，亦是三过。《说文》《尔雅》《广韵》三书，殆不能记遍数。"世人皆以为其记忆力绝佳，实则勤奋使然，欲行远者不可不弃其故步，欲登高者不可不离其初级，其每月必用篆文抄写温习《十三经》一遍。张潮《幽梦影》云："藏书不难，能看为难；看书不难，能读为难；读书不难，能用为难；能用不难，能记为难。"信然。

少小而学，及壮有为；壮年而学，及老不衰；老年而学，及死不朽。熊十力十岁时，父亲讲授《三字经》，他一天就背熟了。父亲教他《四书》，讲完一段熊十力还意犹未尽，每次都要求父亲多讲，父亲不肯，说："多含蓄为佳也。"这年秋天，熊十力学作八股文一篇。八股文讲究章法，不易作好，熊父看过熊的文章，很是诧异。熊十力诫张中行语：每日于百忙中，须取古今大著读之。至少数页，毋间断。寻玩义理，须向多方体究，更须钻入深处，勿以浮泛知解为实悟也。熊能背诵很多书，著书立说时，案上仅文房四宝，而没有一本参考书。记忆力惊人是其成就的一项，但不是全部。熊先生学业成就不在学舌之反背，而在独立之思索。

齐白石一生勤奋，一天不画画心慌，五天不刻印手痒，创作数量惊人。九十余岁仍每日挥笔作画，一天至少五幅。他写下"不教一日闲过"六个大字，贴于墙端，借以自勉。一次过生日，没能作画，隔日即多画了几张，以补前天之闲过。

洪业曾回忆陈寅恪在哈佛时的情景：某日，他在哈佛校园见一中国学生衬衣露在裤子外面，且口诵诗歌，旁若无人。陈寅恪后来谈到他学会多种外语的经验，只强调一个"诚"字。到清华执教时，虽已名满天下，可并不满足。就在他任清华导师后，仍然坚持跟人学西夏文和蒙古文，每个星期进城学两天，并向钢和泰学梵文。

美国作家葛拉威尔在《异数》一书中指出：“人们眼中的天才之所以卓越非凡，并非天资超人一等，而是付出了持续不断的努力。只要经过一万小时的锤炼，任何人都能从平凡变成超凡。”他将此称为“一万小时定律”。

章太炎在把印度人与中国人加以比较后认为，中国人患有六种精神痼疾：“诈伪无耻，缩肉畏死，贪叨图利，偷惰废学，浮华相竞，猜疑相贼。”而“偷惰废学”为其一也。梁漱溟有家训：“不谋衣食，不顾家室，不因家事而拖累奔赴的大事。”勤学有目标，执着而得法，其为成功的最主要法则。博学而笃志，切问而近思，靡不有初，鲜克有终。其意虽旧，道理皆知，却能弥久不竭，常说常新，何以然？

时光短暂，如白驹过隙，蒋坦《秋镫琐记》云：“人生百年，梦寐居半，愁病居半，襁褓垂老之日又居半，所存者十一二耳。”哈佛提醒学生：“我荒废的今日，正是昨天殒身之人祈求的明日。”卡夫卡说：“人的主罪有二，其余皆由此而来，急躁和懒散。由于急躁，他们被逐出了天堂；由于懒散，他们再也回不去。”中国古人类似的惜时名言比比皆是，不可胜数，如《劝学》：“黑发不知勤学早，白首方悔读书迟。”如《长歌行》：“百川东到海，何时复西归。少壮不努力，老大徒伤悲。”如《明日歌》：“明日复明日，明日何其多。日日待明日，万事成蹉跎。”名言归名言，警句归警句，将名言警句贯之行动者有，但不多。

廉不言贫，勤不言劳，古之美德也。辛弃疾言：“人生在勤，当以力田为先，故以稼轩。”看似释名所居，实则砥砺自勉。自立者人恒立之，自助者天助之，勤学者不成功，谁还能成功？

文选烂

文选烂，秀才半；熟读唐诗三百首，不会作诗也会吟，所言一个意思。少年时，放声疾读，久之自悟；成年后，一切唯心，步步生莲。

读书汗牛，意在笔先，写作当间，出乎意料。笔有顺逆，法有循环，起承转合，始于一笔，黄宾虹所谓“由一笔起，积千万笔，仍是一笔”，即意在笔先；落墨于纸，实难控制，规矩之见，往往意外，石涛所谓“趣在画外，意在手前，无意无趣，从何处得也”，即出乎意料。有画家云，其画钟馗以眼开笔，以形写神，或慈或怒，慈则嫁妹，怒则捉鬼，身随脸而变化；有书家云，其落笔起始处，以形传神，或浓或晕，浓则行书，晕则草书，体因笔而随机。太上师天，师天者有大情，大情者得神品；其次师人，师人者有大悯，大悯者得妙品；再次师经，师经者有大悲，大悲者得能品。大情大悯大悲俱备者，得逸品。

“阶前不种梧桐树，何处飞来一叶风。”积累须厚，动机须深，此状态无趣且枯燥。虽不善饮，酒不可不备；虽无暇读，书不可不藏。可以备而不用，不可用时不藏。

“书犹药也，善读之可以医愚”，尚可医妄，人生大病，不止一傲，妄誉即妄诞，妄执便妄作，由此发现己之丑陋，恨不得毁鉴而去，知道己之所谓幸福生活，其实并不合身。读书改变容貌，三日不读书面目可憎。浸渍于人心，方可披沙拣金，方有风吹画角之清脆，小字红笺之雅致，间或陌上花开之苍茫，小园徘徊之孤幽。一天云锦，风在其下，焚香晏坐，意豁如也。

曾敏行《独醒杂志》载：“客有谓东坡曰，‘章子厚日临《兰亭》一本。’坡笑云，‘工摹临者，非自得。章七，终不高尔。’予尝见子厚在三司北轩所写《兰亭》两本，诚如坡公之言。”临摹虽勤，功倍事半，不融矣，不烂矣。王国维论近世学人之弊有三：“损益前言以申己说，一也；字句偶符者引为确据，而不顾篇章，不计全书之通，二也；务矜创获，坚持孤证，古训晦滞，蔑能剖析，三也。此三弊今人亦有。”胡适说校勘学过程也有三：“一是发现错误，二是改正，三是证明所改不误。”一个说不烂，一个说烂，皆击中要害。

天命靡常，前路不卜，正如你不知自己会成为怎样的人，一诗一文，一画一书，皆不知会有怎样的纸端效果。名利场，生死路，墨之所藏者黑；伶俐笔，糊涂色，丹之所藏者赤，拌黑酿赤，理大致同，毕竟不同。读什么样的书，交什么样的友；交什么样的友，读什么样的书，似有暗示，实则必然。山河满目，是道念兹在兹的目光；满目山河，有种笔至心至的情怀。节义青云，文章白雪，德性陶镕之；山河绵邈，笔墨氤氲，胸襟囊括之。文章笔墨之化，德性胸襟之育矣。

误读也是读

太原市2010年中考模拟题中有一道“阅读说明文”试题，所选正是我的一篇旧文《太原老宅院》，此题需完成五个问题，合计十六分。

我女儿那年恰也在考生之列，考毕回来问我该如何作答，我一看，一道也做不上来，遂搪塞道：“还是听老师的吧。”未几，一老乡告其子，“我认识此作者”，并约饭局，欲让我当面传授作文技法，“别，别！万万不可，一定要听老师的，否则得不了高分”。尽信书，不如无书，但你得尽信老师，这便是教育的现实。余之写作，纯属业余，不指望其养家糊口，故也没有了使命的硬性规定。若事先设定那么多的主题，执象而求，咫尺千里，还能写出来吗？类似情形，不孤例，一篇名曰《想起当年闹红火》的文章，被选入外研社出版的“新课标语文阅读”《社会风情》中，其间所出几题，自己同样无从回答。

遂想到了先前课文里的那些个中心思想、段落大意，背得好苦。有笑话云：“鲁迅写‘晚安！’这两个字，语文老师认为‘晚安’中‘晚’

字点明了时间，令人联想到天色已黑，象征着当时社会的黑暗。在这黑暗的天空下人们却感到‘安’，侧面反映了人民的麻木，而句末的感叹号体现了鲁迅对人民麻木的哀其不幸怒其不争。”大概鲁迅在世，也不知所措矣。以鲁迅的脾气，不知会语出怎样的惊人讽喻来。鲁迅虽未说，马克·吐温却说了，其《哈克贝利·费恩历险记》写道：“如果有人胆敢在本书中寻找什么结构、道德寓意诸如此类，一律逮捕、流放，乃至枪毙。”董桥喜欢杨绛文字，免不了要与钱锺书做比较：“杨绛的文字有胆，钱锺书的文字没胆，钱锺书的文字狡猾，因为他没胆，所以他狡猾，对不对？如果你有胆的话，一是一，二是二。”以钱锺书的性格，也会不依不饶的。

俗眼相逢莫评品，胡乱唤我我不应，文人间的笔墨官司，大抵是这样打起来的。看似平常一句话，对方何以暴跳如雷？若有人踩到你的脚，只有你一人感觉疼痛，别人是不会因此停止匆匆脚步的。奥勒留《沉思录》云：“每个人爱自己都超过爱所有其他人，但他重视别人关于他自己的意见，却更甚于重视自己关于自己的意见。”人是社会动物，在意他人评判，不奇怪。只为这一句，断肠也无怨，那是说到了心坎上，否则便不以为然，故曰文艺评论是件吃力不讨好之事，纵使通篇谀辞，对方也不会领情。

小说家科伦·麦凯恩曾言：“传统意义上的自传是最不真实的文体，作家的题材离自己亲身经历越远，越容易流露出隐藏最深的真实一面。所以一切写作均为自传，小说尤甚。” 自传的目的，便在于让人相信此说，却事与愿违，适得其反，好事者倒是愿把《红楼梦》这样的小说，看作是曹雪芹的自传。笃信不具创造力，怀疑才具。

文字一经发表，便不再私有，任何阅读，皆属二次创作。佛教传中土，诸神遂着峨冠博带、右衽交领之汉服；《水浒》传日本，浮世绘大师歌川国芳则将一百单八将画成了武士浪人。当代诗人阿多尼斯说："使命是后来生成的，是读者从文本中得出的。"既如此，别人想什么，你控制不了；别人说什么，你也强求不得。写作虽美，莫如沉思，沈从文"多少文章就是多少委屈"的话，盖也有被误读后的无奈，然正读是读，误读也是读。生前被误读，尚可回应辩解几句，而死后被误读，该当如何？话又说回来，死后仍被读，便算传世了，其中的因素，可能正在于误读之读。能在别人的文字里，读出似有似无的命题，读出想说未说的表达，纵使误读，也算有了他乡遇知己的机缘。

王国维云："诗有题则诗亡，词有题则词亡。"人无意，意便无穷；文无题，题便无边。无题不设限，反使误读成正解。谁曰不然。

张潮读书

张潮的《幽梦影》，随笔体格言小品文，自然清新，平易流畅，其中关于读书的描述，心游五表，不滞近迹，脱落形骸，寄之远理，令人无限神往。此读书，非功利，乃一种生活状态。摘录如下：

> 读经宜冬，其神专也；读史宜夏，其时久也；读诸子宜秋，其致别也；读诸集宜春，其机畅也。
>
> 经传宜独坐读，史鉴宜与友共读。
>
> 对渊博友，如读异书；对风雅友，如读名人诗文；对谨饬友，如读圣贤经传；对滑稽友，如阅传奇小说。
>
> 读书最乐，若读史书则喜少怒多。究之，怒处亦乐处也。
>
> 文章是案头之山水，山水是地上之文章。
>
> 天下无书则已，有则必当读；无酒则已，有则必当饮；无名山则已，有则必当游；无花月则已，有则必当赏玩；无才子佳人则已，有则必当爱慕怜惜。
>
> 少年读书，如隙中窥月；中年读书，如庭中望月；老年读

书，如台上玩月。皆以阅历之浅深，为所得之浅深耳！

《水浒传》是一部怒书，《西游记》是一部悟书，《金瓶梅》是一部哀书。

凡事不宜刻，若读书则不可不刻；凡事不宜贪，若买书则不可不贪。

春雨宜读书，夏雨宜弈棋，秋雨宜检藏，冬雨宜饮酒。

诗文之体，得秋气为佳；词曲之体，得春气为佳。

虽说一鳞半爪，偶识踪迹，却蕴思含毫，游心内运，放言落纸，气韵天成，闪烁着智慧的光彩，读之获益匪浅，感受良多。这样的读书法，理趣深玄，却顺从性情，且能轻松自如，欢畅惬意，犹这些个对仗句式，目既往还，心亦吐纳，情以物迁，辞以情发。此文人真性灵也。袁宏道《叙小修诗》称此类作品："大都独抒性灵，不拘格套，非从自己胸臆流出，不肯下笔。有时情与境会，顷刻千言，如水东注，令人夺魄。其间有佳处，亦有疵处；佳处自不必言，即疵处亦多本色独造语。然余则极喜其疵处，而所谓佳者，尚不能不以粉饰蹈袭为恨，以为未能尽脱近代文人习气之故也。"袁枚也强调"诗者，人之性情也。凡诗之传者，都是性灵，不关堆垛。诗难其真也，有性情而后真"。"诗者，心之声也，性情所流露者也。"有性情，便有格律，格律不在性情外，而在性情内。

以前记过一句"刚日读经，柔日读史；无酒学佛，有酒学仙"的话，似联，却不知出自何人，也是说读书的闲情逸致状态。陆润庠为苏州留园所题联曰："读书取正，读易取变，读骚取幽，读庄取达，读汉文取坚，最有味卷中岁月；与菊同野，与梅同疏，与莲同洁，与兰同芳，与海棠同韵，定自称花里神仙。"后来又只言片语听过"酷日读律”的附会，而书画界“怒而写竹，喜而绘兰”的提法，思路与前同。明人吴与弼谈读孟：“南轩读《孟子》，甚乐。湛然虚明，平旦之气，略无所扰。绿阴清昼，熏风徐来而山林闲寂，天地自阔，日月自长，邵子所谓心静方能知白日，眼明始会识青天。”张恨水《书室浪墨》也有此论：“读书有时，必须有地。善读书者，则觉一切声色货好之处，无不可于书中得之也，试作读书百益。秋窗日午，小院无人，抱膝独坐，聊嫌枯寂，宜读庄子秋水篇。菊花满前，案有旨酒，开怀爽饮，了无尘念，宜读陶渊明诗。黄昏日落，负手庭除。得此余暇，绮怀万动，宜读花间诸集。大雪漫天，炉灯小坐……宜读林冲走雪。偶然失意，颇感懊恼，徘徊斗室，若有所悟，宜拂几焚香，静坐稍息徐读《楞严经》。银灯灿烂，画阁春暖，细君含睇……为伊读《西厢》。月明如画，清霜行天，秋夜迢迢，良多客感，宜读盛唐诸子一唱三吹之诗。”读书至此境界，果真是乐事。

读史使人聪明

谁控制了过去，谁就控制了未来；谁控制了现在，谁就控制了过去，故曰历史不简单。《周易》云："君子以多识前言往行，以畜其德。"后人以此拟联："多识前言往行以蓄其德；若农服田力穑乃亦有秋。"皆不出"一物不知，儒者之耻"之训。多识前言，即多识历史。

读史使人聪明，前提是真实的历史。古人早知此理，却未能明说，司马迁委婉道："究天人之际，通古今之变，成一家之言。"春秋笔法，绵绵不绝，至当代，唐德刚可为代表，有人评价其：秉笔公正，不以感情用事，不以人废言，不以言废人，也不以事废人，史德可嘉。先生之风，山高水长，以口述史立身的唐德刚曾言："胡适之先生的口述只占50%，另50%要我自己找材料加以印证补充。李宗仁的回忆录情况更甚，其本人口述仅占到15%，其他85%是从相关历史文献中一点点考证修订而成的。李宗仁是军人出身，文学、历史完全不懂，之前的信函电文完全由秘书完成。李有时信口乱讲，直接写出去要被别人笑死的。"对于《李宗仁回忆录》，唐德刚也一再警告读者，这本书是“桂系的一面之词”。谈及桂系，此例不孤，周佛海曾言：“桂系以及一切失意分子，都很明白地知道抗战是倒蒋的唯一手段。他们因为要倒蒋，所以高唱持久全面的抗日战争。蒋先生本想以更高的调子压服反对他的人，而这些人就利用蒋先生自己的高调，逼着蒋先生钻牛角尖。调子越唱越高，牛角就不得不越钻越深。”

史家之眼光，乃史家之真诚；史家之真诚，终归史家之坦言；史家之坦言，赢得史家之名节。欧哲伏尔泰就万里长城有段话，为域内治史学人所不及：“中国在我们基督纪元之前两百年，就建筑了长城，但它并没有挡住鞑靼人的入侵。中国的长城是恐惧的纪念碑，埃及的金字塔是空虚和迷信的纪念碑。它们证明的是这个民族的极大耐力，而不是卓越才智。”所有的犀利，皆源于真诚，史学也不例外。或许太习惯这个世界，域内学人才会对此事不觉惊奇，我看不是。察人之明，容人之量，成人之美，掩人之过，史家之大忌也；其文直，其事核，不虚美，不隐恶，史家之大美也。太史简不朽，董狐笔千仞，孔子成《春秋》而乱臣贼子惧，虽十败其九，时穷节乃见。史家与当局的千古对抗，实则良心与违心的生死抉择。

修史路径无外乎二，无非文献与实证。实证者难，有待考古新发现，文献者也不易，当下档案不开放，而二手资料已被人考烂，就此状况，也不乏高手。高华从已公开出版的材料中挖掘线索，每每发现新大陆，且以材料说话，不加褒贬，以险劲笔法，猛锐长驱。

读史使人聪明，此话不枉。太阳底下无新鲜事，乃识史者的睿智之源。

钱锺书云：“历史也像淘气捣乱的小孩子，爱开玩笑，捉弄人，有机会和能力来教训人，笑弄人，这是历史的胜利；很少有人听取或听懂它的教训，几乎没有人注意和在意它的笑弄，那也是历史的——失败。”开玩笑者多矣，民元，有记者于《震旦民报》发表演义文章，说黎元洪是被革命党人从床下拖出，强逼做的首义都督。当时黎的下属建议封报馆，黎认为，把报馆封了，外间反会认为这是真的，不去管它。这段演义遂流传至今，黎也被称作“床下都督”。偏见疾走，正见缓行，但玩笑经不住考证，不足以道，隔了悠长的岁月，真相依旧是真相。王国维云：“学无新旧也，无中西也，无有用无用也。凡立此名者，均不学之徒。”其实，学无新旧，唯有真假。

走出去，世界在眼前；走不出去，眼前即世界。日日江山景虽同，年年风光人已远，历史看似回顾，实则前瞻。王鼎钧《怒目少年》云：“任何国家在大战以后都该‘休养生息，与民更始’，所谓休养生息，就是留出时间产生遗忘，所谓与民更始，就是双方回到未透支不欠债的关系。”史家之功用，在于产生遗忘时间里，倔强地站在那里勒石记事，予后人述说，使后人聪明。

两本旧书隐藏多少怀想

“文化大革命”中的二十世纪七十年代，是个书荒时期，而此时正是我的成长期，最需要大量汲取营养的阶段。此时大规模流传的手抄书，除却供文娱的《梅花党》《绣花鞋》等等之外，还有许多是实用小册子，我见过的便有《怎样篆刻》《笛子吹奏法》等等。那时终日游荡的我迷上了绘画，开始临摹小人书里的人物形象，之后买了《工农兵形象》之类的美术书，再后来，父亲不知在哪找来了哈定的《怎样画铅笔画》《怎样画人像》两本专业书籍。《工农兵形象》所截取的人物头像，来自当时已成名作的油画国画作品，皆高大全、红光亮模样，作为形象参考可，却不适初学者。而哈定的这两本基础书，条分缕析，擘肌分理，巨细能够毕究，剖毫至为缜密，由此，我才知道绘画的步骤方法，才知道什么样的效果为上品。以后，走上社会，从事着与绘事无关的工作，画画于我渐行渐远。虽如此，却有一种情结寓其中，遇画展，总要前往；遇画册，总要翻阅；遇画家，总要言谈；遇学画者，更是鼓励有加，于我本人，梦想着还能回到画道之中，忆及童年，更是离不了对绘画的痴情，离不了哈定这两本书对自己的影响。

前些日子在朋友书架上，偶遇其中的《怎样画铅笔画》，先后翻阅了几遍，朋友见我爱不释手，欲赠送，我说我也有，其中的每幅作品我都反复临摹过，作品中的每根线条我都熟悉。于是回到老家父母处翻箱倒柜，掘地三尺，不觅，但对这两本书的惦念却从此染病式加重。有通俗歌词曰“相见不如怀念”，生怕再将一个美好的回忆打碎，但几番思量，前几日还是借助孔夫子旧书网终于邮购回了两书。

哈定是上海人，书中的外滩、豫园景致，为我定格了一幅唯美景象，借二十世纪八十年代初出差上海的机会，专访了这两处，但感觉与哈定笔下的写生有几许出入，便询问了同行的朋友，朋友说“你描述的情形大概是二十世纪四五十年代的样子”。书中的劳动场景来自新泾区建新合作社、曹家浜工地，还有高桥文化馆中的阅览场景，工人代表团到农村访问及“一九五六年春节工农联欢大会在高南乡”的场景，皆来自于上海近郊。

待买回这两本书后，我才在版本方面对二书有了大致了解。《怎样画人像》为1954年5月四联出版社出版，定价为15000元，仍为旧币改革前的计量单位。这家出版社于1953年由北新书局、广益书局、大中图书书局、人世间出版社合并而成，1955年在此基础上扩建为上海文化出版社，也就是说以“四联”名义出版图书的时段，仅有一年左右的时间，其后此书再版时便使用了上海文化出版社的牌子，且将书名中的“像”改作“象”。《怎样画铅笔画》为1957年6月上海文化出版社出版，此书164页，而前者为122页，开本也比前者稍大，而定价仅0.95元，比前者的1.50元便宜0.55元，这便是公营与私营的不同了。二者的印刷均十分的精美，为那个时代的上乘之作。书中彩图采用了活页贴图的办法。书中选用了多幅欧洲古典绘画大师的作品，《怎样画人像》中，将后来通译的达·芬奇译作达·文西，拉斐尔译作拉飞耳，丢勒译作杜勒，伦勃郎译作林白兰，安格尔译作盎格尔，还有葛楼兹、初论、台斯布打、康普夫、达仰等的译名，囿于学识无法与今译对应。到《怎样画铅笔画》出版时，这些大师的译名已大致同今，并选用了俄国绘画大师苏里柯夫、伊凡诺夫、阿·茄洒纳等人的作品，所引参考书籍《业余绘画教材》《教学法》《教学素描画集》等，也为苏联的美术教材。

哈定青年时期师承张充仁先生，二十世纪四十年代已为著名肖像画家，五十年代创办“哈定画室”，曾在上海交通大学、上海美术专科学校任教。1954年出版的《怎样画人像》，编写期盖在新中国成立之前，因为其中的“五卅运动”素材及卖菜妇、猎鹰者、解放军战士、工人肖像，显然与石膏像素描及热衷于过小日子的烫发女、公司职员的肖像风格迥别，私下推测，大概为出书时的仓促后补。

两本分别购自青海与北京，其中《怎样画铅笔画》的扉页上还留有初购者的签名及篆章：徐英。徐英何许人也？当今画坛似乎没有留下过他的作品，是否也是如我一样的业余爱好者？以购买此书的时期推测，他是否还在世？又是谁将他的钟爱挂在了网络之上并售出？不得而知。总之我与之有缘。两本书中，竟珍藏着我如此多的美好怀想。

一本带发票的旧书

无意间在太原南宫旧书市场购得一册《素描实践讲话》，作者周方白，上海人民美术出版社1957年1月版，原定价0.65元，摊主出价6元，我5元购得。

周方白先生乃美术教学名师，幼年受祖椿颐公画竹熏陶。1927年，到南洋马六甲培风学校、苏门答腊棉兰华商学校、先达中华学校执教。1930年，和夫人陆传纹一起进入巴黎国立高等美术学院学习绘画。1932年，作品在法国艺术家协会展出。1933年，到比利时皇家美术学院学习绘画雕塑，获得雕塑金牌奖、油画二等奖、石刻一等奖、解剖学及透视学一等奖，并成为比利时皇家美术协会会员。1935年8月回国后，历任苏州美专、武昌艺专、中山文化教育馆研究员，中央大学国立艺专、上海圣约翰大学、同济大学教授。新中国成立后，一直为同济大学教授，著有《周圭素描集》《绘画基本理论》《英法中美术词汇》《西方雕刻欣赏》《雕塑技法浅述》等书，《素描实践讲话》乃其中一种。

当年的上海，集中了一批西方美术教学的人才，他们在新中国成立前即出版有专业著述，故在解放初期经改头换面，添加了诸多新型符号后便再行出版了，哈定的《怎样画铅笔画》《怎样画人像》，似乎比此书的影响还要大。“文化大革命”前学习美术者，没有不受这类教材影响的。在我学画画的“文化大革命”后期，恰是个书荒年代，曾浏览过此类被禁的旧书，大致套路基本是从其中学到的，所以每每相见，总有一种“与君相遇更天涯”的感觉，无论价格，照买不误。

书中共计二十七讲，皆为素描的入门基础。今天看来，这样的知识已很普及，但在当时，却很超前。周先生的素描训练源自西方，为正统的古典学派，而从书中所选图录也可看出其功夫之深。《线条问题》一节里，使用了“素描皴法”一词，我还是第一次见到，显然借鉴于国画，类似的例子还有《人体写生》一节中的“寸马人豆”引用。

书的封面左下角有“黎明”的铅笔签名，但不知买主姓黎名明，还是“黎明”只为名。扉页上签有“57年4月21号”的购买日期，并嵌有“贤水”的篆印，此“贤水”是彼“黎明”的字，还是书斋号，只能猜了。

书中还夹有一张购买当日的发票，上有“新华书店太原支店”的发票专用章，发票号为“晋庚0191272”，发票收款人处只写了一模糊的“兰”字。1949年4月24日太原解放，三天后的27日，随军入城的新华书店太原总分店第一门市部在红市街58号开业，5月15日第二门市部在桥头街72号开业。是年10月3日，即开国大典后第三天，中宣部在京召开全国新华书店出版工作会议，会议决定统一全国的新华书店。1951年6月，太原总分店遂改名为太原分店。几年后的1958年7月，由于太原支店的人权、财权交属地文化行政部门管理，又改店名为太原市新华书店。此书的购买期在1957年，故仍称作“新华书店太原支店”。此时距1957年1月的出版期仅过去三四个月，以当时上海至太原的距离及运输效率，购买期当在新书刚刚上架之时。购买地点在哪里呢？除却先前已开张的红市街第一门市部、桥头街第二门市部外，1954年1月，中国图书发行公司太原分公司并入新华书店，太原支店增加西肖墙40号和52号两处门店。同年由新华书店总店投资21.13万元在五一路新建集营业与办公于一体的综合大楼。1956年投资3.12万元，在解放路298号新建一座二层营业楼。当时营业面积最大、品种最全者当属五一路新华书店，其总面积为1570平方米，其中营业面积360平方米，为太原市乃至山西省内之最，这一纪录直至1984年8月，解放路新华书店开业后才被改写。五一路新华书店多年来一直是太原的文化地标，1960年10月1日，隆重的《毛泽东选集》第四卷山西首发式即在此举行，之后太原市有关图书的各种活动大多在此举行。记得二十世纪八十年代初，社会上凡有知识竞赛之类的活动，该店门前总会聚集许多的人，交流切磋，以致影响到了交通。所以说，《素描实践讲话》一书在此购买的可能性最大。

如今买旧书，已不是为了阅读，也不在于收藏，只想圆旧时的梦。这些旧书，当年或拥有，或仅仅借阅过，向之所欣，俯仰之间，已为陈迹，如今将其置之身边，总觉得天际会有一丝的慰藉随风而来，吹动池上迟钝的波纹。看见这些旧书，仿佛听到了一首时光倒流的老歌，满是划痕的唱片上，总会带出几个惆怅失意的音符，忽忽不乐而来，若有所失而去。

贰

心得感悟

成就与专业无关

孙中山早年曾就读于广州博济医学院、香港西医书院，毕业后在澳门、广州设馆行医。据冯自由《革命逸史》载："孙总理在香港肄业之医学校，乃香港议政局员何启律师为纪念其英籍亡妻雅丽氏所设。总理在校五年，各科考试，均满百分之数，以第一人毕业，其证书经校长及教员十三人试官八人及牧师书记署名，由香港总督罗边臣于一八九二年七月二十三日给发。既毕业，遂在澳门创设中西药局，悬壶济世，诊治贫困，概不取值，人咸德之。当地有镜湖医院为华人公立，向用中医中药施治贫病，总理屡请其兼用西医西学，以济中医所不及，并愿充当义务，不受薪金，该医院竟破例从之。由是中外人士多就总理诊治，莫不著手成春，称为国手。对于解剖术，尤为精妙。"光绪二十年（1894），孙中山放下手头的医务，在翠亨村家中闭门多日，写下了洋洋八千言的《上李鸿章书》，提出国事建言，从此兴趣转向政事，经过四十年的努力，终成惊天动地伟业。

光绪二十四年（1898），鲁迅入南京水师学堂，后改入南京路矿学堂学习。在路矿学堂期间因成绩优异，毕业后获公费留学机会，东渡日本，入仙台医学专门学校学医。由于受到歧视，遂弃医从文，离开仙台医学专门学校，回到东京，翻译外国文学作品，筹办文学杂志，从事文学活动。其成就早已超出文学层面。

周作人于光绪二十七年（1901）进入江南水师学堂，在管轮班读书，后考取官费生，以土木工程名目和鲁迅一同留学日本，抵日后先读法政大学预科，后入东京立教大学修希腊文。其成就在文学，为新文化运动的杰出代表。

徐森玉于光绪二十六年（1900）入山西大学堂，读化学，在校期间，即著有《无机化学》和《定性分析》，被称为“奇才”。但他的成就却在文物鉴定、金石学、版本学、目录学方面。民国建立后，历任北京大学图书馆馆长、故宫博物院古物馆馆长，1924年11月，参与清室善后委员会工作。

马约翰于光绪三十年（1904）考入上海圣约翰大学预科，1911年大学毕业获理学学士学位。1914年，应聘清华大学，最初担任化学系助教，后改到体育部任教，并毕生为之孜孜不倦、勤勤恳恳，开创中国近代体育的多项端倪，被誉为“中国体育界的一面旗帜”。

赵元任于宣统二年（1910）入美国康奈尔大学，主修数学，最终却一生精研语言学，被尊为“汉语言学之父”、中国现代音乐学先驱，他还曾当选美国语言学学会的主席。女儿问他何以要研究语言学，赵答：“好玩儿。”另一位语言学家周有光，学生时代在上海圣约翰大学主修经济学，后从事经济、金融工作，做过经济学教授，并在银行兼职，出版有《资本的原始积累》《新中国的金融问题》等著作。1955

年，其受命改行至文字改革领域，参与设计“汉语拼音方案”，为现代汉语方面的大家。

郑振铎于1917年入北京铁路管理传习所学习。其成就在版本学、训诂学方面。张大千在日本学的是印染纱布技术，其成就在绘画方面。丰子恺是日本音乐专科学校毕业，成就也在绘画方面。

这些取得大成就者的一个共同特点，皆由理工科转向人文学科。其缘于自小具有良好的私塾教育背景，人文基础十分的牢固，纵使成年改行，也会迅速进入角色。虽由于种种原因投身于其他，但兴趣并不随专业，而兴趣正是最好的老师。有理工转人文成功者，而未见人文转理工建树者，原因在于理工科需要严谨的程序、密切的协作；人文科则不然，个体的精神、独立的思想、主观的判断、情感的充沛似乎更重要。人文是个慢功夫，可通过长期的积累获取，“文化大革命”后，一大批具有生活经历者成为作家，一大批通过自学成为学人；而理工则不然，非专业训练不可为，故那批“老三届”中罕有科技领域的佼佼者。

成为少数派

少数派，乃人群中的格外之人。少数派也曾是人群中的一员，自人群中脱离出来，或色谱渐变，或基因突变。

金冬心画梅竹，苍劲绝俗，长幅短卷，日可竟十数。其画竹自题曰："凌霜雪，节独完，我与君，共岁寒。"晚又画佛，字亦奇古。笔致绝俗，先在于人之绝俗。绝俗者，亦人群中的少数派。

梁漱溟的处世原则是：人格上不轻易怀疑人家，见识上不过于相信自己。其书坚毅挺拔，傲骨铮铮，与之性格类似。其在《致勉仁文学院同学》中感慨："吾为人写字作书，每意求笔力矫健，乃转见其俗劣。盖胸次未能廓然坦荡，是可耻也。孟子指出学问之道在求其放心；放心者一切向外逐物之心也。写字作书但恭敬从事便得。"梁公其书，一如其人，不随流，不苟同，嶙峋风致，凌云气象，皆人群中的少数派。

杨绛有知名译句云："我和谁都不争，和谁争我都不屑；我爱大自然，其次就是艺术；我双手烤着生命之火取暖；火萎了，我也准备走了。”这哪里是翻译，全然心灵独白耳。2004年《杨绛文集》出版。出版社准备筹划一场相当规模的作品研讨会，被其断然回绝：“稿子交出去了，卖书就不是我该管的事了。我只是一滴清水，不是肥皂水，不能吹泡泡。”寡欲静，有主虚，绝俗的杨绛，算得上少数中的少数了。

生年不满百，常怀千岁忧。怀绪春风者，“吴鱼岭雁无消息，水誓兰情别来久。劝君年少莫游春，暖风迟日浓于酒”；独立寒秋者，“昨夜清霜冷絮裯，纷纷红叶满阶头。园林尽扫西风去，惟有黄花不负秋”。忧己忧身，忧伤忧感，忧国忧民，此大夫士人之忧也；为月忧云，为书忧虫，为花忧风雨，此才子佳人之忧也。张潮《幽梦影》云：“因雪想高士，因花想美人，因酒想侠客，因月想好友，因山水想得意诗文。”绝俗者同样热爱生活，只不过热爱的不是寸积铢累的市利、柴米油盐的富足，而是尊严高于面包的精神。遂安于蓬门草舍，淡饭粗茶，且如罗曼·罗兰所言：“这世界只有一种英雄主义，看清这个世界的本来面目，依然热爱他。”张爱玲强调的也是热爱生活：“在三十岁之前，及时回头，改正。从此褪下幼稚的外衣。将智慧带走。然后，要做一个合格人。开始负担，开始顽强地爱着生活，爱着世界。”人如山，山不在高有仙则灵，人生真是不在于拥有多少，而在于如何对待此般拥有。

世之昏昏，千日一醉，我独忧心如醒；众人逐逐，百计邀誉，我却逃名若遁。只有少数人能从人群里蜕出，成为少数派，这一变化，洗心革面，脱胎换骨。罗曼·罗兰在《约翰·克利斯朵夫》中有一段话：“一个人从出生到成熟，被灌满了各种谎言，其成熟的第一步，就是呕吐，把这些谎言都吐出来。”童子智少却真，趣多而谐，把儿时回忆一遍，多少人淡然一哂，多少人幡然一悔。盖唯有如此，才能活出自己的生命状态来。

渐变是过程，读书为根本。颜之推《颜氏家训·勉学》云：“世人不问愚智，皆欲识人之多，见事之广，而不肯读书，是犹求饱而懒营馔，欲暖而惰裁衣也。”清代张英云：“镇日不观书，则起居出入，身心无所栖泊，耳目无所安顿，势必心意颠倒，妄想生嗔，处逆境不乐，处顺境亦不乐。”读书的好处，还在于书念多了，会产生顿悟，基因为之突变。

凡人皆具唯一性，却仍为多数中的一员，故少数派的与众不同，不在外表，在内心。少数派的外表或许彬彬随和，温文尔雅，内心却充满了拒绝，充满了“不”。淡泊之守，拨得开花繁柳密；镇定之操，立得定风狂雨急。凡事皆有己见，往往忤逆反侧，离经叛道，虽心怀异志，却能沥胆披肝；常常不察物理，不近人情，虽身在圈外，且存烂额之忧。“每当你发现自己站在多数人一边时，你就该停下来思考了”，作家马克·吐温如是告诫；“当我们失去变得与众不同的权利，我们就失去了自由的权利”，政治家查尔斯·埃文斯·休斯如是告诫。成为少数派的代价，是笑容越来越少，苦楚越陷越深。

独学

有的人无话可说，有的话无人可说，独学无友，然后成就高人。

大地苍茫，河水流淌，命运靠自己转弯，不变倒也是一种美。所谓不变，即坚持。钟繇云：“吾学书三十年，坐则画地，卧则画被致穿。”曾国藩云：“凡人做一事，便须全副精神注在此一事，首尾不懈，不可见异思迁，做这样，想那样，坐这山，望那山。人而无恒，终身一无所成。”周作人云：“饮酒损神茶损气，读书应是最相宜。圣贤已死言空在，手把遗编未忍披。未必花钱逾黑饭，依然有味是青灯。偶逢一册长恩阁，把卷沉吟过二更。”把时间用到取得进步上，坚持是个人的事，哪里有什么不堪重负，只有因不想努力而借口放弃，因恍然有悟的兴尽而归。为学，苦事也，放弃，却心有不甘。唯得其旨，方能忘其苦而知其乐。

你是什么人便会遇见什么人，没有遇见，最好回到内心，寂寞之路行人少；你是什么人便会选择什么人，选择自己，便是选择孤独，西出阳关无故人。蔡元培说：“大学为纯粹研究学问之机关，不可视为养成资格之所，亦不可视为贩卖知识之所。学者当有研究学问之兴趣，尤当养成学问家之人格。”居里夫人所谓“少关心别人的逸闻私事，多留意别人的思路观点”，人格之一；胡适所谓“为学正如金字塔，要它广博要它高”，也人格之一。

杲杲冬日，照我南隅，只见稿子去，未见钞票来。没有力气再向前走，也没有余地往后退，原地踏步，难免焦虑，难免虚妄浮慕而弃寂寞。鲁迅《自题小像》里举例：“文人作文，农人掘锄，本是平平常常，若照相之际，文人偏要装作粗人，玩什么‘荷锄带笠图’；农夫则在柳下捧一本书，装作‘深柳读书图’之类，就要令人肉麻。”所有付出，无论代价，终身追求，未必合已，然真实与真诚本就无所谓好坏。是非审之于己，毁誉听之于人，得失安之于数。故学人守学之目的，与其进而知识，不如退而知道。

独自演进，独自推理，哪里是不与秦塞通人烟，而是山至高处人为峰。转山转水转佛塔，百思不得其解，疏钟晚来，月满西楼，寂寞到一树一树的花开，一树一树的花落成负面情绪。而寂寞之心最为耐久，能始终经受得起生活冲击，延续未完成的一生。

除了思想，什么是我

有大脑，未必有思考；有思考，未必有思想。有思想者，凤毛麟角，寥若晨星。

人的独立不光在经济上，还体现在思想上。没有思想的独立，对于个人，其结果必然是人云亦云，跟风盲从；对于集体，则是一犬吠形，百犬吠声。夏目漱石说出了多数人的状况："你看看大家的言行，基本上是愚蠢的，除了自己眼前的事，脑子里什么也不想。劳顿使他们无法思考。精神疲惫和身体衰弱，不幸同时降临，道德的败坏也接踵而至。为吃饭活命而干的职业，很难有什么诚实可言。"但人又是有大脑的动物，思考的功能与生俱来，于是便有了依附他人、教条的集体无意识。

一个群体的形成，最终因为一个思想，但要使之凝聚，必须泯灭众人的思想，强迫其统一意志，规整口径。要么发声分贝高过众人，要么以强压使众人静音。于是便有了意识形态上的高度垄断，行动上的军事化管理。"一灯能破千年暗，一智可灭万年愚"，一旦异端的思想散播，大厦必倾，道路必坍。罗素曾言："人类对思想的畏惧，远超过世上其他事物——不仅超过毁灭，甚至超过死亡。思想无情地对待特权、既有体制与安逸习惯；思想往地狱深处窥视，面无惧色；思想看见人类这种微不足道的生物被深不可测的沉默重重包裹，但它仍傲视一切，宛如宇宙主宰般屹立不摇。"思想禁锢是专制统治的前提。

海风吹不断，江月照还明。纵使如此，仍有不屈的探索者，在荒凉的野径上赤脚流浪，前方满是拦路的荆棘，这是思想者必须付出的代价。李贽反对思想禁锢，其学说遂被指离经叛道，异端邪说。其在《焚书》中感慨自己的平生："余唯以不受管束之故，受此磨难，一生坎坷，将大地为墨，难尽写也。为县博士，即与县令、提学触。为太学博士，即与祭酒、司业触。"其学说被认为敢倡乱道，惑世诬民，因此下了大狱，后又被赐自尽。布鲁诺因批判经院哲学，宣传日心说被捕入狱，最后由宗教裁判所烧死在罗马鲜花广场。人类一思考，上帝就发笑。思想是有脊骨的生命，甚至就是阿伦特所言的"只在身后留下一个故事，从而只能在生命完结之后开始存在"。李贽、布鲁诺思想的传播大致如此。

每一首歌都给人以悲伤，仿佛要将歌者吞噬。然思想者痛苦，亦快乐。剧作家梅特林克在《沙漏》中说："在思索的瞬间，我们才真实地活着，沉思是生命中唯一敏锐的瞬间。一切思想必是忧郁的，尘寰之中，人的命运仅只是悲剧，终于悲哀、痛苦和死亡。然而，一位美国哲人曾说，'宁与柏拉图同悲，不与槽猪同乐。'"人们已习惯黑暗，以为黑暗就是光明，为此朱光潜委婉告诫青年人："悠悠的过去只是一片漆黑的天空，我们所以还能认出来这漆黑的天空者，全赖思想家和艺术家所散布的几点星光。朋友，让我们珍重这几点星光！让我们也努力散布几点星光去照耀那和过去一般漆黑的未来!”

思想便是让人眼前一亮的几点星光，但更多时候是一轮冷漠的月亮，注视着上元夜的喧嚣男女。胡适1946年5月28日日记云：“偶捡出丁在君生平最爱诵的一句格言，Think as if you live forever. Work as if you will die tomorrow.（思维着，仿佛你永远活着；工作着，仿佛你明天就死。）”丁在君，即丁文江。胡适还曾道：“除了思想之外，什么是我?”兀然心似醉，不觉有我身，此即笛卡尔“我思故我在”的另一种表达，此即辛涅科尔“是的，对于宇宙，我微不足道；可是，对于我自己，我就是一切”的简言概述。给人以自由者，唯有思想。外表热络的胡适，内心实则一轮冷月。德国作家约瑟夫·罗斯所言“除了我的身体之外，我没有家”，与胡适的“除了思想之外，什么是我”合璧一处，是否会引发“我是谁、谁是我”的思索。

思想者的倔强，如顽石的棱角。思想者不是职业，画家可以是，科学家可以是，神学家、文学家也可以是，士农工商、贩夫走卒皆可以是。思想者的贡献，可以是长篇大论，也可以是只言片语。思想者更多的时候是一种状态。

樗材也大材

墓志有他写，也有自撰。他写者多谀词，自撰者无论炫耀，抑或客观，都已是自我意义上的盖棺定论。曾国藩尝自言，“百岁之后，墓碑任人为之，惟铭词则自撰：不信书，信运气。公之言，告万世。”自我认同与后人评价毕竟不同，陶渊明《自祭文》曰：“嗟我独迈，曾是异兹。”那一肚子的不合时宜，早已被树为百代风骨、文人楷模，但当事人及当事人周边的人却不以为然，“天寒夜长，风气萧索，鸿雁于征，草木黄落”的描述，岂在时令。现实状况是“自余为人，逢运之贫，箪瓢屡罄，絺绤冬陈”，饭碗瓢盆常常是空的，严冬仍穿着夏日的衣衫。呜呼！

自称“不知荣辱，不计利害”的王绩，性简傲，嗜酒，能饮五斗，学陶渊明《五柳先生传》而作《五斗先生传》，其诗近而不浅，质而不俗，真率疏放，旷怀高致，直追魏晋高风。也作《自撰墓志铭》：“若顽若愚，似骄似激。院止三径，堂唯四壁。不知节制，焉有亲戚。以生为附赘悬疣，以死为决疣溃痈。无思无虑，何去何从？”《唐才子传》称其“弹琴，为诗，著文，高情胜气，独步当时”。

徐渭作《自为墓志铭》：“渭为人度于义无所关时，辄疏纵不为儒缚，一涉义所否，干耻诟，介秽廉，虽断头不可夺。”古今文士风骨高亮，无逾乎此者也。此文写毕，徐遂拔柱钉自击耳窍，流血如迸，医数月而愈。后又以椎击肾囊，未死。如此反复发作，如此反复，九次之多。不久，狂病再次发作，因疑继妻张氏不贞而杀之，入监牢。初入狱，身带枷锁，满身虮虱，冬雪积床头，瑟瑟发抖，友人送食，被狱人夺。七年后，遇万历帝即位大赦而获释。晚年愤益深，佯狂益甚。显者至门，皆拒不纳。当道官至，求一字不可得。最终在极度贫病交困中去世。俗人昭昭，我独昏昏；俗人察察，我独闷闷。

同样“不为儒缚”的张岱，“甲申以后，悠悠忽忽，既不能觅死，又不能聊生，白发婆娑，犹视息人世。恐一旦溘先朝露，与草木同腐，因思古人如王无功、陶靖节、徐文长皆自作墓铭，余亦效颦为之”。其《自为墓志铭》云：“少为纨绔子弟，极爱繁华，好精舍，好美婢，好娈童，好鲜衣，好美食，好骏马，好华灯，好烟火，好梨园，好鼓吹，好古董，好花鸟，兼以茶淫橘虐，书蠹诗魔，劳碌半生，皆成梦幻。”遂总结道：“学书不成，学剑不成，学节义不成，学文章不成，学仙学佛学农学圃俱不成。任世人呼之为败子，为废物，为顽民，为钝秀才，为瞌睡汉，为死老魅也已矣。”

惠子谓庄子：“吾有大树，人谓之樗。其大本臃肿而不中绳墨，其小枝卷曲而不中规矩。立之途，匠者不顾。今子之言，大而无用，众所同去也。”徐渭张岱之属，皆所谓“不中绳墨”之樗材。

徐渭尝言：“吾书第一，诗二，文三，画四。”袁宏道《徐文长传》则曰：“病奇于人，人奇于诗，诗奇于字，字奇于文，文奇于画。”半生落魄已成翁，独立书斋啸晚风。袁宏道对其诗有一段精彩评述："文长既不得志于有司，遂乃放浪曲蘖，恣情山水。……其所见山奔海立，沙起云行，风鸣树偃，幽谷大都，人物鱼鸟，一切可惊可愕之状，一一皆达之于诗。其胸中又有勃然不可磨灭之气，英雄失路，托足无门之悲，故其为诗，如嗔如笑，如水鸣峡，如种出土，如寡妇之夜哭，羁人之寒起。"其戏剧作品集《四声猿》，乃明代北杂剧的代表之作，中含《狂鼓史》《翠乡梦》《雌木兰》《女状元》四出，《狂鼓史》有感于严嵩迫害好友沈炼之事写就，意气豪达，点铁成金，信是妙手，在当时实属难能可贵。其在书画方面的成就更是影响深远，八大山人、石涛、扬州八怪奉其为宗，郑板桥、吴昌硕、齐白石都甘为"青藤门下走狗"。

张岱行文不事铺张，不事雕绘，意随景到，笔借目传，如闲中花鸟，意外烟云，有人不及知，而已独知之妙。有明一代，其人飘逸洒脱，不衫不履，其文秀出班行，超拔卓然，谁人可与之比肩？若个可与之并举？此一事无成、百事不堪，实则"繁华靡丽，过眼皆空。五十年来，总成一梦"后的一切看穿，任人评判。他在《自题小像》中又言："功名耶落空，富贵耶如梦，忠臣耶怕痛，锄头耶怕重，著书二十年耶而仅堪覆瓮，之人耶有用没用？"这样的话，看似诙谐自嘲，乖谬反常，实则不设城府，多少同时代或既往文人，却扭扭捏捏不敢言，讳莫如深不愿言，张岱则能坦言而不讳，磊落而不怍，赤忱披沥，真诚可嘉。言容行止，皆发乎于心，而现之于身。修之于身，其德乃真。此乃宗子之文倾心动人、饶有意趣的首要所在。知人者智，自知者明，此"明"盖老子所言"微明"，即含而不露之微，光而不耀之明。

大成若缺，其用不弊；大盈若冲，其用不穷。樗材不材，实乃大材，看似无用，用非当下矣。

创新从复古开始

画僧石涛的名句“笔墨当随时代”，曾引起过不少人的共鸣。笔墨停留在赋时，那是汉代；在骈文时，那是六朝；在诗时，是唐；在词时，是宋。就石涛的笔墨而言，秉承了文人画平和岑寂、荒寒冷峻的风格，但与安适闲逸的元四家之简约透彻、素淡含蓄，与入世趋俗的明四家之艳丽妖娆、斑驳盘错，与循规蹈矩的清初“四王”之细腻温软、匀称调和的风格迥异，就是与同为明末“四僧”的其他三位画家的八大山人之怪诞陆离、渐江之峭刻狷介、石溪之繁复畅煦也大相径庭。求变是石涛笔墨的实际所在。

但在变化中，总还有一些是不变的。诗词曲赋、文札令诀，一如古代的城制，衙署城隍、文武二庙都有其大概的方位。每组独立的建筑，虽说司职功能不同，形制规模各异，但都有一条固定的中轴线穿堂跨院，首尾一贯。这条中轴就是其精神所在，魂魄所在。诗词的情怀是琉璃脊上高低错落的雕塑，辞赋的款曲是丹陛阶上既威严又活泼的龙行山水线刻，经史子集是森然大殿中四根合抱的负栋之柱，只有柱础的束腰莲花造型显出了少许生动，寓言小说的东西两厢房虽说青砖灰色、蓬门窄窗，略显低矮简陋些，却容易亲近，庭院天井处名曰《陈情表》《祭十二郎文》等等的几棵中空古木，每遇风过，总会发出呜呜的哀泣声。韩愈“文以载道”论是“诗言志、歌咏言”说的发扬，之所以闻名，就在于揭示了一个从汉儒到唐儒都未明示的常识，标出了一条从咸阳到邯郸本就存在的中轴。

东坡云：“好奇务新乃诗之病。”画岂不然耶？陈洪绶《玉几山房画外录》主张潜心师古而能大成：“今人不师古人，恃数句举业饾饤，或细小浮名，便挥笔作画，笔墨不暇责也。形似亦不可比拟，哀哉！欲微名供人指点，又讥评彼老成人，此老莲所最不满于名流者也。然今人作家，学宋者失之匠何也？不带唐法也。学元者失之野，不溯宋源也。如以唐之韵，运宋之板、宋之理，得元之格，则大成矣。”而赵孟頫的这段话，书画中人更是耳熟能详：“作画贵在古意，若无古意，虽工无益。今人但知用笔纤细，敷色浓艳，便自谓能手。殊不知古意既亏，百病横生，岂可观也。吾所作画似乎简率，然识者知其近古，故以为佳。此可为知者道，不为不知者说也。”画虽一艺，古人于此冥心搜求，惨淡经营，必功参造化，思接混茫，乃能垂千秋而昭后学。“四王”之王石谷一生拟古，或曰“仿黄大痴”，或曰“拟倪高士”，还曾说过“平生最爱云林子（倪云林）”。其览名迹数百十种，而知画学之博大，由是潜神苦志，静以求之，每下笔落墨，辄思古人用心处，沉精之久，乃悟一点一拂，皆有风韵，一石一水，皆有位置，渲染有阴阳向背，敷色有今古之殊。变法不如守法，救弊未必无弊，但其师古能重开生面，用古人之规矩，抒自己之性灵，心领神会，端坐若失，皆以心入古人之意而默会，自得之趣，直不知我之为古人，古人之为我。王时敏《西庐画跋》云:“石谷画道甲天下，鉴赏家定论久归。然余比年，每见其新作，必诧为登峰造极，无以复加；及继见，则又过之，未知将来所诣果何底止。昔柳子论观文，谓如悬衡，增之铢两则俯，反是则仰。欲令吾俯，莫若增重其文，苟增之不已，将惧吾首至地。余观石谷画亦然。石谷日进乎技，一树一石，无不与诸古人血脉贯通，如子久逸韵出尘。学者仅能摹其郛廓，(石谷)乃独夺神抉髓，使之重开生面，尤非时流可几万一。余展玩服膺，不觉驰气怏墨，岂但首之至地也哉!”

破旧创新的石涛，破的是程式化的临摹之法，创的是师法自然之新。应物象形、随类赋彩本来是晋唐宋元画家贯以遵循的法则，但发展到明季，法则已成了画界的八股，唯古人是仰，唯前人是举，于是石涛发出了“自有我在”的惊呼，要画家们抬起头，将目光重新转向大自然。这与韩昌黎在绮靡奢华、滑腻铺张的六朝文风下提倡古文运动，发出的是同一腔肺腑之言。建安以降，有沿无革，故曰“八代之衰”，唐兴改辙，实求复旧，故曰“古文运动”。创新自复古开始，破法从写生入手，看似悖理，实则无误，看似扞格，实则周全，其中的玄妙每每让人陷入绞思，每每让激进者懊恼不迭。四川绵竹年画的第一道工序是木刻墨线模印，余下来，便由肉笔据线稿手绘着色了，因而即便是同一刻印也绝无雷同，不变的只是最初的墨稿。这与词家依曲牌填充，诗人据韵脚吟写，有异曲同工、仿佛浑似之妙。同为国画，有工笔、没骨、泼墨之分，有山水、花鸟、人物之别，而把它们归拢到旗帜之下的除用笔之皴擦点染、勾勒设色外，更重要的是画作所表达的内容不脱中国固有文化之边际，不脱文人画之本性。

在意识形态连同各种固有观念一同崩溃的年代，当代艺术进入了没有法则、不便定义的盲区，因其热衷于时间上的绝对的创新性，而不计空间上的相对的传承性，故竞出新观点，竞提新口号，竟立新名词，呈现出的也是五花八门、前所未闻的状态。为了创新，不惜骇人视听恶作剧；为了创新，不惜以丑为美自作践，好事者很难将其示意名状、归类立派。名词乱，思想岂有不乱者；语无序，行为哪能不杂沓。黑格尔曾言："人们通常认为独创性只产生稀奇古怪的东西，只是某一艺术家所特有而没有任何人能了解的东西，如果是这样，独创性就只是一种很坏的个别特性。"将古今新旧对立起来，将标新立异列为首要价值，你会觉得愈是创新愈是空虚，愈是立异愈是出错，到头来既不传形也不传神，既未革故也未鼎新。如果石涛西天有灵，得知自己那句惊世骇俗的名言已被乱贴了标签，定会急呼"错、错、错!"

古往今来，尽管表现内容、笔法形态在变，但总有一些是不变的，那就是作品中高深的意境、雅致的格调、深邃的思想、充沛的情感，从这个意义上讲，实在就是迹有巧拙而艺无古今。韩愈也说："我非好古之文，好古之道也。"寄道于文学，寄人生于文学才是古文运动的实质含义。所以说，创新抑或继承虽不是末节零碎，不是表面的文章，但也不是首要根本，更不可倒果为因、乱了宾主、舍本逐末。冯友兰1933年游历英国后，发现英国人惯于将传统改造一番，"旧瓶装新酒"，认为是其一大优点。"中国常有一些人用这句话嘲笑讽刺一些改革不彻底的事情。我想，只要是新酒，用个旧瓶子装着有什么不可以?"然新瓶旧酒与旧瓶新酒的做法看似相去无几，实则意义性质均不同。对于创新与继承的关系，我看还没有谁能较之"继往开来、推陈出新"的说法更概括、更合理、更具说服力的了。

杜甫忙，古诗也忙

杜甫很忙。2012年以来，杜甫突然蹿红网络，关于他的涂鸦图片在微博疯转。杜子美千古有知音，语文课本里，蒋兆和的那幅形象图：面容傲骨嶙峋，清癯玉立，神情沉毅凝重，逸气轩昂，一如他的忧国忧民、守心守正之诗。图片框外的延伸，寥寥几笔，便可无限遐想，穿越于剧情，荒诞于不羁，或手扛机枪，挥刀切瓜；或身骑白马，脚踏摩托；或美女相伴翩翩起舞，穿着运动服打篮球；或戴着墨镜玩游戏，骑着自行车去买菜。网友戏称之："子美真是个居家好男人。"虽曰蛇足戏仿，却也将娱乐时代的匠心独运、与众不同尽显于世。然千年景仰，忽被视如玩物，有人以为有伤大雅，不合时宜。千不该万不该，不该以"诗圣"开涮，毕竟杜甫不同于蒙娜丽莎，但又说回来，超现实主义恶搞蒙娜丽莎，说明其知名度高，虽如此，丝毫未减弱其依旧如初的迷人微笑。杜甫不孤单，除此之外，韩非子、辛弃疾、关汉卿、李时珍都很忙。

古诗也很忙。元稹《闻乐天授江州司马》里的"垂死病中惊坐起，暗风吹雨入寒窗”，杜牧《泊秦淮》里的“商女不知亡国恨，隔江犹唱后庭花”，皆被妙改。

“垂死病中惊坐起，学数学你伤不起”“商女不知亡国恨，隔江犹看概率论”，显然出自厌习数学者。类似者尚有：“天若有情天亦老，人学数学死得早”“两岸猿声啼不住，互相谈论倾斜度”“问君能有几多愁？不定积分不会求”“忽如一夜春风来，正交矩阵不会排” “风萧萧兮易水寒，各种数学各种难”。

“垂死病中惊坐起，今天还没写作业”“商女不知亡国恨，一天到晚写作业”，显然出自厌写作业者。类似者尚有：“君子坦荡荡，小人写作业”“举头望明月，低头写作业”“少壮不努力，老大写作业”“生当作人杰，死亦写作业”“洛阳亲友如相问，就说我在写作业”“人生自古谁无死，来生继续写作业”“众里寻他千百度，蓦然回首，那人正在写作业”。

“垂死病中惊坐起，今天还要挤地铁”“商女不知亡国恨，一天到晚挤地铁”，显然出自都市上班一族。类似者尚有：“举头望明月，低头挤地铁”“少壮不努力，老大挤地铁”“生当作人杰，死亦挤地铁”“人生自古谁无死，来生继续挤地铁”“洛阳亲友如相问，就说我在挤地铁”“众里寻他千百度，蓦然回首，那人正在挤地铁”。

“垂死病中惊坐起，今天还没刷微博”“商女不知亡国恨，一天到晚刷微博”，显然出自好刷微博者。类似者尚有：“举头望明月，低头刷微博”“少壮不努力，老大刷微博”“生当作人杰，死亦刷微博”“春眠不觉晓，醒来刷微博”“红星闪闪亮，照我刷微博”“人生自古谁无死，来生继续刷微博”“洛阳亲友如相问，就说我在刷微博”“夜夜思君不见君，原来君在刷微博”。

“垂死病中惊坐起，原来还得带孩子”“商女不知亡国恨，在家偷偷带孩子”，显然出自年轻的父母。类似者尚有：“人生自古谁无死，活着就得带孩子”“江山代有才人出，各带孩子几十年”“山回路转不见君，你还在家带孩子”“在天愿作比翼鸟，在地一起带孩子”“莫问前路无知己，知己也得带孩子”“满园春色关不住，红杏在家带孩子”“路漫漫其修远兮，吾将日夜带孩子”“神龟虽寿，犹带孩子”。

有人以此说开会。“举头望明月，低头开小会”“锄禾日当午，会议没结束”“借问酒家何处有，牧童遥指会议楼”“白日依山尽，会议在进行”“无边落木萧萧下，不尽会议滚滚来”“洛阳亲友如相问，就说我在开大会”。以此说“低头一族”。“举头望明月，低头玩手机”“少壮不努力，长大玩手机”“春眠不觉晓，醒来玩手机”“商女不知亡国恨，一天到晚玩手机”“夜夜思君不见君，还得埋头玩手机”“洛阳亲友如相问，就说我在玩手机”“待到山花烂漫时，我在丛中玩手机”“问君能有几多愁，恰似一天到晚没完没了玩手机”。

类似者尚有“床前明月光，想喝疙瘩汤”“春风又绿江南岸，明月何时烤冷面”“人比黄花瘦，犹记锅包肉”“小荷才露尖尖角，一看排骨炖豆角”“月落乌啼霜满天，松仁玉米地三鲜”“君问归期未有期，来盘榛蘑炖笨鸡”“我劝天公重抖擞，煎饼果子配鸡柳”“在天愿作比翼鸟，街边坐等吃烧烤”等等，此定为“吃货”所言。

“两个黄鹂鸣翠柳，我连对象都没有”“雌雄双兔奔地走，我连对象都没有”“我劝天公重抖擞，我连对象都没有”“垂死病中惊坐起，我连对象都没有”“路见不平一声吼，我连对象都没有”“问君能有几多愁，我连对象都没有”“洛阳亲友如相问，我连对象都没有”“此曲只应天上有，我连对象都没有”等等，此定为单身者所言。

“枯藤老树昏鸦，空调WiFi西瓜，网游还不归家，你丑没事我瞎”“枯藤老树昏鸦，挣钱还不够花，依旧寡人孤家，我丑没人肯瞎”“枯藤老树昏鸦，甜品零食西瓜，体重只增不下，只能希望他瞎”等等，所言皆当下年轻人的困惑。

黄金周外出旅行，高速路在堵车，遂有人改诗：“一行白鹭上青天，老子挤在最中间”“借问酒家何处有，又被堵在收费口”“犹抱琵琶半遮面，车上忘带方便面”“天生我材必有用，八个小时就不动”“寒雨连江夜入吴，高速路上看日出”“两岸猿声啼不住，家里不住车里宿”“路见不平一声吼，高速路上来遛狗”“万里山河一片红，欢喜出门个个熊”。无厘头者，如“床前明月光，李白睡得香”“三个臭皮匠，臭味都一样”“清水出芙蓉，乱世出英雄”“穷则独善其身，富则妻妾成群”“西塞山前白鹭飞，东村河边乌龟爬”“天若有情天亦老，人若有情死得早”“葡萄美酒夜光杯，金钱美女一大堆”等等。

还有无聊者将苏轼的两首词，套作了时下的广告用语：“老夫聊发少年狂，治肾亏，不含糖。锦帽貂裘，千骑用康王。为报倾城随太守，三百年，九芝堂。酒酣胸胆尚开张，西瓜霜，喜之郎。持节云中，三精葡萄糖。会挽雕弓如满月，西北望，阿迪王。”“十年生死两茫茫，恒源祥，羊羊羊。夜来幽梦忽还乡，学外语，新东方。相顾无言，洗洗更健康。”

有人改李之仪《卜算子》为“我住长江头，君住长江尾，梦里不见长江水，只因君太美”，实在是有才。

赵元任夫人杨步伟自幼淘气，曾改《百家姓》取笑私塾先生：“赵钱孙李，先生没米。周吴郑王，先生没床。冯陈褚卫，先生没被。蒋沈韩杨，先生没娘。”如此改动，正说明孩童对所学知识的熟悉程度，唯有这般滚瓜烂熟，倒背如流，方能如身使臂，如臂使指，半路出家者，半生半熟，吞吞吐吐，哪有这般轻车熟路，信手拈来。文生于情，情生于文，诗中有画，画中有诗，皆在此域。熟读唐诗三百首，不会作诗也会吟，岂用三百首，三十首即臻此界。曾国藩一生手不释卷，枕书而眠，旁人以此为勤劬黾勉，他却告诫子孙，少年时天资不及，背功未足，到头来不足以心手相应，张口即来，只得赖以书卷的手杖。

花样迭出，说新潮，也不新潮；锥处囊中，说有才，可真有才。人少学繁，力微任重，此也为巨大学习压力下的释放与排遣。何以解忧？唯有涂鸦；人生几何？赶紧改诗。

敬惜字纸乃敬重文化

古人敬惜字纸，将写有文字的纸片收集一处，归于惜字亭内一并焚烧。民间还有惜字解灾之说，编有《惜字律》《惜字训》之类，旨在宣化，《格言联璧》还有“作践五谷，非有奇祸，必有奇穷；爱惜只字，不但显荣，亦当延寿”的句子。至我祖父辈，此习尚残存，但已不焚毁，只是积于箱底。房契地契，旧书旧簿，皆麻纸质地，父辈们念书时的临仿、习题本等等故纸，也悉数堆放。

后来，我做了出版的营生，起初编报，后来编刊，自觉是个毁林伐木、将好纸变废纸的活，罪孽深重，对不住字纸，顿起恻隐之心，每每将废报过刊积攒屋角，清理房间时，送予办公楼里的工友，以便卖掉废品，贴补家用。我认识一位南宫旧书市场卖旧杂志的残疾人，便将一些可能具有市场潜力的那部分书挑出，打电话告之来取，后来对方回复说，市场惨淡，自家的地下室也堆不下了，遂作罢。旅行者当敬畏天地，读书人当敬畏纸张。

我的写作，一直以来不习惯直接在电脑上操作，而是先书于纸端，再转誊为电子版。纵如此，仍须正襟危坐，沐手洁案，大致如郭熙《林泉高致》所云：“凡落笔之日，必明窗净几，焚香左右，精笔妙墨，盥手涤砚，如见大宾，必神闲意定，然后为之，岂非所谓不敢以轻心挑之者乎！”因原罪感占心，早已不习惯下笔白纸，只有移至废纸背面，方能流畅行笔，愚人自缚也。无意间有文友谬奖，便搜集了两袋子草稿，留个念想，其他则归集废纸箱等待再生。我参加工作时，单位老同事将来信的信封拆翻，还可再寄一回，之后推广标准化邮编，回炉信封便作罢了，但这一理念却学到了。

我从事的是出版工作，却对自己的文字轻易不结集。有了文章，贴于博客，同样可起到传播交流的功效，且无妨南北有知音。平生无他好，唯嗜乱翻书，故所购图书随我行踪，随处留迹，常用者插于架上，无用者匿于床下，在读者堆于案头。见有爱书老人，临了将一生藏书捐赠图书馆，算是有了好的归宿，且也敬惜字纸了。年轻一代，习惯电子阅读，室内鲜有设书房者，也就免了敬惜字纸一说。数码技术支撑下的按需印刷，不光是印刷方式的变化，也是商业模式的转换，更是出版理念的进步。

一篇名曰《生命不打草稿》的短文云：“一人常用旧报纸练字，可练了许久，进步不大。书法家让他改用最好的纸。果然，他进步很快。书法家说，你用旧报纸写，总觉得反正有的是纸，写不好没关系；而用最好的纸，你会心疼，从而更用心去写字，当然会进步。”此话有理，但以全国每日消耗宣纸五吨计，书画界也罪孽一域。为此，陈丹青委婉告诫：“我鼓励所有年轻人减少架上绘画，他们应该多搞影像，搞新媒体。现在人人一个手机，制造图像的方式已经完全改变了，新的艺术根本不是绘画、不是装置，而是影像艺术，是数码艺术。绘画已是边缘的、没落的美学。”

旧时还敬惜布线。一件衣服，新三年，旧三年，缝缝补补又三年，不仅如此，尚要大改小，旧翻新。褪色衣裳，翻个面，便似新作，膝盖破了改短裤，长衫破了改短袖。改无可改，几成条絮时，仍不放过，浆成布褙，物尽其用，供纳鞋底之备。张鸣《从北大荒到北京》讲述其在北大荒的插队经历：“无论男女老幼，睡觉都是绝对的裸睡，每人都坚信‘睡一宿穿三衣’的古训，即穿衣服睡觉，对衣服的磨损，一晚等于白天穿三天。那时大家都穷，买布还需布票，省着点也对。”

常见垃圾堆上扔有半新旧衣，真真暴殄之孽。先前有挑担以旧衣换盆碗者，连换带送，算为旧衣找了去处。偶有为贫困地区捐冬衣机会，大包小包分次运至，人要登记，我说按包还是按件，对方说按件，我的妈呀！后来捐衣活动不组织了，大概共同富裕了，无需这样的扶助了。

为避免衣物过多堆放，买衣自然变得慎重了些。若论新旧，我十年无需添衣，只可惜款式方面落伍一些。

敬惜字纸，姑且算作敬重文化；敬惜布线，则在敬重劳动。敬重生敬畏，敬畏方觉神圣。

理想主义者的残甲片鳞

宗教时代，人的理想寄托来世；革命时代，人的行为围绕政治。物欲时代，人的行为与理想，则皆不离物质，赫胥黎担心的“人们自发不读书”，果就成了现实。现实的荒诞，远非不读书这么简单。

“伤痕文学”作家卢新华推出的新作《伤魂》说：“过去的伤痕是历史制造的，有人抽打、强加给你的；现在的伤痕是我们自己割的，开始割得不以为然，后来发现有一个很大的口子了。对财富的贪婪和执着，就是这个时代的伤痕。”一个时代的幸与不幸，隔代方可大致看个究竟。所有伤痕，都曾是结疤前的伤口。物欲时代的伤痕，是唯利是图，见利忘义，蝇营狗苟，冷酷无情。南怀瑾感叹道：“十九世纪、二十世纪初期威胁人类最大的是肺病，二十世纪中后期威胁人类最大的是癌症，二十一世纪威胁人类最大的是精神病。现在是精神病开始的时代了，我发现很多年轻的孩子们精神都有问题了。”丰取刻与，得陇望蜀，贪婪是精神上的病。尚憎驽恋栈，肯羡鹤乘车，恋栈也是精神上的病。王云五于1963年11月诗云："良朋满座终须散，笙歌永昼夜难连。此日挂冠恰到好，再留不值半文钱。"凡事适可而止，不为已甚，但大道理人人尽知，小情绪却难以自控。

众人皆为病人时，健康者反倒成了病人，然健康者毕竟是无疾人，还是看出了其中的是非。钱穆就说："一切物质生活全没有多大深度，因此影响于全部人生的，也并不深存。乘飞机，凌空而去，只是快了些，并不见得乘飞机的人，在其内心深处，便会发出多大的变化来；若使其人终身囿于物质生活当中，没有启示诱发其爱美的求知的内心深处，一种无底止的向前追求，则实是人生一最大缺陷而无可补偿。人生只有在心灵中进展，绝不仅在物质上涂饰。"

物欲特征之成型，与社会总体的价值取向有关。较之西欧，美国刚刚经历过这样的时代，留下过诸多恶行，为此，罗伯特·肯尼迪说："国民生产总值并没有考虑到孩子们的健康，他们的教育质量或玩耍的乐趣；它也不包含诗歌之美和我们婚姻的力量、公共争论的智慧以及官员的正直。它既不衡量我们的敏锐，也不衡量我们的勇气；既不衡量我们的智慧，也不衡量我们的学识；既不衡量我们的怜悯之情，也不衡量我们对国家的忠诚。"忍受过物质生活之匮乏，物质必然成为其首要追求，水激逆流，火激横发，正如禁欲过后，必然是纵欲。贫贱立品，富贵立身，不再追求物质时，已是追求物质者的下一代，或下下一代，时间将"筒子瓦"换成"鱼鳞瓦"后，瓦松还是倔强地伸展出来。木心说："将宗教作宗教来信，就迷惑了；将哲学作哲学来研究，就学究了；将艺术作艺术来玩弄，就玩世不恭了。艺术本来也只是一个梦，不过比财富的梦，权势的梦，情欲的梦，更美一些，更持久一些。艺术，是最好的梦。"渴望梦想之人，迟早会与梦想相遇，正如相信爱情之人，终究会与爱情邂逅。

胡适《毕业赠言》云："诸位毕业同学，你们现在要离开母校了，我没有什么礼物送给你们，只好送你们一句话罢。这句话是，'不要抛弃学问。'"这句话也可理解为"不要抛弃理想"，学人的理想是学问。志不可一日坠，心不可一时放，一个人借故抛弃理想，无论如何不值得原谅，尤其对于具有独立精神、自由思想的学人。有些理想，唯有远离物欲时，方可清心轻身接近，譬如文学。孙犁《庚午文学杂记——作家与道德》云："文章穷而后工。自己不能图大富大贵。鲁迅引用外国人的话说，创作如果要丰收，最好的办法，是使作家多受苦。生活太幸福，就没有花儿开放，也没有鸟儿歌唱了。""达官，贵人，富商，大贾，都不会成为作家。但如果他们失败了，还是可以写出好作品的。"窗前独榻，闲庭一人，乱世犹闻读书声，沙中时有悠然闪烁，便是理想主义者的残甲片鳞。

物欲主义者为工作而生活，理想主义者为生活而工作。翰卿墨客，缁流羽士，逸老散人，那些不赶时间的坚持，棋罢不知人换世，漫如张可久的一首小令："掩柴门啸傲烟霞，隐隐山峦，小小仙家。楼外白云，窗前翠竹，井底朱砂。五亩宅无人种瓜，一村庵有客分茶。"发上等愿，结中等缘，享下等福，那些随遇而安的疏懒，微风习习淑气飘，散若郑板桥的一段闲语："见一片荒城，半堤衰柳，断桥流水，破屋丛花，心窃乐之。若得制钱五十千，便可买地一大段，他日结茅有在矣。"如此而已。

旧书里夹的全是青春

阅读越方便，越不想阅读；越不方便，反倒越想，人性大致如此。昔时无书可读，到处搜猎而不得，后来出版恢复，品种渐多，无奈正值饥饿汲取知识期，新陈代谢极快，似果腹食物，总不够充饥，遂将目光转向旧书市场。

夜光之珠，狼藉道路，那时的地摊，真有些好书，价格便宜，品种多为“文化大革命”前的旧藏，或为私家故存，或自图书馆流出。不比当下，正版盗版不论，就题材而言，满目皆成功学与速成教育、养生论与各类窍门、国学经典白话翻译、金融投资葵花宝典、大人物传记、老故事新编等等。

单卷本自不必说，多卷本则难凑齐，只要单独成篇，也买。另一些本子，为内部资料，非正式出版物，也有价值，内言不出于阃，明珠含光未示人而已。我购得过几本戏研所编的小册子，有老唱家的口述，有老脚本的发掘，起初的戏剧知识，多源自其间。“非是关某敢斗胆，怎不知军中无戏言，稳坐山头请观看，即刻立功寻兄还”，“倒坐南阳开封府；宋王爷是龙咱是虎，对天发过宏誓咒，贪赃枉法不姓包”，关公包公，时代不同本质同。买过一本名曰《山西省志》的内部出版物，乃日本东亚同文会旧著，1920年出版，为《中国分省志》之一种。其调查自1908年，历时十余年。外人写国志，绝无仅有，而其记录，重在经济、交通，甚是翔实，显然是在为全面侵华做准备。因何没有正式出版，不得而知。还买过一些农业学大寨、批林批孔、工农兵画册之类的册子，不为阅读，且当怀旧。

百苦无一乐，到老尚谋生，终身穷困则已，少有所得，购书首务也。袁枚将其藏书处取名“书仓”，题诗云：“聚书如聚谷，仓储苦不足。为藏万古人，多造三间屋。书问藏书者，几时君尽读？”多造三间屋，谈何容易。如今房价贵而书价贱，旧书多有淘汰，然此间所购，虽简陋，却珍惜，贫贱之交不可忘，故仍赫然于架上。

久而久之，结识了几个旧书贩子，将一堆自己学科之外的过刊旧书，一股脑让他拉走，为换得所需，也为找到合适的爱书人。一段时日后，卖出不少，书贩探问有无二十世纪八十年代的某些版本，我说虽多如束笋，却舍不得转让一本，因那里面夹的全是青春。

持短笔，勾勾画画；照孤灯，似有所悟。一士终年醒，一夫长独醉，旧书里残留的褪色批注，或审思，或随性，竟互不排斥，时有共鸣。如今，许多的新书，没有前世，只有今生，未及二次流通，便直接进入旧书市场。轻型纸，大开本，怎么闻也没有旧书的霉腐，怎么看也没有旧书的沧桑。

托名

托名著书、托名字画者古已有之，原因无外乎二：一则借古人影响，表达己之思想；一则借古人名气，赚取己之利益。

妄造名号，伪撰事迹，以铺张上古为事，因缘附会也。管仲乃辅助齐桓公称霸的政治家，战国后期被人托名著书《管子》，一举成为思想家。汉书《艺文志》著录《列子》八卷，早佚。今本《列子》八卷，从思想内容和语言使用上看，皆为后人据古代资料编就。《孔子家语》为三国时魏王肃杂取秦汉诸书所载孔子遗文逸事，又取《论语》《左传》《国语》《荀子》《小戴礼记》《大戴礼记》《礼记》《说苑》等书关于婚姻、丧葬、郊禘、庙祧等制度与郑玄所论之不同处，综合成篇，借孔子之名加以阐发，假托古人以自重，用来驳难郑玄。唐人司马贞作《史记索隐》，引乐壹注谓："苏秦欲神秘其道，故假名鬼谷。"《西京杂记》，旧或题刘歆撰，现一般认为系出自晋葛洪之手；《汉武内传》，旧本题班固撰，实亦葛洪所造；《汉武故事》，宋以下本题班固撰，亦有题班周撰，实乃出自刘宋王俭；《汉武洞冥记》，旧题郭宪撰，实乃梁元帝伪造。稗官野史、小说家言倒也罢了，严肃的学术亦然，《黄帝内经》《六韬》《古文尚书》《阴符经》等等，也是托名人而著书立传。纪晓岚编辑《四库全书总目》时称，宋代以后的兵家之书，多托名诸葛亮；明代以后的术数类书，多托名刘基。

托圣贤之名，扬自己之学，与托古改制同。王莽为实现政治抱负，将儒家学说体系加以实践，旨在缔造一个理想世界，其附会《周礼》，设想了一套对社会进行“复古”的改革蓝图，试图缓解自西汉中叶以来形成的种种社会危机，并谓之曰“新政”。康有为则把孔子打扮成改制变法的祖师爷，目的是借古圣以论证变法维新的合理性，为此还撰写了《孔子改制考》。但托名著书之举，难免因造假古董而混淆视听，谬误流传，贻害千古。除此之外，尚有其他托名者。五谷百草皆托名神农发现，曲尺、墨斗、刨子、钻子、凿子、铲子、锯子、锁钥、伞、磨、碾子等皆托名鲁班发明。

胡思敬《国闻备乘》说“托名著书”事：“文士厄于时命，托身卑泽，不能及物，欲借一二空言光显于世，往往依附于人，为富贵强有力者所掩。世传《吕氏》八览成于门客之手，以予观国朝诸著述家，如《吕览》一流者盖不少也。南海伍崇曜以赀雄于一乡，延谭莹于家，为辑《粤雅堂丛书》数百种，各有题跋，殿以崇曜之名，后其书盛行海内，士林交口颂南海伍氏，鲜有道及莹者。《行水金鉴》本郑余庆撰，题曰傅泽洪。《皇朝经世文编》本魏源撰，题曰贺长龄。《续经世文编》本缪荃孙、汪洵合撰，题曰盛康。《读史兵略》本汪士铎撰，题曰胡林翼。左宗棠始入张亮基幕，继入骆秉章幕，今所传张、骆二司马奏稿皆宗棠笔也。李鸿章奏议先为薛福成等拟，后为吴汝纶、于式枚等拟。徐松代松筠撰《新疆识略》，筠遂进呈御览，称为‘钦定’。毕沅开府武昌，幕宾最盛，精研史学者推邵晋涵，今所传毕氏《续通鉴》一书，半系晋涵裁定，分任纂述者岁久不能具述，盖湮没久矣。至徐乾学谄事明珠，刻《通志堂经解》成，驾名纳兰成德，携板赠之，其卑鄙盖不足道矣。”

《冰鉴》的镌刻时间为道光己丑年（1829）仲春，署名“南海吴荣光荷屋氏”，题名“香山曾大经纶阁氏书”。是年，曾国藩十九岁，尚未科举，曾氏名闻天下，已是知天命之后的事了。然民国初年，不良书商为谋商业利益，将相学之著《冰鉴》托名到了曾国藩名下，但此陋很快便被识破。黄濬《花随人圣庵摭忆》云：“近人乃有以古相术《冰鉴》，傅以文正名，号为遗著，不知此书道光间吴荷屋已为锓版，叔章盖尝藏之。”左手《挺经》，右手《冰鉴》，另一本《挺经》亦托名到了曾国藩名下。君子立身，在其所处，书说当年曾国藩凭借一个“挺”字，于困厄中求出路，历尽劫波，终成“天下之大功”。

今人抄书，多署已名；古人抄书，多署他人。但也有例外，有托名者，便有窃名者。顾炎武《日知录》云：“汉人好以自作之书托为古人，张霸《百二尚书》、卫宏《诗序》是也。晋以下则有以他人之书窃为己作者，郭象《庄子注》、何法盛《晋中兴书》之类是也。”除此之外，尚有隐名，如《金瓶梅》，署名“兰陵笑笑生”，笑笑生何许人也？明人沈德符《万历野获编》说他是“嘉靖间大名士手笔”，别误记述，于是关于《金瓶梅》的作者考证竟成一门学问，养活了不知多少的学者。

托名字画的现象就更多了。何圣生《檐醉杂记》载：“东坡诗云，‘贵人金多身复闲，争买书画不计钱。已将铁石充逸少，更补朱繇为道玄。'盖书画家托名牟利，在宋已然。国初亦颇有之。吴县戴右岩善山水，皆托名唐六如，以专厚值。王荦山水纯仿石谷，恒托其名以专利。近人张尔康专摹戴鹿床山水，往往乱真，亦其类也。"《王羲之草诀歌》即被认为是托名之作。

书画造假古已有之。古代书画造假先后出现过三次高峰。第一次是在北宋后期，书画市场的活跃，助长了造假之风；第二次是明代中后期，造假地区分布之广、方法和手段之多远远超过了前面任何时代；清末，出现了专门经营字画古玩的市场，古书画造假之风盛行，且明码标价，促成了书画造假的第三次高峰。

托名字画之所以成千累万，不计其数，一则说明其中的利益巨大，一则说明书画家成名之难。吴冠中者，画界大师也，但其子女中未涉足丹青者，记者问及原因，其坦言从艺之路过于艰难，成功更难，除却过人天分、不懈努力外，尚须无数个偶然与机遇，偶然中还包括了突如其来的磨难。吴先生之意，与鲁迅遗嘱同："孩子长大，倘无才能，可寻点小事情过活，但不可去做空头文学家或美术家。"艺术简直就是赌，赔上一生心血一无所获者大有人在。而一个中等资质者，只要本分做人，就可过上衣食无忧的生活。吴先生还说："美术这条路很难走，需要艺术天分和苦难的经历，不是画图这么简单；美术也不能成为职业，没有灵魂、没有灵感的作品，画得再好看，也不会成为历经时间考验的好作品。"许多书画家集一生努力，修养技艺皆很高，但就是湮没不闻，未见经传，于是为生计，只得托名于他人。

文人命短

文人命短，无限惋惜。然命长者何不令人喟叹，赵孟頫若不逢宋殁，吴梅村若不遇明亡，人生与诗文，同样完美。

谁谓今日非昔日，张中行品评鲁迅、周作人：“散文，最上乘的是周氏弟兄，一刚劲，一冲淡，平分了天下。”鲁迅1936年11月18日去世，避过了半年后大义抉择的抗战归属。有人担心其立场，却也不是空穴来风，1933年2月20日，小林多喜二被拷打致死，鲁迅遂发唁电：“日本和中国的民众从来是兄弟。资产阶级欺骗民众，用他们的血来画开一条界线，并且仍然在画着。然而无产阶级及其先驱者们，却正用血来冲刷着这界线。”周作人则于抗战时附逆，其1938年年底吟诗道：“禹迹寺前春草生，沈园遗迹欠分明。偶然拄杖桥头望，流水斜阳太有情。”老同事沈尹默颇不以为然，遂和诗讽喻：“一饭一茶过一生，尚于何处欠分明。斜阳流水干卿事，未免人间太有情。”王摩诘安史之乱平息后获狱，周作人抗日战争胜利后被捕，才高八斗、学富五车之辈，竟成生不逢时、命运不济之属，造化弄人。

自古士人毁誉，皆随风浪沉浮，附朝政枯荣。汉武帝好神仙，司马相如奉承《大人赋》；杨贵妃恐失颜，李白迎合《清平调》。人而不甘寂寞，何事不可为？某次朱元璋垂钓而未得一尾，解缙上马屁诗解窘："数尺丝纶落水中，金钩抛去永无踪。凡鱼不敢朝天子，万岁君王只钓龙。"闻听乾隆妃得子，纪晓岚献恭贺诗，叩首颂："昨夜君王得金龙。"乾隆插说是个女孩，纪遂改口："瑶池仙女下九重。"乾隆又说生下即殁，纪又改口："可惜人间留不住。"乾隆说丢进御河了，纪再改口："翻身跃入水晶宫。"杨奎松为此解释道："知识分子也是人，撇开学历或职业、专业之类的限定，从本质上看，不过就是一些以精神目标为毕生追求的读书人而已。"天下之事，利害相半，读书通世事，世事分读书。

徐志摩坠机命丧，戛然而止的精彩，是婉约到了极致的凄凉月色，独有伤心。也好，乱世之名，少取为贵，以后越来越复杂的政治纷争，与之再无瓜葛，唯有与林徽因、陆小曼的韵事，帮闲文人至今津津乐道，不疲篇章。风流才士、潇洒名人之外，政治人物何不然？袁世凯有通天下之志，为晚清中流砥柱，民国之初，风云际会，为使清室退位，和平交接，立了头功一件，临了却违背民意，称帝登基，一世英名，旦夕毁灭。为此，其孙袁家诚惋惜道："如果他早死一年，那就是功德圆满。"一念之恶，厉鬼随之，果然！

论先后，知为先；论轻重，行为重，想活成何等模样，固然与环境有关，更与操守要紧。周作人可以南迁，袁世凯也可能成为华盛顿。入门一差，意在笔先，事前加慎，事后不悔，然欲心一萌，元气尽丧，名节俱弃，人不自重，斯召侮矣。故曰绝嗜禁欲不可能，抑非损恶却必然。

胡适《丁在君这个人》云："他很大胆地说，中年以上的人，不久是要死的；来替代他们的青年，所受的教育，所处的境遇，都是同从前不同的。只要有几个人，有不折不回的决心，拔山蹈海的勇气，不但有知识而且有能力，不但有道德而且要做事业，风气一开，精神就要一变。"而这一变，许多人便受不了了。凡一种旧文化消逝，总有为此殉葬之人，"五十之年，只欠一死，经此世变，义无反顾"，王国维便是其中一位，其鄙夷革命，绝望政治，遂不再以天下为己任，而以文化为己任。陈寅恪曾言："凡一种文化值衰落之时，为此文化所化之人，必感苦痛，其表现此文化之程量愈宏，则其所受之苦痛亦愈甚。"王国维殁后，陈寅恪为之立传，惺惺相惜，亦千古知音。胡兰成《山河岁月》云："中国近两千年来有三个大时代，秦变制度，隋变文物，而有汉唐文明的翻新，这次则是从清末起接触了现代西洋，制度文物皆变，但亦并非中国文明被否定了，它只是又在翻新。"人生问题，往复胸臆，翻新还是否定，生存还是毁灭，恐怕没有那么简单。陈寅恪曾说自己"思想囿于咸丰同治之世，议论近乎湘乡南皮之间"，这样的旧学人，暮烟疏雨，萧寺夜钟，思想属于环佩声声的旧时代，然除了思想，什么是我？

命短足惜，针对自然之体，不足惜，在乎举止行为。

文人相轻又何妨

文人相轻，自古而然；文人好誉，难免多言。荒田无人耕，耕了有人争，相轻对方，只因双方都在一块田地里耕耘。相轻内容，无外乎气人有、笑人无者也。相轻皆生于近距离，对隔代同类，多以顶礼膜拜从之。诗必称唐，韩愈《调张籍》云：“李杜文章在，光芒万丈长。”书唯范晋，明人杨慎《墨池琐录》云：“今之笑学书者曰，‘吾学羲献，羲献当年学谁?’予诘之曰：‘为此言者，非为不知书，也不知古今矣。’”据卢言《卢氏杂说》载：“唐宰相王玙好与人作碑志。有送润毫者。误扣右丞王维门，维曰，‘大作家在那边。’”听上去酸中意味。

相轻者往往自视甚高，有的确实学问也大。王世贞《苏长公外纪》载苏东坡与司马光事：“东坡公元祐时登禁林，以高才狎侮诸公卿，率有标目殆遍也，独于司马温公不敢有所重轻。一日相与共论免役差役利害，偶不合，及归舍，方卸巾驰带，乃连呼曰，‘司马牛，司马牛。’”性之所至、高风绝尘的熊十力当年也曾放言：“现下学术界，蠢材太多。梁启超是变色龙，胡适被美国人洗脑了，冯友兰不识字，陈寅恪就是记性好，张君劢是地痞，梁漱溟长得太丑。北大都是一群小学生，就牟宗三勉强算朽木不可雕；唐君毅和徐复观，脑子笨得要命，出去以后都不要说是我的弟子。”多数人对这般言论不以为然，他则辩解“人谓我孤冷，吾以为人不孤冷到极度，不堪与世谐和”。

1908年某日，陈独秀至东京民报社拜见章太炎。此时，正值章门弟子黄侃、钱玄同在座，闻有远客来，便起身回避。主客谈及清朝汉学之发达，列举段玉裁、戴震、王念孙王引之父子诸人，均皖苏人士。然话题一转，陈独秀提及湖北，说那里没出过什么大学问家，章太炎也敷衍道：“是啊，没有什么人。”这时，隔壁闻听的黄侃忍不住大声道：“湖北固然没有学者，然而这不就是区区；安徽固然多有学者，然而这也未必就是足下。”宾主为此尴尬不已。此事见于周作人的《知堂回忆录》。冤家路窄，黄侃归国后，任北大中国文学门教授，陈独秀则为文科学长。陈以北大为阵地，主办《新青年》，宣扬白话文新文学，鼓吹新文化运动。黄侃则主办《国故》月刊，倡导国故，意在与之相抗衡。责人者必自恕，二人皆固执己见，各自成为新旧两派旗手，论争声声，远播南北。

大家狂言倒也罢了，后生对前辈，也竟敢放言。1947年，萧乾为《大公报》撰写的社论《中国文艺往哪里走》指出：“真正大作家，其作品便是不朽的纪念碑。近来文坛上彼此称公称老，已染上不少腐化风气，而人在中年，便大张寿筵，尤令人感到暮气。”所谓“称公称老”者，指的是郭沫若与茅盾。李健吾也后生，曾直言不讳道：“茅盾先生缺乏巴金先生行文的自然，他给字句装了过多的物事，东一件，西一件，疙里疙瘩地刺眼。” 而巴金的《爱情三部曲》出版后，他又评析道：《雾》的失败在窳陋，《电》的失败在紊乱，作者叙事的本领，在《电》里比在《雨》里还要得心应手。皆真实感受，而非出于人情。

胡适说王国维与罗振玉："静安先生的样子真难看，不修边幅，再有小辫子，又不大会说话，所以很少出门，但他真用功。罗振玉就不同，身材高大，人又漂亮，又会说话，说起话来又有风采。真漂亮！"较之王罗二位，胡适也后生。但他的话语一如他的为人，很是厚道，虽说事前加慎，事后无悔，然这样的评价，谈不上什么见解，甚至有些平庸泛泛。鲁迅说王国维"老实得像根火腿"，便生动多了。林语堂评鲁迅也生动："每逢他攻击敌人的言词锋利可喜之时，他会得意地哄然大笑。他身材矮小，尖尖的胡子，两腮干瘪，永远穿中国衣裳。看来像个抽鸦片烟的。没有人会猜想到他会以盟主般的威力写出辛辣的讽刺文字，而能针针见血的。他极受读者欢迎。"苏雪林评郁达夫更绝，只有论点，不见论据："一身浊骨，完全不像文人。"

逢人说吉祥，那是商人。太虚之内，万事从宽，那是道人，文人则是"不说白不说，说了也白说，白说也要说"。当时的文坛有笔仗，有恩怨，但无付诸法律、告上法庭者，无上纲上线、牵扯政治者。这是文人的游戏规则，底线所在，也文人之行。仁言者，未必仁心；仁心者，未必仁言。文人之仁，在仁心。

岁月荒唐过，文章腼腆成。成就学人，需名师指路，贵人相助，亲人支持，同人刺激，缺一不可。水激逆流，火激横发，灵动由此而生，可见文人相轻之必不可少。文无第一，武无第二，文人善于自见，以己之长，量人之短，旁人无所适从，今日京派，明日海派。文场的特点是相互争鸣，相互声辩，若是相互吹捧，相互笼络，那是官场。

文人自负

文人自负，自古而然，此非诟病，本性使然。

子路、曾皙、冉有、公西华侍坐。子曰："以吾一日长乎尔，毋吾以也。居则曰，'不吾知也。'如或知尔，则何以哉？"子路率尔而对曰："千乘之国，摄乎大国之间，加之以师旅，因之以饥馑，由也为之，比及三年，可使有勇，且知方也。"屈原投江前，仰天长叹："世人皆醉，惟我独醒。"刘禹锡《陋室铭》云："斯是陋室，惟吾德馨。"最是谪仙李太白，奉诏入京时，踌躇满志，"仰天大笑出门去，我辈岂是蓬蒿人"，赐金放还后，"天生我材必有用，千金散尽还复来"。仅此还不够，其自比"谢安石"，参与皇室争位，几乎掉了脑袋。其《永王东巡歌》云："三川北虏乱如麻，四海南奔似永嘉。但用东山谢安石，为君谈笑净胡沙。"乾隆年间的才子王尔烈则玩笑道："天下文章数三江，三江文章数吾乡。吾乡文章数吾弟，吾为吾弟改文章。"

苏东坡《自评文》乃一篇表扬与自我表扬相结合的文论："吾文如万斛泉源，不择地皆可出。在平地滔滔汩汩，虽一日千里无难。及其与山石曲折，随物赋形而不可知也。所可知者，常行于所当行，常止于不可不止，如是而已矣。其他虽吾亦不能知也。”较之东方朔的自荐书毫不逊色，其曰：“年十三学书，三冬文史足用。十五学击剑。十六学诗书，诵二十二万言。十九学孙、吴兵法，战阵之具，钲鼓之教，亦诵二十二万言。凡臣朔固已诵四十四万言。又常服子路之言。臣朔年二十二，长九尺三寸，目若悬珠，齿若编贝，勇若孟贲，捷若庆忌，廉若鲍叔，信若尾生。”

梁启超开课的第一句话是：“兄弟我是没什么学问的。”然后稍顿，待议声渐小，眼睛往上一翻，慢悠悠补充道：“兄弟我还是有些学问的。”西南联大中文系教授刘文典乃庄子研究专家，学问大，脾气也大，其上课的第一句话是：“《庄子》嘿，我是不懂的喽，也没有人懂。”

自负因自信而生，说明对己之作品尚且满意。深层者，对世俗的蔑视，对不良的忤逆，事关风骨。丰子恺云：“有些动物主要是皮值钱，譬如狐狸；有些动物主要是肉值钱，譬如牛；有些动物主要是骨头值钱，譬如人。”王元化云：“要尽一个中国知识分子责任，留一点不媚时、不曲学阿世、对人有益的东西，我愿在任何环境下，都能做到不降志、不辱身、不赶时髦、不回避危险。”

自负所依，乃体制也。风骨与饭碗相比，后者更实际，遂有了大学教授屡遭小官吏冷脸的场景，易中天为此有感而发：“我真的对中国知识界极其悲观，他们都已经形成本能了。你就做一个实验，来开一个什么什么人文社会科学大会，来一个领导，你去看一看他们的脸上，有几个人不露出谄媚的笑。”媒体人王利芬曾感慨：“当你看到我们这个国家的名教授，名作家，名医生，名演员，名企业家，名文化人，名艺术家，名投资家，名媒体人，名主持人，在官员面前自觉谦卑并唯恐得罪的表情时，悲哀从心中会扩展到全身，这是透心的入骨的悲哀。当然也为我生活的国家而悲催。”1945年，徐复观前往重庆勉仁书院向熊十力请教读书事理。徐在抗战中曾任蒋介石侍从室机要秘书，并获少将军衔，是蒋的核心幕僚之一。抗战结束后，徐复观想一心治学，故在友人引荐下专程拜谒熊十力。第一次见熊十力时穿了一身笔挺的军装，结果被熊骂了出来。第二次改穿长衫，方接待了他。此为经年往事矣。

容纳文人自负的时代，定是个出大文人的时代，这样的时代其实并不多见。还是刘禹锡，因事被贬，写下了“玄都观里桃千树，尽是刘郎去后栽”的诗句，十二年后，“以恩召还”，死不悔改，再游玄都观，“种桃道士归何处，前度刘郎今又来”。苏东坡更甚，一贬再贬，三番五次，“问汝平生功业，黄州惠州儋州”。那个时代有贬谪，无改造；有迫害，无洗脑。因言获罪，避席畏闻文字狱，不敢写，也不敢说。北魏平城时期，武人专政，任刑为治，崔浩案后，文人噤若寒蝉，恐于撰作，且以销毁旧作以避祸自保，高允便叹“不为文二十年矣”。赵树理则发牢骚曰：“因为真话不能说，假话我不说，只好不写。”杀孔融杀嵇康，杀李卓吾杀金圣叹，哪个不是因自负遭嫉，继而致祸，故明人姜南《风月堂杂识》云：“夫文人夸诞，高自称许，以惊世骇俗，自古通病。”曾国藩则支招道：“君子多思不若养志，多言不若守静，多才不若蓄德。”本性使然事，却是必不可行之举，轻者藏巧于拙，用晦而明，甚者扭曲个性，万马齐喑，未离海底千山黑，才已到天中不见明。

人皆有尊严，名节至大，文人尤甚。在专制时代，为文人留些尊严的空间，便算开明之世了。

叁

校雠之累

出版人是理想主义的信徒

书店是理想主义者的事业，若将店堂改作其他经营，收入会更丰，但没有了坐拥书城的一份宁帖。出版在本质上亦如此，出版人乃理想主义的信徒，出好书则为这个行业的节操，香港中文大学出版社社长甘琦曾言："我总在想，我为什么会跑到这行业中来，我的同事们为何会花掉他们生命中最宝贵的一段时间来做编辑，结论是我们做的书必须有价值，否则就是浪费生命。"

如今书店的现实却很骨感，各地不断传出独立书店关张的消息，开始人们还有感叹的激情，后来便是沉默注视，再后来就懒得去操心了，"只见过一次的东西不曾存在，天天看见的东西不再存在"，艾利亚斯·卡内蒂揭示的此现象，是对重复信息的疲倦，还是对现实的无奈？独立书店无论大小，都是街道上的一处别样风景，其不仅是个阅读场域，更是一处传达温度与故事的地方。人与书的最初见面，一如男女间的相亲，便在这里发生，于是总有一些人流连于老时光里，久久不肯离去。董桥说："书店再小还是书店，是网络时代一座风雨长亭，凝望疲敝的人文古道，难舍劫后的万卷斜阳。”田园诗之美，美在田园消失之后。龙应台曾嘱咐留学的儿子：“别总去沃尔玛，也给路边摊留点儿生意，他们比沃尔玛更需要你。”是否也可这么说：别总去网店，也给实体店留点儿生意，他们比网店更需要你。然永生太可怕，不死是天罚，永生者占据着新生者的空间，网店网购、按需出版、数码印刷、电子书包等等的新生事物，便无出头之日，便真要被天罚了。

终端如此，上游定也难逃厄运。纸媒的衰落，让与之为生者暗自焦虑。衰落的浮表，倒呈现出了繁荣的迹象，单本销售下滑，品种却在增加，以致超过了不可思议的40万种。更要命的是，报道里说出版业产值又有增长，又创了辉煌，业内关注的是如何消融如山的库存，如何解决几成死结的回款。萨特在《魔鬼与上帝》中说：“如果你接受这个世界，你就是同谋者；如果你要改变这个世界，你就是刽子手。”无论愿意与否，都得接受，不知不觉中，均已改变。明洪武元年规定，“书籍田器不得征税”，如今出版已然产业化，多元投资状况下，出版在出版产业中所占比重，反成了只有零头的配角。做大做强，便是跑马圈地，上市圈钱。

眼见它日益衰弱，而新人仍在不断涌入。几年后，有逃离者，也有定居者，逃离的原因无非收入不高，前景黯淡，定居的理由则在尚未找到去处，文案工作尚且适合自己等等。逃离者多男性，定居者女士多，买房买车、养家糊口是男性与生俱来的生存压力，女孩子则还有嫁人的一次重生机会。纵然如此，出版单位很少厚待自己的编辑，而编辑恰恰是传统出版价值之体现。有人戏言：“如果你的朋友在出版业，全年又大幅缩水，过年可能存在实际困难，吃饭聚餐就不要和他AA制了，你就请他吧。有时间多陪陪他，和他逛街时你来买买单都是不错的选择。理解他、包容他，千万不要当着他的面提工资、奖金、福利、低利率等敏感词语。若最近他想去楼顶、河边、大桥上、站台等地方，请紧密陪伴。”这不是说笑话，确系如此，编辑穷一生，出版毁三代。想要走的，与必须走的，毕竟不是一条路。找到了适合自己的路，便是找到了理想；找到了理想，也就找到了成功。

张元济、王云五皆大出版家，与张元济纯粹学人性格不同，王云五则是位出版商，其自谓：“出版事业犹如开饭馆，要饭馆出名，必须要有名厨，厨子比老板还重要。他要拥有支配全饭馆饮食的全权，才能端出来精美的菜肴，以飨食客。出版家最好是读书人，书读得博，不一定要专，这样才能推出各类可读的书。”大出版家的产生，定在出版业朝阳之时。出版是件文化的事，文化是件传承的事，章诒和说：“文脉没有了，关键是人没了。”如今大厨是养不住了，小厨尚在挣扎谋生。大厨烹制思想的大餐，启蒙的大餐；小厨的家常小菜，花样就多了。陆费逵在《书业商之修养》一文中道：“书业商的人格，可以算是最高尚最宝贵的，也可以算是最卑鄙龌龊的。此两者之判别，惟在良心上一念之差。”谈不上高尚宝贵，也不及卑鄙龌龊，二者之间，尚存一档平庸的巨大空间。一位英国书评家为某书下的结语是：“书已拜读，纸张不错。”此皆小厨之作，小厨从业为生计，大厨在生存之外，也为理想。范用说：“做出版，必须感情用事。”没有理想，何来激情？

理想主义与世俗生活存在强烈反差，理想主义者是理想主义的信徒，也是这个世界的悲剧。有些事不是看到了希望才去坚持，而是因坚持了方会看到希望，理想并非预先设定的使命，但理想主义者的坚守，并非因为看到了某种希望。

稿费稿费

我瞻云望月的梦想，曾是鬻文为生，以砚田笔耕，养家糊口。梦想也非凭空而来，二十多年前，月工资一二百元时，稿费是其几倍。1991年诗集《青灯》出版，到并州路邮局提取三千元的稿酬，第一次未果，因柜台里没有这么多钱。

自1933年起，鲁迅主要依靠版税和稿酬的收入月均为五百元左右，在大米一百多斤才三元，鸡蛋一元可买一百二十个，大学生月生活费十块钱左右的时代里，其已可轻松在京繁华地段买座宽敞四合院了。张恨水则靠一支笔，养活三房妻妾全家十六口人。1952年，刘绍棠的小说《青枝绿叶》出版，四万字，每千字十五元基本稿酬，印6.3万册，3个定额（相当于每千字四十五元），合计稿费一千八百元。另一部小说《夏天》1956年出版，十一万字，稿费八千元。他遂在中南海附近花两千元买了套三合院，含住房五间，厨房一间，厕所一间，堆房两间，另有枣树五棵，槐树五棵。这样的时代业已久远，暂且不论。画家也如此，据贺友直《有与无》载：“在上个世纪五十年代，是画连环画人的黄金时期，一幅十几元钱稿费就可以在锦江饭店吃一桌酒席。福州路上的古玩市场，吴湖帆画的扇面五元钱一把，插满一只大笔筒，挂在墙上齐白石、王一亭、吴昌硕的画，不超过二位数，十几二十元可挑拣一方中等真鸡血石，优质旧墨一元一锭。”

有专业作家诉苦说稿费二十年未见涨，生计受到影响，只得揽一些改编电视剧之类的活，贴补家用，然又不善于编故事写小说，搜肠刮肚，学个大样，勉为其难也。贾平凹濡彩毫之笔，可作粉黛新妆，是国内稿酬收入最高的一拨作家，尽管如此，写作收入远不及卖字。“我现在写书法、画画比写长篇收入多得多。我养家的方式不是写书，而是靠卖字画，写字画比写书简单。”“一般作家很清苦，一本书写上几年，啥也不干，值不上几个钱。像我写长篇，稿费算是高的，就是啥也不干，三年写一部长篇，挣几十万块钱。这算好的，大部分作家是写了还赔钱。但是像绘画，一般一幅画几十万还不属于那种大画家，大画家几百万。”其一天卖字所得，是一般作家一年的收入。张贤亮曾言：“很长一段时间，我都不懂什么笔法，拿起笔便写，这也是我不敢称自己的毛笔字为‘书法作品’的缘故之一。”但在宁夏书画市场，书法作品最贵者，就是这位“不懂什么笔法”的作家。画家一辈子可专绘一样，作家则忌讳重复自己，而人的感情无非喜怒哀惧爱恶欲几种，不是重复别人，便是重复自己。画家越老越值钱，作家则越老越迟钝越老套，老本吃不得。

二十年前，我一个月的工资在本地可购房两平米，二十年后，两个月的工资买不得一平米。二十年后，我发表作品的数量并未减少，稿酬在收入中所占比例却越来越低，而我的工资本就不高。苦恼世上，江郎才尽，嗜欲场中，稿费无多，生活的不安全感，由此顿生。

看来写作作为职业，稿酬维持生计，大概不现实。最终脱离单位庶务，以兴致支撑生活的幻想，也不现实。既担当单位角色，心为形役，身被事牵，便需竭力做好本职，开无所谓的会，说无主题的话，写公文样的文。所有爱好只能是业余，而时间也被分割得支离破碎，作品无外千字文之类的小品，难有整体的构想。既如此，索性不再取媚于报刊，随性而为说些真话实话，欧阳修说“文章止于润身”。一些作品贴于博客，自媒体自负责，赞则赞矣，删则删矣。同时授权几家报刊社的朋友，可各取所需，从中截获，还免去了投寄工序。

面对稿费二十年未涨的质疑，报刊方面尽述苦衷，纸媒广告收入缩水，各项费用升高，总之“屁股决定脑袋”，都是自己的理。说白了，不尊重作者的劳动。大烹养士，藜藿难久，重赏之下，邀来力作，难怪其越支撑越塌陷。半瓢之粟，足以接济窘迫，数椽之茅，便可大庇寒士，非不能也，不为也，终究是少了“好肚肠一条，慈悲心一片”。

有几家文摘类杂志转载了我的文章，按照版权页上的电话拨打后，先是登记身份证号码，再要求留取电话号码等等个人信息，不几日，款单终于汇到，二十元，哭笑不得，以后索性不再自取其辱。更有甚者，或拖欠，或干脆不予。拖欠稿费，与拖欠农民工工资无异，不给，谁也不会因几十、上百元，打场官司。某日出版局版权处的狄处召唤，于是放下手头琐务，小步趋前。“某某杂志给你稿费没有，抽查一下，这么多作者里，就认识你。”狄处冒失，出版局也算个不大不小的衙门，官家怎可随意传唤小民，吓我一身冷汗。“哦——给了！给了！”心思徘徊间，口齿似有疑。“多少？”“不多！”其实这家杂志自始至终未给过任何报酬，办杂志的几位小青年皆熟人，举步维艰，为其供稿，权作友情出演，亦怜才之举。一念之善，吉神随之，径路窄处，留一步予人行，放过别人，不也是一种放生。散见各地的一些读书类民办杂志，印刷虽简陋，品位却不低，为其精神感召，也长年为其免费供稿。

清高理想，必将导致清贫生活。有大通必有大塞，多少作家的作品伟大，本人却落魄潦倒。不为稿费的写作，无利无营，节义傲青云，少思寡欲，文章高白雪，方有可能成为伟大的作品。反之，血气之私，技能之末，身世浮名，肉眼相待，往往只是一堆看似伶俐、实则平庸的文字，如山禽哢响，弄声乔木间，悦耳而已。

我是编辑我可耻

我是编辑我可耻，我为国家浪费纸。一句玩笑话，以我近三十年的从业经验，深以为然，属七分正经，三分揶揄。

黄侃说“八部书外皆狗屁”，话虽粗糙，暗含大理。时下，读书人越来越少，书却越出越多，全国年出书品种已逾40万了，其中大部分游离于市场之外，不能全然否认其价值，但很难说出其价值。自费出版系列中，有圆夙愿者，以期达到“立言”之不朽；有各行当专业或业余研究者，一生事业，半世功名，虽孜孜以求，却总不得要领，难以入港，春鸟秋虫自作声，结集成册，算是了却一桩心愿，然藏不得是拙偏要藏，露不得是丑偏要露；各地大小机构官员格式化的讲话稿，尽管干瘪空洞，人云亦云，皆由秘书捉刀，版权则属领导，出版时冠以宏观大题，与上旨不忤，与时代合拍。这些书稿，无不由编辑随方逐圆、删繁就简加工完成。坯子朽，底子混，须编辑呕心于此，字斟句酌，一丝不苟，而文字易谬，校勘极苦，味同嚼蜡也得嚼，难以下咽也得咽。然瓦缶终归瓦缶，再包装也成不了牺樽。书印毕，作者悉数拖走，其实印刷厂的隔壁，就是造纸厂。签名后分送亲朋好友，被送者随手做废书处置，观人题壁，便识文章，不看也罢，省得误人。偶有流入旧书市场者，送书人悻悻然，其实不论新书市场旧书市场，终归是个市场。逛晋东南某县新华书店，其间一角落设有“地方作家专柜”，竟有几百品种一堵墙的排列，蒙尘既久，无人驻足。

此番情形下，出版竟异常繁忙，编辑工作量也大增。计划经济时代，一个编辑一年编一两本书，期间对稿件质量反复琢磨，一年且有一两个月的所谓业务学习时间。而时下，编辑上岗多不经岗前培训，一年要编一二十本书，每本少则十几万字，多则翻倍。由编辑成为学者，成为周振甫、钟叔河、唐浩明的时代业已过去。过去是先有好书再有热点，先出好书再成名人；现在则是先有热点才有畅销书，先成名人才好卖书。今天好编辑的标准是：要么赚钱，要么获奖，前者更当紧。编辑遂成项目人、市场人，每天安排得满满当当，除却眼前庶务，很少关注其他，遑论充电云云。老子说“少则得，多则惑”，谁曰不然。英国剧作家约翰·博因顿·普里斯特利说：“在这人世间，万恶其实都是那些一向忙忙碌碌的人造成的，他们既不知道什么时候该忙，也不晓得什么时候该做。”编辑即属此类人。

我的书我做主，往往不计成本，开本要大的，用纸要贵的。通过编辑的劳动，好纸由此变废纸。即便上市书，为市场认可也难。销售一本，意味着两本的库存积压，所谓“一排排大树倒在库房里”即所指。如今，各类畅销书多为民营工作室所造，书名引人，包装超前，翻看内容，直呼上当，皆为市场量身定做者也。这些工作室没有书号，要正规出版只得移交出版社编辑处加工，编辑便是来料加工车间的操作员，即批量化生产的一个环节。

教辅书相对好卖，故多数出版社涉足此域。这类书的编辑，也叫编辑，虽不好意思说出自己编过什么书。此类书时效性极强，学生开学后，便再无人问津。于是设计开本时，有意将天头地脚留得宽些，为的是回笼印刷厂，换个封面版权页，重新装订时可有几毫米的裁裕。来年市场上的新酒，有多少只是旧瓶上换了张商标。教辅是应试教育的帮凶之一，此乃编辑之原罪。

纵如此，尚有新人怀揣理想接踵而至，有好事者归纳这个行业的现状：入行不学徒，进门就干活，识字就编书，编书不看书，看书不写书，写书不评书，评书不懂书，改稿语不通，导向弄不清，销售论英雄。2012年在京参加韬奋基金会召开的一次关于出版人才的主题研讨会，与会者感叹此行业人才流失之严重，某著名出版机构半年内便有五十位骨干编辑出走。（几年下来，通常的情况是，女孩子多能留下，男孩子则离开者多。原因是女孩子可二次投胎，嫁个好婆家，男孩子则需养家糊口，娶妻生子，经济压力大，而出版行业的收入相对不高，淡泊之守，镇定之操，原来都须以经济作基础。）我则私下里唱反调：年轻人此处已不值得坚守自我，赶紧寻找出路去吧，“在心灵的国土上，做自己的王”。以小明大，一叶知秋，这个行业已提前进入衰退期，而我当年入道正逢其时，一派勃勃生机景象，不过三十年的工夫，已然成墟。一种焦虑取代另一种焦虑，一种欲望覆盖另一种欲望，此处夕阳西下，彼处必有旭日东升，太阳只有一个，所处的区域不同而已。阅读媒质变了，但阅读仍在，有阅读便需编辑加工，只是传统出版业应变乏术，年轻人望不到前途。好编辑不易得，流失确也可惜。

我平胸我骄傲，我为国家省布料。定位于落英成尘的编书匠有什么不好，只是以“人类进步的使者”等等匪夷所思的话来崇高之，过誉了，溢美了。

编辑案头

编辑属案头工作，一支笔，一张纸，一台电脑，一副桌椅足矣。

虽如此，编辑程序却繁琐至极，苛细至极。早期编撰合一，不过辑佚、辨伪、校勘、分类几道程序，一本书具备书名、作者、卷端、题名、序、跋、凡例、目录、牌记、题识、刻工、避讳体例即可。之后流程大增，细分包括征稿、来稿登记、审读甄选、选题论证、确定计划、签订合同、文稿加工、发稿、装帧设计、封面设计、排版、打样、校勘、定稿、选纸、印刷、装订、宣传、销售、接受反馈、制订再版计划等等。具体到文稿加工环节，包括改错、修饰、压缩、删节、补充、改写、校订、核对、统一、修描、标注、清理等等。制瓷工序七十二道，编书有过之而无不及。故曰编辑案头除去其他，尚须一把切玉之刀。

成书只是完成了可见程序之半，投向市场后，有待促销手段持续支撑。先前是请写手连篇累牍发书评，后来是请作者东奔西跑签售，此招似已过时。以前在实体书店，营业员紧阻慢止，塑封拆开一堆，如今，上面拆开的那本，也无人翻阅，只得将卖场一缩再缩，且作咖啡厅、陶艺吧，另辟蹊径，以求生计。促销在于奇招，有会场扮剧情人物者，有场外铺设红地毯者，但仍难吸引眼球，读者早已清楚，天上飘的并不都是云。缺少数据资源，无以谈产业；缺少数据思维，无以言未来，若有数据却黯淡，也无从谈产业言未来。

除此之外，买榜单者有之，然买得了一两家公司，买不起所有公司的榜单。加腰封者有之，滥用名人推荐，所引数据无法考证，迎合佻浅之性，故作偏执之论，浮夸之词更是不着边际，叶兆言散文集《动物的意志》的腰封文案为“中国具备夺取诺贝尔文学奖实力的作家不止一个，除了莫言，至少还有叶兆言”，似与莫言叫板；刘震云《一句顶一万句》的腰封文案为“中国人的千年孤独”，堂而皇之欲与《百年孤独》比肩，作者本人看后也直呼“过了，过了”。久住坡，不嫌陡，流行离开，却不擅长告别，十多年过去了，成功的营销案例还是那么几个，无非《狼图腾》《哈利·波特》《于丹〈论语〉心得》尔尔。

出版业虽是一个兼具经济与文化使命的特殊行业，仍不脱常规。目光所及之处，金钱必将追随，资金跟不上，年轻编辑试图以自媒体的微薄成本，传播出版信息，尝试精准投放，宁可做过，不可错过，然点赞者不少，也招来索书者若干。欣然意有会，谁与共欣赏，困惑众人叫好之书，何以卖不出去？

一站式服务，尚且包括支付稿酬、扣除版税等等。你随意付出，对方不肯做廉价的自己，“这点也征税”？你需耗尽口舌，“八百块起征，国家规定”。

技术规范越复杂，付出心血便越多。春迟秋至，寒来暑往，如我这样的老编辑，案头还需加一副花镜。

善待约稿

做编辑，约稿是常态。约稿凑热闹，谁火约谁，谁名头大约谁，古今编辑通患矣，故被爽约也属常态，难免生出挫折感来。令编辑失望的作者，皆不苟且，爱护己之羽毛，不以次充好。然约三回，总得践诺一次，体会编辑之苦衷。百无一用是书生，书生的现实价值，或只能在文稿中体现。

写家多不喜命题之作、应景之酬，以为拘囿之下，疾驰转徐行，笔墨凝滞，文思不畅，料出不得好作品，排斥难免。却也有例外，许寿裳说“鲁迅之旧诗，多半为索书者而作”。许广平也说：“迅师于古诗文，虽工而不喜作。偶有所作，系应友朋邀请，或抒一时性情，随书随弃，不自爱惜。生尝以珍藏请，辄遭哂笑。”这并不排除其夹缝之中，衍生大树，且果实累累。大概实在不耐烦了，也写出了“阔人已骑文化去，此地空余文化城。文化一去不复返，古城千载冷清清”之类的戏谑之作。

曹植大才，思捷且脱颖，诗丽而表逸，出言为论，下笔成章，谢灵运赞之“天下才有一石，曹子建独占八斗”。曹丕称帝后，妒弟文才，尝令七步作诗，不成者行大法，此乃天下最为严酷之约稿。

上元二年，王勃前往交趾探亲，途经南昌，适逢阎公为滕王阁落成大会宾客。其间，假意为阁约序，意在其婿吴子章，不料谦让之间，王勃不解风情，提笔拟作。阎公初以更衣为名，愤然离席。初闻“豫章故郡，洪都新府”，觉“亦是老生常谈”，待“星分翼轸，地接衡庐”，沉吟不言，至“落霞与孤鹜齐飞，秋水共长天一色”句，乃大惊，此才当垂不朽矣。出而立于侧观之，遂亟请宴所，极欢而罢。才高不自诩，作品说话；位高虽自傲，见贤思齐，或为文外佳话。此乃昔时最为尴尬之约稿。

约请书评画评、歌评影评者也多，一味见人不是，语人之短，固然不善，美言几句倒也无妨，若付诸润格，便有“红包批评”之嫌。晏子曰：“吾闻君子赠人以财，不诺以言。”撰稿者须自律自惜，万不可放水，好名之心招谤祸，土木之事忌奢靡，为文何不然。撒切尔夫人说：“你的出发点若是讨人喜欢，你就得准备在任何时候、任何事情上妥协，而你将一事无成。”这样的文章，作者也悔之。钱以外者，永远还不清；凡钱购得者，皆不精贵。人生至愚，恶闻己过，也有雅文不容俗人评点者，契诃夫便说：“与其被混蛋称赞，不如战死于敌手。”

我也常遇约稿之事。新任编辑，其总是背词般与你交谈，或因心存忐忑所致，此时必须答应下来，且要在约定日期之前交稿，免得二次为难之。且要做到大刊小刊，向无不屑；大报小报，一视同仁。“莫因诗卷愁成谶”，一批熟识的老编辑，倒可适时拒绝之。勉为其难时，以马克·吐温的这句话说给自己：“每天务必做一点你所不愿意做的事情。它可以使你养成认真尽职而不以为苦的习惯。”确也如此，自以为一些不错的稿件，包含燃点不高的应约之作。我也是编辑出身，历经约稿磨砺，故以为善待约稿，便是善待自己的前身。

背得起金钱之赊，背不起文稿之欠。每至周日，伏案还贷，成稿一篇，轻松一阵，待来日，又接新单，债又至。交稿之后，或不合脚，对方提请修改，此时授予全权即是，删改乃编辑职责，亦权利，更有作者的信任。

编辑为文稿活着

我的一位同事退休后，热衷于锻炼身体，早晚两练，有时中午还要舞一通长剑，我为此疑问：人活着难道就为锻炼身体？就本人而言，散步是走冤枉路，运动是浪费时间。九秩老人黄永玉谈养生秘诀，“晚睡觉，爱抽烟，不运动，不吃水果，喜欢穷聊”，一人一个活法。

想来也是，书画家终日痴迷于书画，不就为书画活着？作家竟日忙于写作，不就为写作活着？编辑功能，无非评论、选择、优化、推进，编辑加工所做工作：消除差错、润饰提高、规范统一、核对引文、查对资料、推敲标题、撰写序跋、制订附录、编写目录、设计版式等等。朝甫脱稿，夕即排印，稍不留神，酿铸过失。人非圣贤，孰能无过，过而能改，遗憾无补。非人磨墨墨磨人，编辑职业操尽琐碎之心，未几，应了弗罗斯特十四行诗《割草》中的“现实是劳动所知道的最甜美的梦幻”一句，编辑便为文稿活着了。

一个人若获成功，类似的事都会找上门来，社会角色遂定位于此，在专业上越发专业，其他方面则逐步退化，此即“马太效应”。与编辑伴生者，当是写作，专业上进之时，万不可退化之。昔时，科举以文取士为下策，而舍文字更无他策。诗词集说总兼，乐府稗官咸备，广未必专，泛未必精，此为编辑的职业特征。编辑写作乃提高业务能力之捷径，再者，人巧不如家什妙，写作带来的思考，远比浏览深刻。进入技术层面后，一叶障目，不见泰山，全然无视主题宗旨，忽略中心表达，久而久之，举头红日向云低，策划能力减，编辑也成校对，校对还是校对，而写作的意义在于抗衰老，在于不被人工智能所取代。长恨此身非我有，有的人终其一生，就是要摆脱角色定位、他人期许，不甘符号化、面具化，找回本真的自我，结局如何？

多数人为自己活着，也有人为朋友活着。胡适成名后，朋友遍天下，每日访客络绎不绝，遂定制度："每星期日上午九点至十二点，为公开见客时间，无论什么客来都见。"穷窘者，他肯解囊相助；狂狷者，他肯当面教训；求差者，他肯修书介绍；向学者，他肯指导门径；无聊不自量者，他也能随口谈谈几句俗话。苏东坡也有此胸襟，"上可陪玉皇大帝，下可陪卑田院乞儿，眼前见天下无一个不好人"。众人以"我的朋友胡适之"为荣，胡适也极重友情，曾作白话诗："此身非我有，一半属父母，一半属朋友。"交游广，应酬多，几乎日日有邀饮，为朋友活着，还需练就为此活着的本事，徐志摩便感叹："我最羡慕胡大哥的肠胃，天天酬酢，肠胃居然吃得消！"

有意可活成一种人，无意也可活成一种人。昔时农民贫困，家徒四壁，除却农具，身无长物，其被迫为农耕活着。自觉为爱好活着，往往心无旁骛，专心致志；被迫为职业活着，或会人奸地薄，货物抽条。为爱好活着，终会为爱好改变，相由心生，变成想要的样子，且乐在其中，乐此不疲，"检点人生侥幸事，莫过于，流年未改旧相知"。

介意什么，便为什么活着，便会成为什么样的人。活成编辑的编辑，无论正果是否修得，至少敬业。

小书店的匆忙往事

做书店，尚需几分理想在其间，否则将相同面积的卖场出租或转租，效益会更好。与周边商铺相比，书店的设施与装潢似乎总是简陋了些，落伍了些。

我所居住的太原城，1984年前，最大的五一路新华书店也不过360平米，这家建于1954年的书店，楼高三层，底层为营业厅，上为办公区，建成时曾是华北地区最大的书店。店内，柜台将读者与营业员分开了，隔山买牛，仅凭书名推测，就请营业员拿取，一本不行，再来一本，第三本时，营业员便烦了。1978年，“数理化自学丛书”开始发行，这里出现了罕见的排队抢购场景，过往交通为之堵塞，渴望高考上榜的青年，简直将买到这套书与能否考上大学联系到了一起。之后，每每各类报刊举办知识竞赛，这家店门前都会聚集起无数的人来，讨论难题，对照答案。其间或有雄辩者滔滔不绝，试题之外，也会论及诸如“潘晓的路是窄还是宽”之类的社会热点问题，充满了理想主义激情。这里俨然成了城市传播新思潮的据点。

之后，图书零售业放开流通渠道政策出台，一间两间大的书店遂蜂拥出现。入道者青涩外行，但个个喜欢书，满满都是信心。

走进小书店，书架依墙而置，顶天立地，压弯的隔板几成弧形，此情形对应了王鼎钧《不开卷，也有益》里的一段话："书店是军营，书展是大检阅。若是那些书都直放在书架上，书脊向人，更仿佛一行一行的分列式，作家的特色和实力历历在目，后浪前浪，浮浮沉沉。"小书店多为专业店，依我的爱好，进的多是文史方面的肆铺。书架空当处，老板静坐其间，神闲气定，手不释卷，与进门的顾客似点头，又似没有，不热情，也不冷落。其既是老板，又是店员，有读者问及某种书，会列出若干相同类别的作品，供你选择，三言两语，却能一语中的。买书与购其他什物不同，需长时间的摩挲比较，一泡半天一本书不买的顾客不乏其人，老板则视而不见，从无愠色。久而久之，小店形成了一个固定的读者圈。落寞午后，百无聊赖，推开小店的门，老板已支撑不住，抱头桌边呼呼大睡了，不忍打搅，悄然退出，合门而去。隔日再来，想要的那本书业已售罄。

钱穆在《八十忆双亲·师友杂忆》中记录了一段他与小书店的故事："余身旁一同学携一小书，余取阅，大喜不忍释手，遂觅机溜出室外，去另一室读之终卷，以回书主。然是夜竟不能寐，翌晨，早餐前，竟出校门上街至一书肆。时店肆皆排列长木板为门，方逐一拆卸。余自板缝中侧身窜入，见书店主人，急问有《曾文正公家训》否。盖即余昨晚所读也。店主人谓有之，惟当连家书同买。余问价付款，取书，即欲行。店主人握余臂，问从何处来。余答府中学堂。店主人谓，今方清晨，汝必尚未早餐，可留此同进餐，亦得片刻谈。余留，店主人大赞余，曰，汝年尚幼，能知读曾文正家训，此大佳事。

此后可常来，店中书可任意翻阅，并可借汝携返校阅后归回。自后余乃常去。一日，店主人取一书，小字石印本，共二十册，曰，汝当爱读此书，可携去试读之。今已忘此书名，大体是史籍汇钞之类。余果爱之，往问价，但不能付现款。店主人言，可暂记账，俟假后归家，再决购买或退回。店主人情厚又通解书籍，视余若亲族后辈。”黄裳《琉璃厂》中记述了那里的小书店：“过去人们到琉璃厂书铺里来，可以自由地坐下来与掌柜的谈天，一坐半日，一本书不买也不要紧。掌柜的是商人也是朋友，有些还是知识渊博的版本目录学家。他们是出色的知识信息传播者与咨询人，能提供有价值的线索、踪迹和学术研究动向，自然终极目的还是做生意，但这并非唯一的内容，至少应该说他们做生意的手段灵活多样、又是富于文化气息的。”如此温馨故事，在郑振铎等人笔下也有记述。梁文道《我读》云：“每当看到这样的书店，这样的店员，就觉得应该向所有明智的女士们提出一个谦卑而且大胆的建议，与其选择一个富翁，不如选择这样一个书店的店员。或许不是很有钱，但是你想象一下，在那样的环境下，他们会点一根烟，有一个水壶的水正在烧着，准备煮咖啡，你会看到他正在优雅地跟客人谈论着最近进了哪一本狄更斯的绝版好书。”文人的记忆里，书店窗口总有一道温暖的光射入。

并州路11号出版大院对面的那家小店，招牌即“文史书店”，卖书人是操河南口音的父女。小店里没有那种刺眼的烂书，只有你感兴趣或不感兴趣的书，现在我书架上仍能找到的尼采的《悲剧的诞生》、萨特的《存在与虚无》、弗洛伊德的《精神分析法》、米勒·托夫勒的《第三次浪潮》等书，都是从这家店买到的。那时的年轻人见面，闲扯几句后，总能拐到读书上，扯到哪家店进了什么新书。尽读奇书，多交益友，因常在同一家店照面，许多陌生的熟人间难免聊聊读书的心得，热烈处，生性好静的老板也会插上几句。当时柳巷北口的“尔雅书店”，老板靳小文是我的熟人，科班出身，爱书，人厚道，所以不几年即能脱颖而出，成为当地的名店、大店。台湾出版人钟芳玲谈书店经营时说：“经营书店只是他的生活态度，他们只是对经营书店这个事情感兴趣，对于金钱、世俗的成功标准，他们是不在意的。”靳老板大约就是这样的人。

类似的小店不计其数。后来，旧城改造步伐加快，这些小店东搬西挪，最终不知所踪。再后来，一些所谓的万米书城、购书中心、图书大厦、图书市场等巨量书店相继落成，独立书店的生存压力陡增，消失殆尽。大店的硬件跟上了时代节拍，豪华得甚至有些虚荣。品种琳琅满目，一应俱全，店员着装整齐，却少了小店局促空间里的精确定位与人文体验，少了小店老板不经意间的渊博学识与书卷气息。孙犁《故事和书》云：“我一生买书的经验是，一是进大书店，不如进小书铺。进小书铺，不如逛书摊。逛书摊，不如偶然遇上。二是青年店员，不如老年店员。女店员，不如男店员。”不料螳螂捕蝉，黄雀在后，如今这些实体大店在网络购书、网上阅读的冲击下，也难以为继，或缩减面积，或另谋他业。美国波士顿广场哈佛书店里悬挂着一幅标语：“在这里找到，就在这里买，请让我们生存下去。”读来凄凄然。

小书店开张快，关门亦急，匆忙之间，竟也染上了一层薄暮般的沧桑。每每翻阅这些尚不能算老的旧书，睹物所思，不免联想起购得这些书的小店，想起一段过去时光的故事。

语言的从贵

语言从众从贵。从众者多，所谓语言环境者也。从贵者也有，即腔调跟着有地位者走。东晋时期，衣冠南渡，王谢堂前，对于这批乌衣贵胄，建康百姓仰慕之，尊崇之，与之交谈，无不鹦鹉学舌。而这批南迁者，虽为少数，却自以为是先进文化的持有者，是中原文明的践行者，倨傲孤高，因循守制，岂可从蛮！久而久之，百姓之间交谈，也变了声韵。迁至闽粤的一支也然，以少迎多，扭转大局，至今那里的人仍鄙视南腔北调，声称自己是河洛腔。明初大迁徙，洪洞大槐树迁走的百姓不在少数。至山东，遂操莒调；至河南，遂操汴调；至河北，遂操直调，未见乾坤逆转者也。何以然？皆下层百姓，为尽快融入所在地主流，巴不得速速易口。清初湖广填四川，填入者数量上远超当地人，但填入者均操蜀音，原因同前。

清军入主中原，以征服者的霸气骄矜天下，从剃发到旗服，从称谓到语音，皆顽存了下来。清初京城实施满汉分居，内城由皇亲贵族及其家眷奴隶和八旗兵居住，而原先居住在内的汉人则被迫迁外城。

内外城方言遂有区别。乾隆之后满汉分居政策松动，汉人如蚁附膻，学步效颦，开始拼命模仿满人，北京及其周边地区的腔调遂变。入声遂失，凡入声之字皆转入平、上、去三音，声韵调失去了中古音类的许多区别。据夏仁虎《旧京琐记》载："京师人海，各方人士杂处，其间言庞语杂，然亦各有界限。旗下话、土话、官话，久习者一闻而辨之。亦间掺入满、蒙语，如看曰'把合'，役曰'苏拉'，官曰'章京'，主管曰'侉兰'，大皆沿用满语，习久乃常用之。"

皇上以及王公、八旗用这样的腔调，使各地来京做官的大臣开始从贵，大臣如此，官腔又影响学腔，从官从学，百姓则趋之若鹜。纵有反清复明铮铮之士不识时务，斥之为满洲腔，"胡言胡语的京腔"，也是杯水车薪，惘然徒劳，根本无法以臂挡之。赵元任童年居保定时，与保姆周妈学了满口的京腔，家里人笑道："你怎么说起老妈子的话来了？"这么一笑竟把他的京腔给笑了回去。后来，雍正颁诏，推广京话。据俞正燮《癸巳存稿》载："雍正六年，奉旨以福建、广东人多不谙官话，著地方官训导。廷臣议以八年为限，举人、生员、贡监、童生不谙官话者不准送试。"上谕颁布后，闽粤二省各郡县即普遍建立正音书院，教授官话，凡走读书、考试、当官之路者，均须操得官话。甚至一度规定，不会官话的童生，不得考取秀才。刘半农曾侃侃曰："白话文是以国语为标准，国语即是北京话。"章太炎听后哈哈大笑道："你知不知道北京话是什么话？"刘不假思索道："是中国明清以来，京城里人所说的话。"章质问道："明朝的话你有什么考据？"刘无言以对。章师即以明朝音韵，背诵了十几句文天祥的《正气歌》，其发音与京腔迥异，又道："现在的国语，严格地说来，含有十分之几是满洲人的音韵，好多字音都不是汉人所有。"此番话说出，刘半农呆了好久，说不出一句话来应付。

梁启超文章了得，光绪帝慕名召见，但两人根本无法畅谈，一口粤腔粤韵，不堪入耳，光绪扫兴之余，赏了个六品衔了事。为此梁启超痛下决心习官话，幸亏夫人李惠仙久居京城，国语流利，梁也日日苦练，官话终于有板有眼。孙中山以革命者自居，“致力于国民革命凡四十年”，以驱逐鞑虏、恢复中华为奋斗目标，自然与之形同水火，势不两立，但他却也认同了官话，且以演讲著称天下，为此四方俊杰，慷慨蹈难，屡起屡蹶，再接再厉，清廷震惧，帝制告终。

国外也有类似现象。英语有牛津腔，即刻板保守上流社会拿捏的所谓纯正腔调，下层民众则使用充满俚语的伦敦腔。贵族以选举为目的，偶操此音，竟被认为是亲民，可见其隔阂，也说明贵族形态在此遗存之完整。这种少数人使用的语言能够经久不息的关键，就在于其贵族标签，很多人也以学得一口标准牛津腔为荣。

语言从贵，不过因人而贵之另一种表现而已。

智慧的文字之趣

增减一字，峰回路转；更改一字，所指迥别，所用为四两拨千斤的巧劲。

褚人获《坚瓠首集》载：“�廊偶笔。载一年老令君，大书县治之前曰三不要。注之曰，一不要钱，二不要官，三不要命。次蚤视之，每行下添二字，不要钱曰嫌少，不要官曰嫌小，不要命曰嫌老。见者绝倒。”

解缙乃诙谐之人，亦对联高手，附会于他身上的故事很多。相传其拜访一友人，见门口贴联云：“闲人免进，盗者休来。”解随手在上下联后边各增三字：“闲人免进贤人进，盗者休来道者来。”

曾有一县令自题署外大门曰：“爱民如子，执法如山。”有人添字曰：“爱民如子，牛羊父母，仓廪父母，供为子职而已矣；执法如山，宝藏兴焉，货财殖焉，岂是山之性也哉？”还有人添之为：“爱民如子，金子银子皆吾子也；执法如山，钱山靠山岂为山乎！”

洪承畴变节前，中堂有联曰：“君恩深似海，臣节重如山。”变节后有人改之为："君恩深似海矣，臣节重如山乎。"一阴一阳谓之联，只添了两个虚词，意思便能截然相反。洪承畴变节后，又被人贴了趣联，上联"孝悌忠信礼义廉"，下联"一二三四五六七"，洪看后暴跳如雷，原来此联上联无"耻"字，下联忘了写"八"，"忘"谐"王"音。

光绪二十年，甲午海战甫一结束，朝廷即张罗起了慈禧太后六十大寿庆典，有寿联曰："一人有庆，万寿无疆。"有人将其添一字改为："一人有庆有，万寿无疆无。"此联迅速在京城士人中流传开来。

昔有"士为知己者死，女为悦己者容"句，今人添字为"士为知己者装死，女为悦己者整容"。一字之添，添了时代感；一字之改，改了价值观。

相传，鄂西山区一户人家娶媳妇，请乡间一位老学究写婚联。老学究因主人照顾不周，竟写了副丧气的婚联："流水夕阳千古恨，春露秋霜百年愁。"主家发现后想改，但见鼓乐齐鸣，新娘花轿已到，已是不及。新娘下轿见此联心中十分不乐，眉头一皱，计上心头，遂将对联的末尾两字撕去，简为："流水夕阳千古，春露秋霜百年。"众人拍手称是。

龚炜《巢林笔谈》载："一士以丧偶娶嫠妇，作诗云，'同是人间不幸人。'其子改幸为义字。"此一改，可推测出许多的含义来。一则其父道出了鳏处的艰辛，将心比心，嫠妇更不易；一则其子不愿找一后母，且这孩子中礼教的毒不浅。

相传过去一官宦人家张贴有一联："父进士，子进士，父子皆进士；婆夫人，媳夫人，婆媳皆夫人。"因这家人平日无恶不作，有人恶作剧，暗地里添改了几笔，变为："父进士，子进士，父子皆进士；婆失夫，媳失夫，婆媳皆失夫。”

1924年11月，康有为在西安讲学之际，游览卧龙寺。寺内藏有一部南宋碛砂大藏经，遂起偷盗心。事情败露，陕西士人集会，声讨其不义行径。渭南名士武念堂为此拟联：“国家将亡必有，老而不死是为。”横额“王道无小”。其上联出自《礼·中庸》“国家将亡必有妖孽”，其中嵌“有”隐“妖孽”二字，下联出自《论语·宪问》“老而不死是为贼”，其中嵌“为”隐“贼”字。横额出自“王道无小康”语，亦古语，其中隐了“康”字。

人多以孔子之“民可使由之，不可使知之”为愚民政策，梁启超虽未改字，只是加了两个标点，使其文意大改：“民可，使由之；不可，使知之。”梁启超主张趣味主义：“凡人必常常生活于趣味之中，生活才有价值。若哭丧着脸挨过几十年，那生命便成沙漠，要来何用?”趣味是种思维方式，文字之趣属小技巧，前提却是大智慧，梁启超便是位有大智慧者。

文字不搭调

“惟书有色，艳于西子；惟文有华，秀于百卉”，说这话的皮日休，概已过了翡翠流苏白玉钩的年岁，至少在我当下“秋风海上已黄昏”的齿龄。虽已不再年轻，言语仍存锋芒。没有偏见，也就没有写作，这一点我暗自赞同，米兰·昆德拉说：“写作就是写那些无人敢写之事，讲那些无人敢言之语，这，就意味着要反一般人之常态。”

失望时，书生落魄，浪子白头，多少人感到自己的人生是失败的。山重水复，风尘滚滚，无数回长睡不愿清醒直面，而不如意事又岂止八九。失望既久，难免孤独，寂寞生悔，冷淡成愁，好坏不定的情绪，何须文字准确传达，意在笔先，身外有身，拈花一问，无人会笑。“所谓命运，就是说，这一出‘人间戏剧’需要各种各样的角色，你只能是其中之一，不可以随意调换”，史铁生的话，往往心理患病时，方有共鸣。“终日奔波只为饥，方才一饱便思衣。衣食两般皆具足，又想娇容美貌妻。娶得美妻生下子，恨无田地少根基。买到田地多广阔，出入无船少马骑。槽头扣了骡和马，叹无官职被人欺。县丞主簿还嫌小，又要朝中挂紫衣。做了皇帝求仙术，更想登天跨鹤飞。若要世人心里足，除非南柯一梦西。”希望似蛾扑灯，焚身乃止，又似啮齿类的牙，因不停地长，需不停地磨。失望时，不妨降低希望的高度，转换角色的扮演，“无成与毁，似悲似喜”，水流任意，是随处可见的场景，平淡生活，是回过头来的幸福，尤其经历大起大落后，梁文道说得好：“幸福的人都沉默。百思不得其解，问一友人，对方淡然自若地答，因为幸福从不比较，若与人相比，只会觉得自己处境悲凉。”敢云阅历多辛苦，最好峰峦最不平，无形非象，物象即心象。

眼前有机，无以自破，道理上讲得通，感情上未必通，该用脑子时，却动用了感情，文字便是感情做的。以文字照亮生活的阴影，穿透情绪的阴霾，写作遂成心理的调剂，正如有人以麻将、以运动排遣之，有人以放歌、以挥毫消散之。这样的文字，山中宰相，天际真人，笔下无虚言，全然自娱自乐，旁人读之，认同或反对，乐山乐水，见仁见智。郑板桥说：“有些好处，大家看看；如无好处，糊窗糊壁、覆瓿覆盎而已。”齐白石也有此襟怀：“人誉之一笑，人骂之一笑。”月池浸色，空而不着；流光碎影，过而不留，你的文字怎可与郑板桥的萧萧之竹比较，其实就连自己也已忘却，何时何处落的墨，往往醉后？这些文字就是往事的皮屑，脱落了，便不再属于自己。

“信步园林以诗酒自适，小遗风范而后壑独存”，今岁方觉其潜妙。年龄越大，越喜欢喝点小酒，因为心里有些话越来越说不出口，酒便是话引子。正如木讷缄默之人，多以情书掩饰羞涩。文人的情感在文字，不光是千里面目，当年郑逸梅“与徐碧波之宅，相距仅一二百步，奈彼此杜门不出，有事辄付邮筒以传达”。伤心夜雨，寒灯半盏，回首秋风，秃笔一支，那些搭调不搭调的文字，消磨着时光，也慰藉着心灵。

肆 文字呕心

偶有文章娱小我

“偶有文章娱小我，独无兴趣见大人”，不知谁人联句，记住了，因有同感。好写文章，不为立言，只为娱我，稳步前行而无功利性质。有话则长，无话则短，长短不过千字上下，率真恬静、简洁隽永也罢，犀利尖锐、字挟风霜也罢。

写作成文的愿望，主要源于读书所得，三日不读书，思想即凝滞。其次是生活感悟，临流无限意，画史若为工。还有就是日常习惯了，日本幻冬舍出版社老板见城彻说：“当编辑不能喝酒不行，好奇心不强不行，没有把自己的感动分给别人的热情不行。”甚是认可，我便是一名编辑。

大怒时睡觉，独处时思考，清醒时写作，糊涂时读书。困而求知，不存他因，求知在于认识自我。“观天下书未遍，不得妄下雌黄”，写作试图将答案告予别人，然怎样的言词，才能使灵魂之间产生沟通。

记录正在发生的历史，打捞渐被尘封的记忆，乃修齐治平之文，未免沉重了些。娱我之文，无需励志，不论黑白，更非使命，多为生命现象之感悟，也由此建立起了对个人生命的基本尊重。写作期间，忽然明白，作文与做人似，皆非易事。作文助做人，做人也助作文。白蕉论画：“花易叶难，笔易墨难，形易韵难。”作文则气象难，神韵难，境界更难。

写作只对于自己重要，令自己心潮澎湃的高明感悟，对别人而言，波澜不惊，平淡无奇，如果我不记录此现象，世界便会失却此精彩，后来偶读古书，原来早有文献在此，孤陋寡闻而已。昔去雪如花，今来发似雪，今日少年明日老。今日会结束，明日会结束，永不结束的是昨日。然昨日也会消失在遗忘里，及时记录，挽留遗忘，记忆与忘却之间，忘却是绝对的。

作文改变不了你的生活状态，但改变着你的内心，其实，内心变，生活状态随之变。对内心的影响，是绞思后的释然，卡尔维诺在《美国讲稿》中说：“文学是一种生存功能，是寻求轻松，是对生活重负的一种反作用力。”内心变，挂冠之，弃城之，也就“独无兴趣见大人”了。

小娱完毕，宽宏内心，回过神来，继续生活。

写作是门手艺

我成长的年代，礼崩乐坏，学业废弛，好一些的出路是下煤窑，差一些便是上山下乡了。当时家长为我设计的出路是学门手艺，自食其力，具体而言，入鲁班行谋个木匠差事。木匠分大器作与小器作，当年木匠学徒齐白石与师傅路遇另三位木匠，那三人傲慢至极，师傅却毕恭毕敬。齐不解道："我们是木匠，他们也是木匠，师傅为什么要这样恭敬？"师傅拉长脸说："小孩子不懂规矩！我们是大器作，做的是粗活，他们是小器作，做的是细活，他们能做精致小巧的东西，还会雕花，这种手艺，不是聪明人，一辈子也学不成的。我们大器作的人，怎敢和他们平起平坐呢？"家长为我的设计，大概也是小器作，打套家具，做个板凳什么的。学门手艺，不必风里来雨里去，出大力流大汗，生存无忧，且受尊重，确系一不错设计。至于我弟弟，也学手艺，不过是入金属行，做个钳工铆工之类，盖此设计因了兄弟二人的不同体质、不同性格。

然时代骤变，命运云谲波诡，我兄弟二人终未按此设计治木治铁，然手艺情结却深烙吾心。后来我在办公楼里混饭，终日为无谓事忙碌，与利欲客打交道，沉溺流俗，眩惑名位，受别人指挥，又指挥别人，岁月一蹉跎便是十年八年，日子一消磨已然满脸沧桑，虽说也付出了辛苦，换取了薪酬，但终未直接为社会创造财富。为人莫当差，当差不自在，我做而非他做，只因我齿龄长我先到位，而非我更优秀，遂隐约感到了不踏实的心慌。一段时间，国事蜩螗，周遭恐慌，到处闹下岗，闹末位淘汰，着实灰了许多人的心，于是又想到了父亲当年的朴素设计，时代迁，人心换，原理就是原理，金科玉律，永无背离。为生存计，须有一项养家糊口的本领，手艺是取巧的设计。

靠山吃山，就地取材，修修补补，踉踉跄跄，是半路出家人的共性。为权者，倒卖国有资产，挖社会主义墙脚；为技者，转移阵地，兼职于外，此二者皆淘得了第一桶金。因在单位一直做编辑工作，编辑是与文字游戏，手段是删改别人的文稿，“鱼豕之讹，非独残断者难辨，校雠之苦，若非忍耐者不堪”。一日疲惫，双眼不堪，晓看山如树，晚看树如山，若再翻看文字，昏厥直想呕吐。久病成医，药性自知。本雅明说：“所有得书的手法中，最令人钦佩的是自己写书。”虽说技不如人，终究废纸三千，祸枣灾梨，虽未长安卖赋，洛阳之纸顿贵，却也换得了几两碎银。解名尽处是孙山，我名更在孙山外，好在自古文无第一，武无第二。回过头说，良农擅百亩之饶，首资粪壤，达士竟半生之业，先聚法财，但古今文人多困顿，浮家泛宅、清客逸人者多，聚财一道，不比他行匠人。与他行不同的是，此行促使脑部运动，金性尧便说：“要使自己学问上充实，写作也是一法，因为逼着你翻书，我就有此经验。”教学相长，读写相助，大致此意。

论长相，江湖朋友喻我似劳动模范，初识我妻时，说我像车间主任。一次江南开会，还有人问我是否有胡人血统，我知道那都是客气，他们无非想说我是粗人，与想象中的文弱书生、文化先生迥别，与传说中的“斯文崔魏徒，以我似班扬”悬殊。我问西谚“一半是魔鬼，一半是仙子”之谓，是否即指吾类，还举例纠偏，孔子如何的生猛高大，子路如何的结缨而死。上马击贼，下马草檄，本文人本色，无奈明清小说家肆意谬造，世间人根植谬识。他们的说法也绝非胡说，生活中的我，的确粗人，长相颟顸倒也罢了，行为举止，轻率鲁莽，孟浪不羁，言语表述，耿直不讳，知无不言。众人不解，写作之人，何能如此，我说我且将写作当手艺，有凤来仪，本性难驯，故至今未易辙为伪斯文。脂粉长丑，锦绣长俗，金珠长悍，此即弄巧成拙的伪斯文。

因了这般心态，便不会把写作看得如何形而上，写作虽需从积累词汇、阅读作品始，到抒发情感、直言事理终，中间细节无数，应变随机，但不过就是陶匠的制土炼土、拉坯修坯、捏塑成型、上釉烧制。制瓷七十二道工序，写作工序七十二道，高手有门派，写作无定式，曲折几何，辛苦自知。若论功夫，吟诵背记，不比篾匠之砍锯切剖、拉撬编织、削磨劈拆；若论工具，笔墨纸砚，不比木匠之锛凿刨锯、钻锉刀斧、墨斗尺规；若论性质，业余客串，不过炉匠之农忙封炉、农闲操锤、走村串户；若论产品，零打碎敲，不过扎匠之童男童女、纸马纸轿、花船龙灯。

五花八门，上下九流，三十六行者，种种职业也。肉肆行，有庖丁解牛；微雕行，有核舟一丸；杂耍行，有郢人斫垩；采药行，有佝偻粘蝉。文人的精确也不得了，一道祭祀，春祭曰祠，夏祭曰礿，秋祭曰尝，冬祭曰蒸；一场狩猎，春猎曰搜，夏猎曰苗，秋猎曰狝，冬猎曰狩；一次洗漱，洗头曰沐，洗脚曰洗，洗身曰浴，洗手曰浣；一张罗网，鸟罟曰罗，兔罟曰罝，麋罟曰罦，鱼罟曰罛。仅就一湖，深者曰潭，浅者曰荡，静者曰泖，淙者曰涧，淼淼曰汪泽，玲珑曰池塘。孟郊云："天地入胸臆，吁嗟生风雷。文章得其微，物象由我裁。"得其微者，识其性，识其性者，方可裁物象，文人如此，匠人亦然。

写作亦一行，行内群星璀璨，恒河沙数。文人耻于与匠人为伍，匠气视同贬义，文雅举止被称书卷气，绘画者自谓文人画。陈师曾说文人画"格局何等谨严，意匠何等精密，下笔何等矜慎，立论何等幽微，学养何等深醇"，便将"意匠"列为首项。启功自嘲己之诗作"行吟逼近数来宝"。钱锺书每发一文，即对夫人杨绛曰："今天放了一个屁。"若长文，谓之"长屁"云云。此皆大文人表述，他们探得了其中的真谛。

然魑魅喜人过，文章憎命达，书越读越不通，文越作越困惑。写作手艺毕竟有自身的特点，此也我入此行之困惑矣。

文学是磨磨蹭蹭的事业

成也史，败也史，生亦文，死亦文。文学是磨磨蹭蹭的事业，耗费毕生，了无印记。

有个性的人，遇到有个性的景。一切优秀文艺，最终的动人之处是其背后的性情。借助想象与真实，让兴趣激发探索的欲望。唯有写作令我心安，多数时候却不知对谁而言，只能唠唠叨叨，似聆听古贤，自言自语，似问路樵夫。

一杯酒即能点燃激情，酒醒只在花前坐，酒醉还来花下眠。对于嗜酒如命的作家，纵酒狂欢乃天赐良机。“喝醉了写，酒醒后改”，海明威频繁引用此名言，有酒精作用下完成的经典，便有冷静思辨里成就的文字。

站在现实高度，判定未来事由，而未来应时而变，自会出现选择的多样，遇见不可预见，由此发生判断的错位。无语无奈，感慨愤慨，面对评论对象时，会以自己的学术旨趣、专业知识加以评判。傅雷致傅聪：“可叹学问和感受和心灵往往碰不到一起，感受和心灵也往往不与学问合流。”故没有一座城市，会为批评家立像。

熙攘街角，驻足停靠，总是感觉哪里不对，只因个人的单纯，把世界看得简单。独家记忆，热情未必长情；伤心面具，淡然未必漠然。或基于现代立场，否定古典情怀，或基于古典情怀，否定现代立场，难寻知音，又何须知音。

鲁迅则不以为然，他说古人作画，“除山水花卉而外，绝少画社会事件，他们更不需要画寓有什么社会意义。你如问画中的意义，他便笑你是俗物”，其认为此类思想有害于艺术发展，旧思想应加以解放。前尘与来生，对望黄昏，多少珍惜足迹，淹没进了岁月，蘸墨记录成长细节、委婉心事之外，作家的又一使命，在于开智启蒙。加缪说：“无论每个人有怎样的弱点，作家职业的高贵永远植根于两种艰难的介入中：拒绝谎言，反抗逼迫。”

承其魂，修行关乎心灵；拓其体，道路悲欣交集。等闲之书，可冰消水面，无益之文，可日暖树梢，文学乃人格养成之学，学一日便有一日之益。书似青山常乱叠，社会性阅读的互动特征，使阅读行为突破了先前的私密性限制，且置之于公共空间。无论社会阅读抑或个人阅读，展卷即清风拂面，动人心扉。文学不是全部的生活重心，其无用之用，在于通过阅读，填平缺憾的沟壑，再给自己一记耳光，打醒自己。

画不必天天动笔，字则不可一日间断，写作大抵也如此。诗由内而主于精，小说由外而主于博，不必天天动笔，却需天天思考。卡尔·波普、马尔克斯、亨利·米勒、博尔赫斯，这些大作家一生磨磨蹭蹭，作品寥寥，思想却能深刻到痛苦地步，静谧空旷，萧索荒寒。

此文章彼文章

扬雄在《法言·吾子》一书中自问自答道："或问：吾子少而好赋？曰：然。童子雕虫篆刻。俄而曰：壮夫不为也！"

曹丕《典论·论文》则说："盖文章经国之大业，不朽之盛事。年寿有时而尽，荣乐止乎其身，二者必至之常期，未若文章之无穷。是以古之作者，寄身于翰墨，见意于篇籍，不假良史之辞，不托飞驰之势，而声名自传于后。"胡稚威据此解释道："古今人皆死，惟能文章者不死。虽有圣贤豪杰，瑰意琦行，离文章则其人皆死。"

由"雕虫小技，壮夫不为"，到"经国之大业，不朽之盛事"的转变，不过二百年工夫，转变的原因在于儒家"立德、立功、立言"之"三不朽"思想主流地位的确立。立德者为圣，需大智慧，圣者有德，即孟子所言："君子所以异于人者，以其存心也。君子以仁存心，以礼存心。仁者，爱人。有礼者，敬人。"圣贤即通达宇宙人生真相者，果真如此？暂且不论。若以此标准，人人皆可成圣贤，一切人都是圣贤，何以传世者寥寥？盖无言传也。立功者为勋，需大机遇，勋者有功，即《后汉书·班超传》所言：“大丈夫无它志略，犹当效傅介子、张骞立功异域，以取封侯，安能久事笔研间乎！”率彼师徒，捣其窟穴，虽属不易，却比比皆是，不乏其人，何以称赞者戋戋？盖无意随也。

立德者，自然有言，子曰：“有德者必有言，有言者不必有德。”立德者说，即立人之言，孔孟有道，论语孟子。立功者亦有言，蔺相如功臣，其“先国家之急而后私仇”，名言也；陈胜功臣，其“王侯将相宁有种乎”，名言也。请君暂上凌烟阁，若个书生万户侯？无德无功者，也可立言，似乎也易于实现。立言之人，功名者可，布衣者也可。然此言非彼言，不是什么话都可称作“言”，此言即文章也。然此文章非彼文章，不是什么文字都可称作“文章”。

此文章，足为宗式，宋儒张横渠所言“为天地立心，为生民立命，为往圣继绝学，为万世开太平”，明儒杨继盛所言“铁肩担道义，辣手著文章”，明儒纪映钟所言“人生有三大事：性命，经济，文章”，清儒魏象枢所言“五伦之外无道，六经之外无文，四书之外无学”，盖所指。文章一旦赋予“经国之大业，不朽之盛事”的功能，便成了道德文章，成了立德立功者言，于是便有了“一言而可以兴邦”“文章千古事”的使命。王勃曾感慨的“文章之道，自古称难”，盖也所指。而彼文章，即“雕虫小技，壮夫不为”者也。彼文章，散漫不羁，随心所欲，不主故常，超然物外，率真之品也；彼文章，笔无常法，别出新机，独持偏见，一意孤行，特立之作也。临水开轩，四面云山皆入画；凭栏远眺，万家烟火总关情。身比闲云，月影溪光堪证性；心同流水，松声竹色共忘机。留此湖山，得此佳趣，召以佳景，假以文章。龚自珍说：“纵使文章惊海内，纸上苍生而已，似春水，干卿何事。”问青牛何人骑去，有黄鹤自天飞来，老子庄子，崔颢李白，皆撰写彼文章之高手也。

然就在曹丕生活的年代，立功的父亲曹操杀了立言的孔融，立功的殿臣司马昭杀了立言的嵇康，就是立功也欲立言的他，也容不得只想立言的手足曹植。当代，立功的宋希濂晚年尝忏悔杀了立言的瞿秋白：“我国历史上一位杰出的革命家文学家，竟死于我手，将我碎尸万段，亦不足以蔽吾之事。”此话可当作宋希濂做战俘时的赎罪之语，总有些交代的性质，若非身份变化，是否还会出此懊侬？历史上杀立言者的事件，俯拾皆是，不胜枚举，夜久雨声绝，如闻泣幽咽，何以再无宋希濂？

唯有文章能不朽，青衫红袖总成灰。人以文传，文以人久，人成灰，风乍起，满世界萦回飘舞的，竟都是纷纷扬扬的文字，半在人间，半入云端。即留万古名何用，宁似刹那心太平，千古悠悠，有多少文章，本心情趣，一任自然，弥漫开放，精骛八极，无意于佳乃佳，无意于传而传？事业文章，随身销毁，而精神万古如新，功名富贵，逐世转移，而气节千载一日。信乎？

“的”是文章里的钉子

营造中最为常见的钉子，若在此没有使用一枚，卯榫斗拱结构建筑的妙不可言、巧不可接，总让人不可思议，叹为观止。钉子的普遍犹如现代汉语中的“的”，数一下，每篇文章中重复最多者，定是“的”字。尽管如此，仍有不着一“的”的现代文字作品。

据悉，上海译文出版社于2007年6月出版的《官窑美人》一书，通篇未用一个“的”字，这可是一部近30万字的长篇小说，其目的是希望回归文言文言简意赅的风格。“的”之使用，不知始于何时，宋之后的白话文已有之。作为助词，新文化运动将“的”作为提倡白话文的刻意标志，将其推向了极致，今天回过头来再读当时作品里的“的”，简直有些泛滥成灾，矫枉过正。“你夸奖我的成功／我也爱你的夸奖／因为我的成功你都有份／你夸奖我就因我夸奖一样”是胡适收于《尝试集》之《许怡荪》中的一段，四行三个“的”。而周作人《过去的生命》一诗更是句句离不了“的”：“听了这迫切尖细的虫声／引起我一种仿佛枯焦的感觉／我虽然不懂得他歌里的意思／但我知道他正唱着迫切的恋之歌／这却也便是他的迫切的死之歌了”。诗如此，文更甚。邓之诚便极不喜欢白话文中的“的”，学生试卷中凡用“的”之处，一律改成“之”。一日，他以沉重的西南官话道：“同学们，千万要听明白，城里面有个姓胡的，他叫胡适，他是专门地胡说。”

后来，文章中“的”的使用便自然了许多。日常口语，谁还在意“的”的安排，书面行文，谁还掂量其布置，反倒是避免“的”用，需要小心翼翼，杜渐防萌，必然的结果是拐弯抹角，闪烁其词，如此阅读，怎能爽快，怎能惬怀。古人不使用“的”，因为古人的语法结构、行文方式不需要“的”，如今大量新造或引进词汇的出现，已打破了语言的相对封闭模式。由于使用了诸多新词汇，晚清时梁启超的“新民体”雅文已投借这一来自底层的“的”。“新民体”的建筑材料已趋多样化，已不单单木材而已，“钉子”的使用势在必行，理所当然。

今天若要逃避般刻意规避“的”之使用，这样的文章读起来必定如做游戏。之后，《官窑美人》的作者程庸便表示：通篇不用“的”，确实是一件很难受的事情，做过一次实验后，下部长篇里决不这样做了。

其实，文章的核心是内容，是思想，而非形式，非表现。有谁在意经典建筑中使用了多少的钉子，有谁在意传世鸿章中使用了多少的“的”字。

董桥文字

开始读董桥，心里一惊的是他平静的文字。原以为周作人、林语堂的路子已无人追随，发现董桥仍在走，旧派文人的书卷之气依然清淡，民国大家的唯美语境依然鲜活，虽未开风气，却是传承有序。是什么使之如此的机敏而温存，现代又古典，陈丹青说他第一次去美国时，大吃一惊，因为看到街上的年轻男女，“人人长着一张没受过欺负的脸”。文章的表达特点与主体精神大致吻合，所谓文如其人也，董桥的身心，定也是没有受过欺负的那种。

董桥所处的环境，柴米不必在意，自有经济学家在意，政治不必关注，自有政客议员关注，你在意的只是自己的兴趣，关注的唯有自己的专业。平和的社会格局下方有书斋，典雅的书斋生活，予人安静。《大学》里说“知止而后有定，定而后能静，静而后能安，安而后能虑，虑而后能得”，安静不简单，全然修来的功夫。

暖洋洋的午后，偶有蝉噪，几声传来，已启示了百无聊赖的翻阅，悟得了字里行间的况味，似乎又没有，若有，何以说不清，道不明。独抒性灵，不拘格套，功利于我何有哉？看破未道破，更不做破，面对种种社会现象，发出的是会心微笑。明窗净几，高堂素壁，书斋虽静，岂能真空，董桥的耐性，是保持与现实的距离。他的笔下，情节淡，情味浓，记忆远，况味近，娓娓道来，慢条斯理，没有大江东去北国风光的飞扬，初写黄庭，适可而止，没有生命不能承受之重的文字。月光千里白，秋色一天青，忘食忘忧，不知岁月，骑驴过小桥，独叹梅花瘦，英雄到此，豪气顿消。杨绛译英国诗人兰德的诗句："我和谁都不争，和谁争我都不屑；我爱大自然，其次就是艺术；我双手烤着生命之火取暖；火萎了，我也准备走了。"英国绅士的文明杖，对于多年寄居伦敦的董桥，见的多了。

与儒雅之士、绅士风度相对应，董桥文字既有明清小品的余韵，又得英国随笔的精髓。提笔四顾，瑞气兰香，清机妙理，高步常伦，"少陵诗，摩诘画，左传文，马迁史，薛涛笺，右军帖，南华庄，相如赋，屈子离骚"之外，文中时有英文字句的夹杂，不在古，便在洋，这不是世人晦涩生硬的隔阂，实在就是他文里文表的状态。修辞讲究，技法娴熟，短小精悍，惜墨如金，悉心安排，布置齐楚，随手拈来，为我所用，历练几近煮字，推敲已达琢磨，且又保有了文学的固有轻灵，于不经意间传神，真不容易。有句修行的话可叹之：凡事当有度，不及难成，过之易折，当如饮酒，微醉即可，多而伤身；当如看花，半开最美，全盛近凋。

董桥曾写道："我扎扎实实用功了几十年，我正正直直生活了几十年，我计计较较衡量了每一个字，我没有辜负签上我的名字的每一篇文字。"文章千古事，得失寸心知，他在《书窗即事》中还写道："写作如练琴，非日日苦练数小时不足以言‘基本功夫’；无基本功夫者，虽情感如水龙头一扭而泻，究无水桶盛水，徒然湿漉漉一地水渍耳。”此为文章之道。董桥还说：“文章是字字琢成，若干涩无光，那是字之堆砌，不成篇章，写来做什么？”此话具有劝诫作用，也是文章之道。

东壁图书，西园翰墨，“书屋前，列曲槛栽花，凿方池浸月，引活水养鱼；小窗下，焚清香读书，设净几鼓琴，卷疏帘看鹤，登高楼饮酒”。旧时书斋文人的阔绰款洽，事事变迁，距今已远到了不现实，而董桥式的写作，所提供者为现代生活的另类范本。

女士写作

频繁写作，难免话尽，稍一动笔，因袭既往。枯竭之感，也疲劳之觉，厌倦之觉，也无聊之味。心中存念，夜遂有梦，然美梦适重复，文字宜鲜活。

大作家或文起八代之衰，开宗派以先，或振衰起弊，挽风气于坏。简·奥斯汀之前，英国小说里的所有女性人物，皆由男性做解释，之后女性参与写作者渐多。夏洛蒂20岁时，大胆将自己的几首短诗寄予桂冠诗人骚塞，得到的却是一顿训斥："文学不是妇女的事业，也不该是妇女的事业。"大匠诲人，必以规矩，或许她的诗果不佳，但由此自尊心受挫，遂转而小说创作，完成了别人认为完不成之事，终以《简·爱》享誉文坛。闺门多暇，清风披坐，坚壁清野成寂寞城堡，然毕竟故事不等于小说，止步于文字，足不出户，小巷亦自由，行径天下，真女中大才也。"六经不能教，当以小说教之；正史不能入，当以小说入之；语录不能渝，当以小说渝之；律例不能治，当以小说治之"，梁启超的偏颇之言，也是文学开风气之旨。

民国时期的一些男性文人有取女性化笔名者，更有名后加“女士”字样者，郭沫若自称“安娜”，茅盾自称“四珍”“冬芬”云云，一则吸引眼球，一则意在代言女性。冰心、丁玲等真女士的出现，较之英伦，晚了百余年。西蒙·德·波伏娃说“女人不是天生命定的，而是后天塑造出来的”，那么男士可否塑造成女士？汪曾祺不大喜欢伪娘文笔：“我觉得伤感主义是散文的大敌。挺大的人，说些姑娘似的话。我是希望把散文写得平淡一点，自然一点，家常一点的。”言外还在求真。张爱玲《半生缘》中有段精彩描述：“这世上最痛苦的事，不是生老病死，而是生命的旅程虽短，却充斥着永恒的孤寂。世上最痛苦的事，不是永恒的孤寂，而是明明看见温暖与生机，我却无能为力。世上最痛苦的事，不是我无能为力，而是当一切都触手可及，我却不能伸出手去。”此般细腻，醇醪百斛，女性特有，哪是假女士可以说出的。

董桥偏爱杨绛与聂华苓的作品：“她们阅历深湛，文风沉潜，境界老早攀过了世俗文学的华美，一字一句，一收一放，人生细腻的念叨一一沁人心肠，仿佛孤坐炉边坐了好多好多个冬夜才坐出这样的顿悟。”兰气息，玉精神，女性写作之高级状态也，杨绛便说：“惟有身处卑微的人，最有机缘看到世态人情的真相。一个人不想攀高就不怕下跌，也不用倾轧排挤，可以保其天真，成其自然，潜心一志完成自己能做的事。”身外无求，淡月轻云，顺事自然情形。闲来少事，无利无营，倦然而后睡；林泉出山，清澈可人，旷然以自适。董桥所喜嗜，大抵此类文风。

世上根本没有更好的路，你选择的那条，即正确小道。人之不幸，往往在于东山看见西山高，起初的投机，未几成彷徨。片片残红水流，依依烟树斜阳，时间未逝，而是你走过了亘古里的一瞬，哪有选择的对错。别人想什么，焉能控制，别人做什么，岂敢强求，唯一的作为，走好自己的选择，走出原则，走出情调。林文月读中文系自觉阴差阳错，若干年后，有人问她是否懊悔，其坚定道：“绝不。如果问你，为什么读了某个专业，你会怎么回答呢？其实，我总觉着，让一个少年选择专业，是太偶然的事。因此，选了也就选了，也没有那么重要。但选了以后，能在这个专业里活出什么境界呢？这却是个大问题。”选择写作何不然，王安忆说：“写小说的人都喜欢有性格的人，我不太喜欢写主流的人物，永远喜欢边缘的，或者失败的、落魄的。”和者寡否？

一人忧乐，千古文章，虽不能及，心向往之，凡人写作大致起点；生命如歌，琐琐碎碎，往事回思，旧书重读，女士写作无出此由。纵使旧话重提，一次一次感受怎会相同。

广告小说

十八岁女子，迷恋琼瑶，痛哭流涕，过时则浅；二十岁少年，翻阅金庸，英雄气长，境迁即悔。野史较之史信，有趣合理，小说较之正说，抒发性灵，故每每有好事者以此做文章。

清末，西风东渐，风气一新，朝廷颁布《钦定宪法大纲》，旨在富国强兵、殖产兴业、办学育人、开化文明，第一次规定“臣民于法律范围以内，所有言论、著作、出版及集会、结社等事，均准其自由”。有赖提倡，小说大盛，加之报刊出现，为其提供了便捷传播渠道。“门前生意，好似夏日蚊虫，队进队出；柜里铜钱，要像冬天虱子，越捉越多。”商家精明，无所不用其极，见小说受捧，为之利动，便雇佣写手，融小说与广告于一体者遂炮制。世上无难事，只怕有钱人。

光绪三十一年三月初四，上海中法老药房于《时报》连载小说，内容无外所售艾罗补脑汁之神奇功能者：“觉得头昏目眩，就要倒下。那时，周贵忽然想起表老爷所送的药水，叫他的三小子到西厢房里找寻木箱，上面有中法大药房五个字的，赶紧拿来到他主人面前，说是从前跟表老爷的时候，看见表老爷算账到夜深的时候，觉得头昏目眩，就叫家人将这种药水冲服，顿时神清气爽，算到天明不觉辛苦……这药水叫艾罗补脑汁，在外国很有名的。王青天听了他的说话，取来一饮而尽，果然顿时清爽，从此照了瓶上的单方，一天服用他两次，三天之后觉得精神满足。”光绪三十五年正月廿八，《申报》刊载小说《造化小儿》，以第一人称讲述“我”的儿子受后母虐待，变得呆傻，赶走后母，并以艾罗补脑汁给儿子进行调理，药品作用下，儿子终于又变得活泼聪明。借以患者家属表达谢意方式，宣传的也是艾罗补脑汁。

光绪三十四年十一月初五，《申报》刊载“寓言小说”《病夫妻》，作者“寓沪支那人骏彦伯氏”谈创作缘起：“回忆此药愈疾之奇，因戏作寓言小说一篇，录呈万国大药房主人一哂，倘或登之报端，藉供众览，未始非医林佳话也。”小说将身娘、肤娘、胃娘、脾娘、肠娘、肝娘、肾娘、神娘喻为八妻，以夫妻间的不和，喻病体各器官间的不调。经过“万国来的那位人体滋养料先生”的劝导，众妻妾终与丈夫和睦相处。人体滋养料，即万国大药房所售药品。

药业领先，其他行当闻风而动。光绪三十四年五月十八日，《神州日报》刊载短篇小说《江西瓷业公司开张》。某年某月某日，江西瓷业公司开张，“余”告知学生，景德镇所产瓷器向来有名，自洋瓷进入中国，入瓷业者渐渐失败。而江苏的瑞藩台同几位绅士，组就一公司，推举康先生为董理。改良旧法，挽回利源，康先生乃瓷业界之哥伦布。有人以为此是影射小说，瑞藩台或指光绪帝，康董理或指康有为。

尚有虽非小说，却似小说者。1913年10月19日在《申报》刊有一则东方百代公司利用消费者口吻所写的广告文案：“哈哈！自从我那一天买了百代唱片两打、唱机一只，回到家中开唱，个个听了欢天喜地。大家都说如今不出门就可能听好戏了，妙在我要哪一位名角唱，他即时就唱，岂不快活？……他的唱片，都是真正名角唱入，毫不欺饰。”其目的在于以消费者口吻打动消费者。

蚁之附膻，蝇之逐臭，以小说招徕顾客，恐为“小说界革命”提倡者始料未及。王国维说“文学者，游戏的事业也”，既如此，广告小说有何不可。各自努力，执着用心，广告小说内容，浮词多而真意少，却也丰富了写作形式。虽拙劣，也使一部分擅长词语盘绕、游戏笔墨的落魄文人，姑且找到了一碗饭吃。小说零售，广告付费，羊毛出在狗身上，最终由猪买单。

耳目所历，笔而书之，义理为质而后文有所附。小说虽虚，不脱烟火现实，只是以别样视角，关注社会。独立创作，虽源于本人，也源于市场需求。“晴为黛影，袭为钗副”，小说终为市场之“影副”。报刊乃文章垃圾站，广告小说终因情节捏合，夸张宣传，为读者所厌烦。来时偶然，去则必然，欲知命短，何须问前生，有受众、无用户的结局，定是烟云消散，荡然无存。

看标题

看书看皮，看报看题，做文章哪有不知此理者。

二十世纪三十年代，何应钦任湘省代省长，某年清明节岳麓山扫墓。官方要求各报及时配发新闻，指令通稿为《何省长昨日去岳麓山扫其母之墓》。不料，翌日某报却将标题易为《何省长昨日去岳麓山扫他妈的墓》。上海《新闻报》有文章曰《丰子恺画画不要脸》，其针对丰先生《乡村学校的音乐课》一画展开话题，原来画中童子皆张大嘴巴，跟着拉二胡的先生唱歌。本来这是个枯燥的艺术问题，让报人一参与，却顿生趣味。阿城对话朱新建时曾言："丰子恺到后来常常是一幅画上只画一轮月亮，然后题字'人约黄昏后'，可见对他而言，笔墨已经不重要，画也不重要了，重要的是他在画里给观者开的这个玩笑。"

一名之立，对酒吟诗花劝饮，旬月踌躇；一名改妥，花前得句自推敲，顿时神采。抗战期间，陪都重庆物价暴涨，《新民报》编辑程大千将一条相关新闻框了花边，拟了仿宋标题"物价容易把人抛，薄了烧饼，瘦了油条”，令人忍俊不禁。不伤本色而有雅意，算是恰好之题。

为求销量，有人将《水浒传》换名为《三个女人和一百零五个男人的故事》《孙二娘和她的一百多个男朋友的罗曼史》《卖饼武大郎和不忠妇人的故事》，《红楼梦》则译作《一个男人和十二个女人的故事》《女儿国的秘密》，或为笑谈，因两名著流传更广，无需再从俗。

有才子有才无处使，现实不便说，遂以古人开涮，涉猎成趣，妙语如珠。如《性感尤物西施与经纪人范蠡自造绯闻抬身价》《东施又出写真集〈浮鱼〉》《苏秦六国巡回脱口秀风靡一时》《“牙粉丝”钟子期亡后俞伯牙封麦》《孟姜女：感动秦国第一名》《天价不老药究竟在何方》《五百童男童女魂归何处》《焚书坑儒生还者讲述坑下七十二小时》《同一首歌走进垓下：刘邦率众颂赞楚霸王》《儒术统一思想有多美》《我在西域放羊的故事——苏武归来首次接受专访》《记者随张骞体验丝绸之路》《赵飞燕夺街舞大赛冠军》《“超级男身”冠军花木兰狂掀中性风》《科举引发素质教育之争》《武则天：做名女人更难》《东瀛盛行“哈唐风”》《杨玉环遭袭胸》《我从马嵬坡归来》《崔莺莺：张生是个骗子》《杜甫：我和李白不一样》《黄巢开拍〈黄金甲前传〉——过万农民兄弟通过群众演员海选》《谁说我要演皇帝专业户——赵匡胤开发布会解释“黄袍加身”》《谁来为王安石变法埋单》《苏东坡美食专栏：吃荔枝》《柳永：我写的歌词都很严肃》《李师师高价卖出〈名妓回忆录〉影视改编权》《陈世美有离婚的权利》《高俅：从球星到政客》《窦娥：走向刑场的娇艳寡妇》《在没有英雄的年代里，我只想做一个人——宋江招安后首度披露心路历程》《朱由检在紫禁城的最后三天》《花这么多钱下西洋值不值》《一条鞭法与合理避税》《理性看待沿海反倭情绪》《兰陵笑笑生的身体写作》《陈圆圆真情告白：我和我生命中的三个男人》《孝庄多尔衮被曝宫廷舞会上手拉手》《审计风暴中的和珅集团》《曹雪芹痛斥续书者：人不能无耻到这个地步》《小白菜告御状：我只是要讨个说法》《北美独立战争：一箱茶叶引发的血案》等等。

看似地摊，实则细软，此类标题日日纷飞，只是张冠李戴，戴在了古人头上，且不牵强。责编取稿，认可标题为先，总编签版，浏览标题而已。我做过多年报纸编辑，深知“题好一半文”之理，却每每困顿于此，蒲团坐破难参道，见识不卓，才情不足矣。虽不会说，入耳听懂一半，看毕此类标题，只觉已过时于时代。

一页书的价值，存在于被翻阅时。一个标题的价值，仅在乎被看到处，但为翻看，过目不忘，此即编辑追求境域。信息过量时代，为免于不战而降，一战即亡，造题如造势，壮色如壮行，功夫不可不足，否则名不出乡里，水过地不湿。

标题固然重要，不可唯标题至上，白头偕老无关爱情，天花乱坠无关内容，但被过度娱乐，即入标题党。跟着苍蝇找厕所，跟着蜜蜂寻花朵，迎合佻浅之性，故作骇听之题，此类标题见多了，往往视而不见，内容也略，到头来弄巧成拙，适得其反。

吏文可恶

朱锡绶《幽梦续影》云："余亦有三恨，一恨山僧多俗，二恨盛暑多蝇，三恨时文多套。"有道是"八股文"扼杀人的创造性，吏文何不然。我在单位也时常有写作公文的差事，有职责之内者，也有不期而遇者，总之腻味絮烦，苦不堪言，恨不得视而不见，掩鼻而过。遇到马虎的领导，往往易于交差，若遇到较真的上级，你虽已慎重细致，推敲琢磨，他却仍要咬文嚼字，条分缕析，为此需三番五次、没完没了地修改，直至见了此文，便感作呕。一篇公文写下来，几天缓不过劲儿来，拿起笔，便有了那种腔调。对于口才好的领导，列个提纲即可，所谓三分稿子，七分口才也；对于嘴笨的上级，需将"同志们""谢谢"之类的话也写出，却还是七分的稿子，出了三分的效果。单位里谁若有以"笔杆子""秀才"之类的话恭维相加者，必脸带愠色，万不承受。为领导写材料者，多有升迁之结局，某却从未有歆羡眼热、嫉妒称叹之意，依然能推则推，能懒则懒，未见请缨自荐、显能逞强之乖。人各有志，追求不同。

长期混迹于官场，且又是文学家的洪迈对吏文同样疾首蹙额，深恶痛绝，其《容斋随笔》中曾有一段感慨：“吏文行移，只用定本，故有绝可笑者。如文官批书印纸，虽宫、观、岳、庙，亦必云不曾请假。或已登科级，见官台省清要，必云不曾应举若试刑法。予在西掖时，汉州申显惠侯神，顷系宣抚司便宜加封昭应公，乞换给制书。礼、寺看详，谓不依元降指挥于一年限内自陈，欲符下汉州，告示本神知委。予白丞相别令勘当，乃得改命。淳熙六年，予以大礼恩泽改奏一岁儿，吏部下饶州，必欲保官状内声说被奏人曾与不曾犯决笞，有无剪刺，及曾与不曾先经补官因罪犯停废，别行改奏，又令供与予系是何服属。父之于子而问何服属，一岁婴儿而问曾与不曾入仕坐罪，岂不大可笑哉！”袁枚对此也有见解，其《随园诗话》云：“明七子模仿唐人，王阮亭亦模仿唐人，何以人爱阮亭者多，爱七子者少？余告之曰，七子击鼓鸣钲，专唱宫商大调，易生人厌。阮亭善为角徵之声，吹竹弹丝，易入人耳。”清代画家张问陶有诗云：“早听时务夜听香，镇日茶瓜习送迎。洗耳已无清涧水，到门恰喜卖花声。”其为听到时务后的感受。

“讲话”“意见”“文件”“通知”“简报”“说明”“总结”“安排”“请示”“汇报”皆属新时代的吏文形式。

总结成绩，首先要提领导的重视，再说齐抓共管，后说自己的努力；布置工作，首先要说其重要性，再说思想上的重视，后说具体步骤。抬头戴帽后，先回顾，在省委省政府、市委市政府、县委县政府的正确领导下，决策离不开上级部门的正确指导，成绩离不开同志们的辛勤努力，重要的是将成绩放大，将认识升华到政治的高度、理论的深度，将产生问题的客观原因定要列举全面，“非典”来时，全社会都可以此为借口，未完成指标，可说因其造成的危害巨大，虽说你总结的是计生工作，“全球金融危机”过后，若完成了任务，必说克服了前所未有的困难，虽说单位做的是内贸生意；再阐述，且要套用最近一次中央重要会议精神，不要怕不搭界，不在乎篇幅长，无人敢怪罪的；后是安排，少不了“必须”“一定”之类的词汇，其既是套话，更是决心和姿态；文尾是抄报抄送单位。此为格式，格式乃共同恪守的规则，逾越不得，否则便不叫公文了。顺序上，第一是大壹贰叁肆，第二是小一二三四，第三是甲乙丙丁，第四是子丑寅卯，还有大ABCD，小abcd。毛泽东虽在《反对党八股》的讲演中将其列为“甲乙丙丁，开中药铺”的党八股之第五条罪状，但这还必不可少，否则会说你缺少条理，逻辑不清。

最为常用的词汇有：深入开展、认真学习、全面贯彻、广泛落实、紧紧围绕、不断加强、高度重视、充分认识、建立健全、始终不渝、坚持发扬、有力推进、强化意识、广泛进行、共同提高、普遍认为、一致通过、努力争取、首要任务、更加突出、大大改观、踊跃参加、采取多种方式、取得显著成果、调动积极性、发挥重要作用、发生可喜变化、推出新举措、掀起新高潮、进一步加深、保持清醒头脑、深受群众欢迎、继续保持和发扬、具有重大意义、提高了认识、明确了任务、统一了思想、举办了一系列活动……

若是对领导讲话进行评价式的表态，必作高山仰止、信誓旦旦状，开口闭口高屋建瓴、催人奋进、深入人心、意义深远、求真务实……

事故发生后，高度重视。立即做出，要求组织，妥善处理，迅速查清，严肃追究；立即组织开展，进一步做好，防止。目前，情绪稳定……

好事者归纳《机关公文常用排比句大全》，以供文秘参考。“新”者：新水平、新境界、新举措、新发展、新突破、新成绩、新成效、新方法、新成果、新形势、新要求、新期待、新关系、新体制、新机制、新知识、新本领、新进展、新实践、新风貌、新事物、新高度；“性”者：重要性、紧迫性、自觉性、主动性、坚定性、民族性、时代性、实践性、针对性、全局性、前瞻性、战略性、积极性、创造性、长期性、复杂性、艰巨性、可讲性、鼓动性、计划性、敏锐性、有效性；“化”者：法制化、规范化、制度化、程序化、集约化、正常化、有序化、智能化、优质化、常态化、科学化、年轻化、知识化、专业化；“点”者：出发点、切入点、落脚点、着眼点、结合点、关键点、着重点、着力点、根本点、支撑点；“力”者：活动力、控制力、影响力、创造力、凝聚力、战斗力。如此这般，不一而足。

吕叔湘有“多用套话不是写文章的正经路子”之说：使用成语，一是非用不可时才用，二是不能接二连三地用。白描难，古今好文字，皆以白描取胜。《成语大词典》出版时请吕题词，其笑曰“成语词典害死人”，其中写道：“成语之妙，在于运用。颊上三毫，龙睛一点，与其滥也宁啬。”成语况且如此，套话更是忌讳。

诸葛亮的《出师表》、骆宾王的《讨武曌檄》皆公文，却无陈词滥调，迂阔之论，也无排比程式，上行下效，时代真的不同了。今之吏文万不可有写作者的观点，不可有写作者的个性，不可有写作者的笔调，切记！

网络语言是年轻人的母语

十年前开博客，看留言，常有“沙发”一词，不懂又不好意思询问，终于还是忍不住请教年轻人，被告知是第一个留言者的意思，辗转琢磨，觉得其很有合理性。发现其中的合理性后，至少不再排斥。先前的文字编辑，只以《现汉》的解释定性，只以国家语委的标准为标准。

加入网络既久，遂对网络词汇宽容待之。路德维希·维特根斯坦说“我语言的局限便是我看世界的盲点”，而不了解身边的这种强势语言，必然隔阂这个世界。来自民间、出自底层的语言，往往生动鲜活，网络词汇正处于活跃期，对语言的贡献率也极高。虽不便使用，却也知其大要，且有意无心收集了一些。

给力、忽悠、网友、网民、链接、下载、在线、网恋、网管、达人、宅女、山寨、点赞、粉丝、秒杀、驴友、脱口秀、女汉子、富二代、高富帅、正能量、接地气等等的词汇，最早自网络流行，之后全民运用。从模仿，到复制，再到传播，语言的流行路径，大致如此。

卖萌、颜值、拉黑、走你、山炮、房姐、房叔、牛×、网红、网商、发贴、女神、小清新、高大上、菜鸟、躺枪、被自愿、被捐款、hold住、晒朋友圈、百度一下、我被雷倒了、瘦成一道闪电、中国式过马路、我是一个很宅的人、有钱就这么任性、重要的事情说三遍等等的词汇，叛逆中充满悬念，运用人数也在不断增加。

不知是歧视，还是诙谐，肿么了、偶、稀饭、灰常、有木有，显然模仿的是南方口音。东东、怕怕、漂漂，模仿的则是幼儿语气。杯具、美眉、斑竹、豆你玩、蒜你狠、1314，算是谐音。

我心摹手追的是文化原典，古人雅言，自知已过了对新词汇使用心手双畅的年龄，“非天才勿强命笔”，只有旁听的份。纳尔逊·曼德拉说：“用一个人能听懂的语言同他讲话，你触动的是他的大脑，用一个人的母语同他讲话，你触动的是他的心灵。”网络语言即年轻一代适逢其时的母语。网络似乎是专为年轻人打造的平台，也是其价值观的输出渠道。

速成未必速朽，看其是否合理。欲变而不知其变，任何词汇皆有生有灭，我幼时掌握的早请示、晚汇报、三忠于、四无限、大串联、革委会、封资修、九种人、戴高帽、喷气式等等的语言，目前大都已被时间淘汰。沉淀下来的传统，未必都优良，如配阴婚、闹洞房、裹小脚、童养媳等等的糟粕，也有不少。

书家无错字，语言无错词，约定俗成而已。与其失之于严，毋宁失之于宽，法无禁止即可为，从小心翼翼的禁止，到堂而皇之的入范，得有个过程。

写作障碍谁都有

写作时，面对一张纸，一支笔，或一面白屏，一个键盘，唯一的驱使，源自内心的表述冲动。画家以笔墨晕染，诗人以韵律宣泄，诗画之外，文者居多。魅力在文字，吸引在思想，思想之外，尚有心灵。有话则长，无话则短，此事有何艰难，说来简单，实则不然。

培养一个训练有素的匠人，需要若干年工夫，而一个文通字顺写作者的练就，似乎也不易，每个节点，皆存障碍。郑学诗先生的《走出写作障碍》（山西教育出版社2014年8月版），则将其进行了系统归纳、理论总结：感受与积累材料阶段的障碍，构思与提炼主题阶段的障碍，谋篇与起草行文阶段的障碍，修改与基本完善阶段的障碍，反馈与传播过程阶段的障碍。郑先生半生致力于写作障碍研究，此书为旧著《写作障碍论》之调整扩充，修订增补。在后阅读时代谈深读，在短信时代论写作，似有一番人伫夕阳下的孤情。

本人潜心此道二十余载，对书中提及的“写作主体心理障碍与疲劳综合征”，即写作客体制约下的心理压力疲劳，深以为然。名画古炉，花瓶茶具，晚明文人的闲适状态，自然无法企及，却也有碎片化的闲暇，写些诸如千字文之类的小文章，即完成令人窃悦的一二非任务写作，倒也无妨。最要命的是公文写作之后，文气好长时间缓不过来，下笔即拿腔拿调，程式套路，此也疲劳综合征。此疲劳非劳力，劳心也。一个领导一种风格，务实务虚，各有侧重，写材料者需揣摩，需磨合。不仅如此，一文初形，反复审阅，几易其稿，不到会议，永无休止。一稿二稿，搞了白搞；三稿四稿，刚刚起跑；五稿六稿，还要再搞；七稿八稿，搞了再搞；九稿十稿，回到一稿。“满纸荒唐言，一把辛酸泪”，这话似说给公文写作者的。但凡文书，皆有一肚子的苦水，其障碍源自焦虑、急躁、不自信及对自身健康的忽视。公文语言与艺文语言，虽非冰炭，也类稻稗。我的文章我不做主者，公文也，做主者，艺文也。

人各不同，障碍也异，郑先生在此书的姊妹篇《写作障碍研究·写作书简》（山西人民出版社2014年7月版）中，便收录了74封各式写作者谈不同写作障碍的书信，堪为范例。虽如此，其中必有共性之处。看时间，不是为起床，而是看还能睡多久，了解写作障碍，不是知其难，而是为克其难。袁枚《随园诗话》云：“一切诗文，总须字立纸上，不可字卧纸上。”何以立？具备光风霁月气象、云蒸霞蔚文采者，毕竟少数，而克服诸多障碍，大致可使凡人避通病，入规范，至少可成型，可完篇。

写作虽小道，且如此不易，写作有障碍，何事没有？钱锺书曾斥责诺奖委员会评审专家马悦然：“为何他国可用原文参评，中国却要译成英文才能评奖？此乃文化歧视。把巴金的书译成那样，那种烂译文本谁会给奖?”翻译也有障碍。出版《时间简史》时，出版商告诉霍金，每在书中写一个方程，便会使书的销量减半。与之相反，鲁迅认为:“书籍的插图，原意是在装饰书籍，增加读者的兴趣，但那力量，能补助文学之所不及。”出版也有障碍。

剖析之后，何以走出?白居易云:“感人心者，莫先乎情，莫始乎言，莫切乎声，莫深乎义。”真情实感乃写作动力，也乃克服写作障碍之根本，文字里的温度，皆内心的情感。而书中将“解以杜康”也列为破解方法之一，酒本就是情感，也能激起情感，且为真情实感。而参与写作实践，是技能训练功课。任何经历皆财富，积累至足够，尚需观察之、认识之，方可随意摘录，适意而止。花园乃栽培过的风景，风景非微缩后的花园。

有写作欲，无写作题，常使人困惑不已。冯友兰晚年自述:“我就像一头老黄牛，懒洋洋地躺在那，把过去吃到胃里的草料吐出来，重新细嚼慢咽，其味无穷，其乐也无穷，古人所谓乐道，大概就是这个意思吧。”此话不可谓之阅历浅简的年轻人，阅读乃卧游神游，这是谁都知道的方法。阅读是积累，也是启发，可引出无数的写作话题。

障碍时常有，旧除而新生，章太炎云:“学患其不习，既习矣，患其不博;既博矣，患其不精。偶有所得，不可为智，犹要自视若愚，愚三次，智三次，学始有所成。”故需不断克服之。书家有日课一说，艺人有曲不离口、拳不离手之谓，皆“愚三次，智三次”过程。

克服障碍，即克服自我;克服写作障碍，则自我克服。一言以蔽之，克服写作障碍，重在实践。

文章可改不可改

世人著述，不能无病，故需删繁就简，切磋琢磨。白居易《与元九书》云："凡人为文，私于自是，不忍于割截，或失于繁多，其间妍蚩，益又自惑；必待交友有公鉴无姑息者，讨论而削夺之，然后繁简当否，得其中矣。况仆与足下为文尤患其多。己尚病之，况他人乎?"故白乐天每作诗，令一老妪解之，问曰，解否？妪曰解，则录之。不解，则易之。

贾岛骑驴赋诗，吟得"鸟宿池边树，僧敲月下门"句，后欲将"敲"改"推"，在驴上引手作推敲状，不觉冲撞京尹韩愈，韩愈询其故，贾岛具言相告，韩愈立马良久思之曰"敲字佳矣"。一次任蕃巡察浙江，路过天台山中子峰时，触景生情，遂在僧房题壁曰："绝顶新秋生夜凉，鹤翻松露滴衣裳。前锋月映一江水，僧在翠微平竹房。"题毕便告辞上路，一路上，其意犹未尽，新诗改罢自长吟，突觉"一江水"改为"半江水"更确切，半是清辉，半是幽暗矣。这时，他已离开题诗地百里之遥，兴之所致，折回改诗。王安石《泊船瓜洲》诗中

“春风又到江南岸”一句，先将“到”改“过”字，又改“入”，继而改“满”，经十多次变换，方定为“绿”。郑谷在袁州，齐已携诗诣之，有《早梅》诗云：“前村深雪里，昨夜数枝开。”谷曰：“‘数枝’非早也，未若‘一枝’。”齐已不觉下拜。自是士林以谷为一字师。

吟安一个字，捻断数茎须，二句三年得，一吟双泪流，作诗之不易也。篇中炼句，句中炼字，改诗难于作诗，何也？袁枚云：“作诗，兴会所至，容易成篇；改诗，则兴会已过，大局已定，有一二字于心不安，千力万气，求易不得，竟有隔一两月，于无意中得之者。”

作诗如此，行文亦然，善作不如善改，有道是“好文章是改出来的”。曹植《与杨德祖书》云：“仆尝好人讥弹其文，有不善应时改定。昔丁敬礼尝作小文，使仆润饰之，仆自以为才不过若人，辞不为也。敬礼谓仆：‘卿何所疑难。文之佳恶，吾自得之，后世谁相知定吾文者邪？’吾常叹此达言，以为美谈。昔尼父之文辞，与人通流；至于制《春秋》，游、夏之徒乃不能措一辞。过此而言不病者，吾未之见也。”欧阳修作《醉翁亭记》，原作品开篇写滁州山景，费墨甚多，后忽悟，文章写“醉翁亭”，没有必要以过多文字渲染山色，遂删减，仅余“环滁皆山也”一句。某次，有人请教郭沫若剧本创作，郭听后笑曰：“改，改，改，改，改，改，改！”为使对方明白，又补充道：“文章不厌百回改。”阵前草檄、倚马可待的才子尤如此，常人自不必说，叶圣陶曾言：“你写成文章，人家给你删去一两个字，意思没变，就证明你不行。”

但也有例外。废名《知堂先生》载：“他作文向来不打稿子，一遍写起来了，看一看有错字没有，便不再看，算是完卷，因为据他说起稿便不免于重抄，重抄便觉得多无是处，想修改也修改不好，不如一遍写起倒也算了。”多少花开残梦里，天下几人能拾得？周作人的文章并非人见人爱的甘草一类，属平和疏散、从容朴讷一脉，是晚明性灵派之后，难得的大家。止庵论其作：“最大的好处是在行文的态度上：由唐宋八大家起始，桐城派承续，多少年来中国文章总有点儿作态，作者一提笔就要对读者制造一种效果，不然就不大放心；他则认定根本无须如此，倒不如老老实实写出来，自然本色才是最上乘的。”

周作人文章，三坟五典，八索九丘，按说最适宜精雕细琢，反复填补，想不到为一意贯串、一气呵成之急就。意在笔先，胸有成竹，好文章可改，更好的文章却不可改，这就像写书法，是万万改不得的，若改，画蛇添足，弄巧成拙，越抹越黑，越抹越死。这类文章，可遇不可求，往往醉后，常常梦里，神来之笔，意蕴天成。

自由写作

“这个世界自始至终只有两种人：一种是像我这样的人，一种是不像我这样的人。”（王小波语）世间之写作何尝不如此：一为自由写作，一为功利写作。无事此静坐，有情且赋诗，写作一旦不为稻粱之谋，脱身于功利，蝉蜕于任务，便会进入另一重境界。自由王国，随心所欲，“天空中没有翅膀的痕迹，但我已飞过”，心得也罢，感慨也罢，长也罢，短也罢，或述而不作，随风而逝，或作而不述，心动幡动，虽力有未逮，不亦快哉。郑板桥的诗文追求，即要说便说，随意写来，不过一骚坛词客尔，何与社稷民生之计，“有些好处，大家看看；如无好处，糊窗糊壁，覆瓶覆盎而已”。但多数人不这么认为。

张爱玲说：“一般说来，活过半辈子的人，大都有一点儿真切的生活经验，一点儿独到的见解。他们从来没想到把它写下来，事过境迁，就此湮没了。”此为提醒，写作终是有心人的事，不记录，无所谓，故友飘零尽，余等亦轻尘；记录下来，不为自己，却为后人，为后人中的偶遇者。文生于情，情生于文，一如诗中有画，画中有诗，

《浮生六记》记录的虽是个人情感，何以引得众多共鸣？应物生情，循之以理，制之以性，俗情中见奇趣，奇趣中见卓识，“情不知所起，一往而深”，《牡丹亭》里的这句唱词，道出了人的一个关键需求。卡夫卡“写作是一种祈祷的形式”之说，则道出了人的另一项普遍需求。情感与祈祷之外，随便什么记录，有聊无聊间，至少具有一手的史料价值，至少为后生研究者提供了某条线索，比如《红楼梦》里的一个菜谱，《金瓶梅》里的一句俚语，等等。

更有将写作称为“自我强迫”者，《资治通鉴》说：“作之不止，乃成君子。”金圣叹说：“生死迅疾，人命无常，富贵难求，从吾所好，则不著书其又何以为活也。”张謇说：“天之生人也，与草木无异。若遗留一二有用事业，与草木同生，即不与草木同腐。”熊十力说：“著书是不得已。如蚕吐丝，如蜂酿蜜，非有所为而为之也。”文人争名，商人争利，魏象枢的反向思维是：“好名是学者病，是不学者药。”文章经世，为民呼号，文人的立言情结，乃自我强迫症状的始因。写作中的乐趣，不足为外人道。一文就，自得其所，一诗毕，摇头晃脑。著书亦属有福之人，龚炜《巢林笔谈》载：“日长无所事，俯首温经，夜热不能寝，乘凉背史。因思古人经史之学，原期实用，不揣固陋，欲经以经，纬以史，作《裨政》一编。构思月余，方握管，不觉气渐升，知旧疾又将发矣，遂辍去。乃知穷愁著书，亦终属有福人。”

君子谋道不谋食，关于非功利性写作，卢梭说：“为面包而写作，不久就会窒息我的天才，毁灭我的才华；我的才华不在我的笔下，而在我的心里……任何伟大的东西都不会从一支唯利是图的笔下产生出来，需要和贪欲也许会使我写得快点，却不能使我写得好些。”林风眠说："我相信，凡是诚心学艺术的人，都是人间最深情，最易感，最有清晰的头脑的人。艺术家没有利己的私见，只有利他的同情心，艺术家无所谓利禄心，只有为人类求和平的责任心！"此话大矣，利禄心与责任心，看似一对矛盾，实则也有大致相匹时。米兰·昆德拉说："真正的作家永远是一匹害群之马。"索尔仁尼琴说："对一个国家来说，拥有一个讲真话的作家，就等于有了另外一个政府。"这样的写作，既塑造人格，又传承文明，已非文人之笔，乃史家之笔，思想家之笔也。

自由写作，功利写作，立足点不同，收效点如何，首看其是否真诚。

文章出肺腑

旧事惊心，把酒无言，看似身醉，实则心倦。案前似有缱绻人，春过大半还缠绵，枕上十年事，江南二老忧，都到心头。可惜江山依旧，故人不再，但好作品还是留了下来。

国史在乎善恶必书，文章无外雅俗同工，王国维说“学问不分新旧，不分中西，不分有用无用”，文章何不然。善学者还从规矩，妙悟者何在多言，不分长短也；夺人情荒唐之言，拒物情俱成呓语，不分雅俗也。白首如新，倾盖如故，不分新旧的同时，也不分经典与草根。胸中山水寄天下，删去临摹手一双，赋拗口，精赋清通，词艳科，上词朴素。科以人传科尤重，人以科传人可知，文以序传，序好，序以文传，文好。灵气往来，真情所在，巧拙互用，简约成趣，赋词文序表现形态而已。好文章，抵得住流年，经得住再读。

谁人青春容易，到头来伤痕累累，谁人情感波折，欲开口无言以对。文章还饭情，长安市上酒家眠；醉后题白壁，笔所未到气已吐。知识不是力量，智慧才是，文字不是文章，真情才是。真情在哪，才情便在哪，豪情也在哪。披云见日，光景再中，导海归墟，万流仰镜，此好文章标准；素处以默，超以象外，红杏在林，花草精神，也好文章标准。好文章实则无标准，出肺腑即好文章。

文学家或不在意哲学，哲学家或不看重文学，伦理学家周辅成论二者关系："一等的天才搞文学，顺便把哲学也给讲透了，比如莎士比亚、歌德、席勒；二等的天才做哲学家，比如康德、黑格尔，年轻时也做诗，做不成只得回到概念里；三等的天才只写小说了，像福楼拜。"哲学为人生分析，文学乃人生反映，若仅为文学而文学，为文章而文章，自然势单力薄，南风不竞。人之内心，皆蕴精神，精神不济，何必沉吟。百无聊赖，睡觉歇息，月涌江流，有感而发，灵光为之闪烁，文笔为之顺通。

春痕无迹，三更归梦，无论远行何方，走不出它的边际，辛波斯卡说："有些事情，没有按平常的时间开始。有些事情，没有像应该的那样发生。某人曾一直、一直在这里，而后却突然消失，顽固地保持着缺席。"纸比人耐久，文章比人长寿，当然是好的文章。

丈山尺树，寸马分人，此为呈现，写山写水，绘声绘色，皆为话引，其为文艺表象，也是文章实质。良言一句，三冬暖阳，夕照返棹，火界清凉，好文章温暖自己，也清凉别人。

文字的皱纹

皱纹之处，微笑呆过，文字之处，思想逗留。微笑呆过之处，有时愁眉苦脸，思想逗留之处，间或孤独彷徨。

曾执迷于“美人临妆，却扇一顾”的文字，已全然移至梅兰余韵、山水清音。“少年听雨歌楼上，红烛昏罗帐。壮年听雨客舟中，江阔云低，断雁叫西风。而今听雨僧庐下，鬓已星星也。悲欢离合总无情，一任阶前，点滴到天明。”笔墨随时代，文字循年龄，吴稚晖《论房事》以荤托素：“血气方刚，切忌连连。二十四五，不宜天天。三十以上，要像数钱。四十出头，教堂会面。五十之后，如进佛殿。六十在望，像付房钿。六十以上，好比拜年。七十左右，解甲归田。”诙谐中存理，“二十年治一怒字”，乃修养所至，也生理消磨。

天因著作生才子，人不风流枉少年，时过境迁，便会生出许多寒酸的意味来。比如张爱玲的文字：“时间，让深的东西越来越深，让浅的东西越来越浅。看得淡一点儿，伤得就会少一点儿，时间过了，爱情淡了，也就散了。别等不该等的人，别伤不该伤的心。我们真的要过了很久很久，才能够明白，自己真正怀念的，到底是怎样的人，怎样的事。”比如刘墉的文字：“我们老了，锈了，千疮百孔，隔一阵子就要去看医生，来修补我们残缺的身体，我们又何必要求自己拥有的人、事、物都完美无瑕，没有缺点呢？看得惯残破，也是历练，是豁达，是成熟，是一种人生的境界啊。”

如此这般，到头来越老越圆滑，越世故。多数人在二三十岁时，似已走完人生历程，之后，生命只在重复自己。无聊在无聊中延续，乃周而复始中的乏味。太拿自己当葱，往往善于装蒜，王小波说：“活下去的诀窍是：保持愚蠢，又不能知道自己有多蠢。”

食有三品：上品会吃，中品好吃，下品能吃。能吃是肚子饿，虽说吃相未必优雅，众人皆羡慕。豆腐碗托，切卷馒头，点心蒸馍，勾起乡愁的吃，是味蕾上余存的青春。花有重开日，人无再少年，好胃口、好文字皆然。少年文字，虽不及“渔舟唱晚，响穷彭蠡之滨；雁阵惊寒，声断衡阳之浦”的工细，也没有“江南一夜的春雨，乌柏千万树，你家是对着秦淮第几座长桥”的矫情，文字的皱纹，春风吹拂，曾在此留下过得意的微笑。

理想主义者，有着不谙世事的天真，却也不至于将青春风干于一时。八十四岁时，张颔有自作诗：“平生多幼稚，老大更糊涂。常爱泼冷水，惯提不开壶。”不开之壶，并非温度不足，因有不断注入的不化之惑，铜豌豆，煮不熟。

文字的两面性

人之雅俗，如鸟之双翼；事之正反，如车之双轮。

人比菊瘦，文比人寿，守之以一，养之以和。文字生命，坚逾金石，一朝编定，千载不移，殊不知，文字也有两面性。

机遇难同，深处种菱浅种稻；机缘各异，不深不浅种荷花。三国写争，其文简，水浒写义，其意博，西游写悟，其趣深，红楼写情，其理奥，文字喂养灵魂，慰藉寂寞。心寄千万里，风从南边来，一般思索，两样文字，皆依当时心情。愉悦时写篇快文，天阶夜色，星斗寥落，愤怒时写段檄文，激浊扬清，针砭时弊，也无风雨也无晴时，天地灵动，万物禅意。

现实伤人，幻想疯狂，人人身穿戏装，头戴面具。知道的不全说，听到的不全信，口不对心的文字，不是造魅，便是矫情。文字基于情感，而非修辞，内心的敬畏，默然激励人变得更善良，文字提炼得更严谨。

下属与上司、穷人与富人不可能对等。正学以言，曲学以阿世，相互蔑视，又相互奉承，各自希望高于对方，又各自匍匐于他人面前。起初不以为然，背后微词，待亲身体验时，学会理解，换位思考，以为言之有理，持之有故，老舍便说“人若是看透了自己，便不会再小看别人”。命运之路，截然不同，人生是一场负重狂奔，谁都不易。

表面相互嫌弃，心中不离不弃，那是夫妻，至于文人，自古相轻。同一个人，生前揶揄嘲笑，中伤诋毁，死后转而美化赞誉，涂脂抹粉，其实质还在于借死人自捧。鲁迅说：“文人的遭殃，不在生前的被攻击和被冷落，一瞑之后，言行两亡，于是无聊之徒，谬托知己，是非蜂起，既以自炫，又以卖钱，连死尸也成了他们的沽名获利之具，这倒是值得悲哀的。”故曰所有超乎赞美、过度污蔑的文字，其中必存疑。自然，不虚美不隐恶者难，唯闻以直笔见诛，未闻以曲辞获罪，网络八卦，视频搞笑，周而复始的娱乐最易。

俗愈俗，雅愈雅，后人看来，很难说谁雅谁俗，只有孰优孰劣。

手稿

昔时写作，手书留迹。一文成，数页；一卷成，数本；一集成，数寸；一书成，数箱。写作者，终日埋头誊抄，手指为之变形。编辑者，满坑满谷情形，汗牛充栋堆放，到头来还得以废纸论处，其中不乏有价值者。

如今电脑大有取代纸笔之势，确是时代之进步，却也有所憾，尤其如我这样的老式写作者。虽说办公早已无纸化，但对于纵意丘壑、野云不羁的私人写作，仍习惯铺纸提笔，慢条斯理。知道这些文字多为无病呻吟、无关紧要之属，不忍糟践白纸，以废纸涂抹即可。尤其喜欢垫衬衣的硬纸片、印挂历的铜版纸，光滑且能以圆珠笔流利运行，能够我手写我思。若有补充，勾画于侧，别色标识。事先预留足够行距，以备修改之用。一文毕，上下通读，删改自如，不确切者，查字典，翻资料，孜孜搜讨之。入睡不能眠，若有所思，披衣而起，又添加一番，边角无空隙，扩至纸背处，纸背也满，移另纸，欲罢不能，“爱好由来下笔难，一诗千改始心安”。

我的纸质写作，千字文为限，似乎就这么一口气，短了，意犹未尽，长了，乏力不济。若翌日接气续写，早已心不在焉，不知所云。公文写作，则以电脑敲字为宜，一则篇幅长，须反复挪改；一则词组多，不比独立写作，单字多，僻字也不少，左右翻查，反分叉了思路。遂想起了龙应台《目送》里的一句话：“两个人一起走时，一半的心在那人身上，只有一半的心在看风景。要真正地注视，必须一个人走路。一个人走路，才是你和风景之间的单独私会。”一心一意，有所不及，岂敢三心二意、首鼠两端？

若要投稿，再请人誊入电脑。久而久之，所请之人，掌握了我的书写规律，一篇文字，柔指解分，敲打出来后，竟没有什么错字。后来不忍如此依赖下去，遂自己操作，期间尚可再改动。有时偷懒，列个提纲大要，边思边写，但其毕竟与完全的纸笔写作有异。纸笔写作，意在笔先，更易沿林间鸟道，次第跟进，顺一线羊肠，鱼贯而行，其间往往陷入绞思，不能自拔，而电脑写作，入门一差，思接千载，发端无绪，视通万里，因而难以沉潜深入，且有拾人牙慧之虞。天下之事，利害参半，无全利，有小害，做一些愿意做的事，再做一些不愿做的事，似乎也是内心与现实的平衡调剂。

今生冥顽，多数时候我是个被动接受新生事物者，这与年龄无关，少慧根者也。知者创物，巧者述之，我定是属拙者迂者一类。达尔文曾言：“能够生存下来的物种，并不是那些最强壮者，也不是那些最聪明者，而是那些对变化做出快速反应者。”可又一想，一旦放弃了某些原以为的根本，就会发现还可放弃另外的坚守，以后又会有许多其他可弃。

写作者多对自己的手稿不以为然。某次，萧红在马路边买大饼油条，谁知包油条的纸是鲁迅译文《表》的一张手稿，遂写信告知鲁迅。鲁迅却不以为稀奇："我的原稿还可以用来包油条，可见还有一些用处。我自己是用它来擦桌子的，因为我用的是中国（宣）纸，比洋纸能吸水。"我起初也如此，校对完毕，手稿便随手扔入纸篓了之。某次，友人造访，见其状，索要几纸，顺便夸我一句字写得好。写得好不敢当，自然而然倒不假。之后，自己有意将其归纳一处，竟攒了几袋子。夸功自喜，人之恒情，冷静下来，自知之明还是有的，我的那些笔迹，与书法作品尚不属一路。甲午夏，几位同龄书画家鼓动我也加入其间，以展览作品形式，庆生五十岁，想了想，还是放弃了。

二十世纪九十年代，曾多次为《出版史料》杂志撰稿，主编叶再生先生真是个有心人，竟将我的那些手稿与往来信函保存了下来，后来还挂在了网上竞卖，勾起了我的一段回忆。但今人以硬笔书写者，终不及毛笔儒雅。好的歌词，具有不依赖音乐的独立艺术价值；好的手稿，应为不依赖内容的独立书写存在。

纸质阅读是一种习惯，一杯茶，卧于床，有人以为是矫情，有人以为是诗意，但的确是习惯。纸质书写何不然，一张纸，一支笔，正襟危坐，心随路转，以为笃实之心，卓越之见，以为一字兴邦，一字丧邦，他人却忍俊不禁，传作谈资，以为恃才负气，以为书生意气，不解风情。

由毛笔而硬笔，由硬笔而电脑，变化的只是工具，而非内容。文章既小道，书画亦小技，工具者，技末乎？文质咸能，内外俱佳，备兼华贵静穆、笔力骨力者，谓之好文章。好文章古时有，今也有，只是我写不出来而已。

文字是文人留下的信物

我的作文，无非狂飙突进、轻淡无形两类，随心境而变，愤怒时惊涛骇浪，劲健刚拔，平静时桨声灯影，绿窗幽芳。朔望一变潮汐，今古随流浅深，别人写作大概也如此。

得而又失，较之从未得，似乎更伤人，比如财富，比如韶华。一年比一年过得快，因时间对你一年比一年重要，离开的人越多，留下者便越发的重要。当一切随风而逝，偶然的邂逅，慌忙思绪，来不及过脑，或未达意，或未出口，竟瞬间成永恒。你为之蹉跎者，曾寄居着你的向往，何必后悔。写不成平仄诗句，谱不成曲调乐章，是早春慵懒不济的一个困睡年纪，是远春不温不火的一段花间往事。

川端康成《花未眠》中说："凌晨四点醒来，发现海棠未眠。如果一朵花很美，那么有时我会不由自主地想到：要活下去！"此中年后生出的忧虑。一觉自然醒，不必担心有什么已发生，有什么未完成，或想了没做，或做了没想，此即青春状态。

寻得桃源好避秦，无秦可避时，避烦避俗，回到文字的桃花源里。何以解忧，唯有杜康，除了酒，文字也可，随贤者诲人不倦，随侠客放浪形骸，卧游天地间，疑是故人来。千秋事业书中始，万国风云座上观，妄想而臆断；东篱采菊见南山，人道渊明镇日闲，静待且心闲。

三岁不成驴，到老是个驴驹子。成驴拉磨，循环往复，道上很苦，从未丈量，每一堆麸子的背后，都曾熬过无数个不为人知的夜，夜锁寂，三更去。执于一念，困于一念，一念放下，真是自由，不成驴反倒逍遥自在，无事小神仙，我大概属后者。

隔着岁月对望，一场心事，岂止一段文字。春捂秋冻，不生杂病生杂念，戏与山妻谈故事，滴水开宿墨，试吟断送老头皮，下笔却忘言。撕离票根，随风而飘，有多少纸上延伸的意念，朝辞白帝，暮住乌江，浮悬絮飞，漫无边际，是命中旷远的意绪。悄然泛青，又黯然凋零，孤冷不堪与世谐，故国凄凉，剩粉余红，落下一地的信物。

狂飙突进也罢，轻淡无形也罢，文字就是文人留下的信物。

文章知己

对多数人微笑，少数人不懂；对少数人落泪，多数人不配。痛哭一场，哀乐两忘，对其落泪者，定知己。四友者，江湖义友，同窗学友，知音好友，困境难友，其中又以知音好友为高境。

郁达夫与鲁迅互为知己，可脱下面具、掏出良心的知己。郁达夫回忆鲁迅，为压抑性欲，冬天仍穿单裤，睡硬板床。鲁迅自己也说，一个人若不得已过单身生活，不合常态，生理变化不免导致心理变化，变得偏执，变得世事无味，人物可憎。而夏丏尊的回忆也有趣，鲁迅教生理卫生时，学生要他讲生殖系统，其犹豫一会儿说："讲可以，但你们绝对不能笑。"别班学生因没听到，过来讨讲义。打算当《金瓶梅》看的学生阅后悻悻然："原来他的讲义写得很简，而且还故意用着许多古语，用'也'字表示女阴，用'了'字表示男阴，用'幺'字表示精子。"郁达夫日记云："午后打了四圈牌，想睡睡不着，就找鲁迅聊天，他送我一瓶绍酒，金黄色，有八九年光景。改天找一个好日子，弄几盘好菜来喝。”鲁迅日记中也每每有“达夫招饮”的记述。借酒叙事，洞微烛远，仰见筹划，感佩莫名，此为两位智者的往还。二人为浙江同乡，鲁迅少年丧父，家道中落，郁达夫自幼失怙，寡母抚孤，童年的孤单处境、凄苦经历，或成两厢好感的性格基础。“阴阳脸的老人，挂着他以往的战绩，躲在酒缸的后面，挥着他‘艺术的武器’，在抵御着纷然而来的外侮”，叶灵凤《鲁迅先生》文中特别写到了“躲在酒缸的后面”的影像，说明好饮是二人的同嗜。二人脾气性格与文章风格虽截然不同，以鲁迅的锋刃之笔，相识多年，而始终未刺向对方者，少之又少，接受对方，便是包容，终成惺惺相惜关系。没有战友，却存知己，此乃孤独者的莫大欣慰。

《红楼梦》四十八回叙述林黛玉教香菱学诗：“什么难事，也值得去学！不过是起承转合，当中承转是两副对子，平声对仄声，虚的对实的，实的对虚的，若是果有了奇句，连平仄虚实不对都使得的。”香菱笑称：“只爱陆放翁的诗‘重帘不卷留香久，古砚微凹聚墨多’，说的真有趣！”黛玉道：“断不可学这样的诗。你们因不知诗，所以见了这浅近的就爱，一入了这个格局，再学不出来的。你只听我说，你若真心要学，我这里有《王摩诘全集》，你且把他的五言律读一百首，细心揣摩透熟了，然后再读一二百首老杜的七言律，次再李青莲的七言绝句读一二百首。肚子里先有了这三个人作了底子，然后再把陶渊明、应玚、谢、阮、庾、鲍等人的一看。你又是一个极聪敏伶俐的人，不用一年的工夫，不愁不是诗翁了！”读摩诘诗，时有微凉不是风，林黛玉是王维的隔世知己。

孤愤绝人陈独秀，有旧式文人的侠气，又有新派文人的眼光，其自称喜欢尼采，且在精神上承沿之。据濮清泉《我所知道的陈独秀》

云："讲到尼采，陈独秀说，我以前道听途说，以为他是帝国主义的代言人，但现在我看了他的代表作《查拉图斯特拉如是说》，才知道他是批判万恶社会的哲人。我问他，尼采不是主张超人哲学吗？世界上哪来超人呢？他说，正因为世上没有超人，所以他要把人提高到超人的地步。他认为德国社会上层人物是一群动物，蠢猪、笨驴。他骂大学教授是学驴叫，新闻记者是骗子，当局是强盗，官吏是盗贼……这是对资本主义社会有力的声讨，哪里有帝国主义代言人的气味呢？德国政府把他关进疯人院，岂不是自己打自己。"天底下有傲骨之人，且与尼采相遇，便会有遇知音之感，并接受其思想，尼采便是陈独秀在东方的另域知己。

甲申年，金庸参加"华山论剑"，陕西省委书记、省长宴请之。当街踏尽公卿骨的金庸，要求换位置，到另一桌与陈忠实并坐聊天，组织者遂请陈坐主桌。金庸起身相迎，与之悄言道："您的《白鹿原》我看了两遍，您的胆子很大，为地主阶级翻案，放在五十年代，您会被杀头！"陈忠实欣然道："查先生，您看懂了，他们（茅盾文学奖评委）没看懂！"闻古今，见事类，此即所谓文章知己。

作文难，文章天成偶得之；知己少，知己一二人生足。已恨碧山相阻隔，碧山还被暮云遮，文章知己，也是文字缘分，不过茫茫人海中，两个有缘人擦肩而过的几率，小得很。

伍 望文生义

文章望气而知

行高人自重，不必其貌之高，才高人自服，不必其言之高，人物望气而知，知于有形。韩文如潮，以气势胜，柳文如江，以骨力胜，文章望气而知，知于未形。

古人常以韩退之柳宗元文做比较。韩文跌宕起伏，气势磅礴，汪洋恣肆，自由奔放；柳文思绪不绝，雄深雅健，精警犀利，简古峭拔。宋人林光朝云："韩柳之别，则犹作室。子厚则先量自家四至所到，不敢略侵别人田地。退之则惟意之所指，横斜曲直，只要自家屋子饱满，初不问田地四至，或在我与别人也。"望气而知文者，尚有圆润清丽、轻盈俚俗之"元轻白俗"，清峭瘦硬、好作苦语之"郊寒岛瘦"，尚有英雄抱负、气高天下之豪放派，闺情绮怨、香软柔情之婉约派。

身在书生壮士间，苏轼作文，每每先读《史记》篇章酿势，始有笔端流淌，纸上氤氲。俞文豹《吹剑续录》云："柳郎中词，只好十七八女孩儿执红牙拍板，唱'杨柳岸晓风残月'。学士词，须关西大汉持铁板，唱'大江东去'。"据王士祯《池北偶谈》载："同年子蒲州吴雯，字天章，以博学宏词荐，在京师偶得汉铜印，文曰‘河声岳色’。雯家蒲州中条山南永乐镇，临大河，对岸即华岳三峰也。雯有诗云：‘门前九曲昆仑水，万点桃花尺半鱼。’”山水隐衷，文章疗伤，临大河，肃寂朔风，噫吁嚱，寥廓霜天，得乾坤清绝之气矣。思绪为之澎湃磅礴，邈远浩瀚，长聚愁云由此散；文辞为之浑然豪迈，脱略蹊径，无穷写意由此生。郑逸梅《淞云小语》中也有此意：“南人失之柔，不可不睹黄河之奔流，北人失之亢，不可不见吴山之秀媚。”骏马秋风蓟北，杏花春雨江南，渊源不同，风格自异，情景交融，方出文采。

禅家有南北二宗，唐时始分，画之南北二宗，亦唐时分。南北之分，非其人南北耳。画之南宗，王维、关同皆北人也；蒲柳之姿，望秋而零；本性能耐寒，风霜其奈何，松柏之质也。

无论铜琶铁板，抑或霓裳羽衣，远观其势，近看其质。曾季狸《艇斋诗话》点评杜甫与韦应物诗：“老杜‘灯影照无睡，心清闻妙香’，韦苏州‘兵卫森画戟，燕寝凝清香’，皆曲尽其妙。不问诗题，杜诗知其宿僧房，韦诗知其为邦君之居也，此为写物之妙。”大象简形，粗中见细，小亦磊落，见微知著。大象者气，知微者也气，发端无绪，入门一差，气在雄岸精细间，无关大小矣。

一流名著很难拍出一流影片，二流作品反可拍成一流佳品，一流名著因有气韵而不可复制，二流作品虽有气势却能够拷贝。奈保尔说：“作家的看法以什么为基础？他了解哪些别的世界，他把哪些经历带进他的观察方式之中？一个作家若只了解这个世界，怎么去写这个世界？”作家的另一个世界，即无形境遇，气之生焉。

呕心文字者，未必皆能生气于文字，虽不能至，心向往之，介某便其一。

各苦生民数十年

林升《西湖》云："山外青山楼外楼，西湖歌舞几时休。暖风熏得游人醉，直把杭州作汴州。"据此，郁达夫也作《咏西湖》："楼外楼头雨似酥，淡妆西子比西湖。江山亦要文人捧，堤柳而今尚姓苏。"咏西湖之诗唐宋之后，不曾间隔，不曾闲暇，然林升的这首诗，为咏西湖之作中流传最为广远者，可谓耳熟能详，妇孺皆诵，甚至影响着人们对西湖的思维模式，欲咏西湖自然首先会想到前人诸作，但郁诗之奇崛之卓异在于其后两句。民国时期的诗人多如星辰，可传诵的诗作却寥若晨星，郁诗的"曾因酒醉鞭名马，生怕情多累美人"，则又一名句。

"江山代有才人出，各领风骚数百年"，乃赵翼《论诗》绝句中的两句，于右任则据此吟道："中原代有英雄出，各苦生民数十年。"大有"凭君莫话封侯事，一将功成万骨枯"的慨喟。赵诗咏的是李诗诗篇，于诗写作的背景时值民初军阀混战之际，皆有感而发，真情流露。世人只知于右任的那首"葬我于高山之上兮，望我大陆。大陆不可见兮，惟有痛哭！葬我于高山之上兮，望我故乡。故乡不可见兮，永不能忘!”的《国殇》诗，而不知这首《读史杂事诗》。其曰：

一

风虎云龙亦偶然，欺人青史话连篇。
中原代有英雄出。各苦生民数十年。

二

希文尚义余边俸，炎武逃名置上田。
一片是非谁管得，古来公论恕名贤。

三

无聊豫让酬知己，多事严光认故人。
面上风尘襟上血，千秋赢得一沾巾。

曾国藩《金陵湘军陆师昭忠祠记》之“诸将枯瘠，神色非人。……每破一垒，将士须臾殒命，率常数百人，回首有余恸焉。其穿地道以图大城者，凡南门一穴，朝阳至钟阜门三十三穴，篝火而入地，崖崩而窟塞，则纵横聚葬于其中。贼或穿隧以迎我，薰以毒烟，灌以沸汤，则趫者幸脱，而悫者就歼。最后神策门之役，城陷矣而功不成；龙膊之役，功成矣而死伤亦多。于是叹攻坚之难，而逝者之可悯也。”句法语气，实袭欧阳修。欧阳修《集古录目序》云：“珠出南海，常生深渊，采者腰絙而入水，形色非人，往往不出，则下饱鲛鱼。金矿于山，凿深而穴远，篝火糇粮而后进。其崖崩窟塞，则遂葬于中者，率常数十百人。其远且难而又多死祸常如此。”元人张养浩在其《山坡羊·潼关怀古》中吟道：“伤心秦汉经行处，宫阙万间都做了土。兴，百姓苦；亡，百姓苦。”此曲似有大彻悟。

一将功成万骨枯，硝烟战场上，士兵送命；凭君莫话封侯事，班师回朝后，功高而死。此为结局。

棺木为侬开

南朝乐府《吴声歌曲》之《华山畿》有二十五首，其首曰：

华山畿，君既为侬死，

独生为谁施？

欢若见怜时，

棺木为侬开。

据《古今乐录》曰："《华山畿》者，宋少帝时懊恼一曲，亦变曲也。少帝时，南徐一士子，从华山畿往云阳。见客舍有女子年十八九，悦之无因，遂感心疾。母问其故，具以启母。母为至华山寻访，见女具说闻感之因。脱蔽膝令母密置其席下卧之，当已。少日果差。忽举席见蔽膝而抱持，遂吞食而死。气欲绝，谓母曰：'葬时车载，从华山度。'母从其意。比至女门，牛不肯前，打拍不动。女曰：'且待须臾。'妆点沐浴，既而出。歌曰：'华山畿，君既为侬死，独活为谁施？欢若见怜时，棺木为侬开。'棺应声开，女遂入棺，家人叩打，无如之何，乃合葬，呼曰神女冢。”

开棺入女故事，最著名者当数“梁祝”，但此“华山畿”较之更早，据考，“梁祝”也由此而来。故事感人，其合理性待议。邂逅一心仪女子，悦之无因，便能遂感心疾，今人看来，其未免夸张虚构，不合常态，然却能感动千年，演绎千年，信其有无似乎已不再重要。

青春男女邂逅之诗，著名者尚有耳熟能详的《题都城南庄》：“去年今日此门中，人面桃花相映红。人面不知何处去，桃花依旧笑春风。”据孟棨《本事诗·情感》：崔护“举进士下第。清明日，独游都城南，得居人庄。一亩之宫，而花木丛萃，寂若无人。叩门久之，有女子自门隙窥之，问曰：‘谁耶？’以姓字对，曰：‘寻春独行，酒渴求饮。’女入，以杯水至，开门设床命坐，独倚小桃斜柯伫立，而意属殊厚，妖姿媚态，绰有余妍。崔以言挑之，不对，目注者久之。崔辞去，送至门，如不胜情而入。崔亦眷盼而归，嗣后绝不复至。及来岁清明日，忽思之，情不可抑，径往寻之。门墙如故，而已锁扃之。因题诗于左扉曰：‘去年今日此门中，人面桃花相映红。人面不知何处去，桃花依旧笑春风。’后数日，偶至都城南，复往寻之，闻其中有哭声，叩门问之，有老父出曰：‘君非崔护邪？’曰：‘是也。’又哭曰：‘君杀吾女。’护惊起，莫知所答，老父曰：‘吾女笄年知书，未适人。自去年以来，常恍惚若有所失。比日与之出，及归，见左扉有字，读之，入门而病，遂绝食数日而死。吾老矣，此女所以不嫁者，将求君子以托吾身，今不幸而殒，得非君杀之耶？’又特大哭。崔亦感恸，请入哭之”。

后来，《牡丹亭》的故事也寻着这一思路展开。

贫寒书生柳梦梅梦见花园梅树下立一佳人，说同他有姻缘，从此经常思念她。南安太守杜宝之女名丽娘，才貌端妍，从师陈最良读书。她由“关雎”而伤春寻春，从花园回来后在昏昏睡梦中见一书生持半枝垂柳前来求爱，两人在牡丹亭畔幽会。杜丽娘从此愁闷消瘦，一病不起。弥留之际，恳求母亲把她葬于花园梅树下，嘱咐丫环春香将其自画像藏于太湖石底。后杜丽娘葬于梅花庵观。三年后，柳梦梅赴京应试，借宿梅花庵观中，在太湖石下拾得杜丽娘画像，发现竟是梦中所见佳人。杜丽娘魂游后园，与柳再度幽会。柳掘墓开棺，杜丽娘起死回生，二人结为夫妻。

酒色之诗　含蓄意趣

在原晋先生的字画店见到了一幅赵之谦的隶字，上曰“记得少年曾取醉，玉人扶上总宜船”，金石劲笔，苍秀雄浑，颇耐人寻味。落款㧑叔，但是否他的句子，不得而知。这让人想起了郁达夫的那两行张狂之态毕出、哀婉之情难掩的绝唱名句“曾因酒醉鞭名马，生怕情多累美人”。两诗有些相同的意趣，都是在酒色上作的文章。这一名句为其1930年游览桐庐严子陵故居时，乘酒兴所作的《钓台题壁》，诗曰：“不是尊前爱惜身，佯狂难免假成真。曾因酒醉鞭名马，生怕情多累美人。劫数东南天作孽，鸡鸣风雨海扬尘。悲歌痛苦终何补，义士纷纷说帝秦。”他的一副对联“满地淡黄月，中酒落花天”也佳句。有一集句联“常为美人供役使，不从方士学长生”也奇，奇在将当下与长生作了对立。

喻血轮《绮情楼杂记》曾记林琴南避妓事：“林幼年家境寒苦，聪颖好学，貌寝而鼻生瘤，常有绿鼻涕流出，但下笔万言，见者倾服，因是文名噪甚，为士林所重。尝读书苍霞洲，洲多妓寮，有妓女庄氏者，色技均佳，慕林名，屡夤缘求见，林辄踌躇走避。后庄氏伺林出，饭以珍饵，不意为同伴食殆尽。一日，二人相遇，庄氏甘言媚之，林复逡巡遁去，庄氏以其诡僻不可近，深恨之。后从旅居京师，尝有诗云：'不留夙孽累儿孙，不向情田种爱根。绮语早除名士习，画楼宁负美人恩。'"累美人，负美人，字面相近，林琴南、郁达夫对待美人的态度，相去远矣。

还有卢仝的"当时我醉美人家，美人颜色娇如花"，似乎更近前诗。"吴姬缓舞留君醉，随意青枫白露寒"，王昌龄的这句便含蓄多了。"曾为梅花醉不归，佳人挽袖乞新词"，朱敦儒的这句便有些矫情了。杜牧《遣怀》云："落魄江湖载酒行，楚腰纤细掌中轻。"湘中名士龚觉庵《咏怀》云："容易醉人红袖酒，最难传世白衣文。"也属这类诗。张学良于93岁时作诗道："自古英雄多好色，未必好色尽英雄。我虽并非英雄汉，惟有好色似英雄。"他还说自己："平生无憾事，惟一爱女人。"此诗虽含蓄，但诗意平平，因是名人吐露，值得一提。

"林庚白氏为人英风侠慨，磊落无俦。至其描摹闺房之乐，有'隐约乳头纱乱颤，惺忪眼角发微披''乍觉中间湿一些，撩人情绪裤痕斜'之语，乃真名士本色，但其含蓄不如前者。"陈独秀的《灵隐寺前》记述了其年轻时在杭州的一段诗酒豪情生活："垂柳飞花村路香，酒旗风暖少年狂。桥头日系青骢马，惆怅当年萧九娘。"也存隐喻。王世鼐《笛怨辞》借刘言史绝句"老来犹剩双行泪，半为苍生半美人"成诗，"笛怨箫清听未真，江湖旧梦散为尘。平生只有双行泪，半为苍生半美人"便属直述手法了。

“醉卧美人膝，醒握天下权”之句出自日本权相伊藤博文。明治维新后，艺伎与政界人物的关系甚密，伊藤博文的原配梅子即艺伎。伊藤当权后，还特意在横滨开设茶室“富贵楼”，作为与艺伎幽会的场所。后来，人们将此句用在了叶公超身上。

历来酒色一体，故酒色之诗、酒色之联也多，据传莫言尚有《酒色赋》：“如果世上没有美酒，男人还有什么活头？如果男人不恋美色，女人还有什么盼头？如果婚姻只为生育，日子还有什么过头？如果男女都很安分，作家还有什么写头？如果文学不写酒色，作品还有什么看头？如果男人不迷酒色，哪个愿意去吃苦头？如果酒色都不心动，生命岂不走到尽头？”较之前人，通俗直白了些。

宋人生唐后　开辟真难为

况周颐《眉庐丛话》轻松记趣："唐王之涣《出塞》诗可作长短句读，唯末句之下，须叠首三字方能成调：黄河远，上白云间一片，孤城万仞山，羌笛何须怨，杨柳春风，不度玉门关。'黄河远'，近人有仿之者，即以'黄河远'名调，亦可诗、词两读。"

杜牧的《清明》脍炙人口，妇孺能诵。传说，某年清明日，苏东坡登云龙山放鹤亭拜见张山人，张山人知苏轼才华横溢，便有意一试，请东坡将该诗变其形，而不失其意。东坡脱口而出："清明时节雨，纷纷路上行人，欲断魂。借问酒家何处？有牧童，遥指杏花村。"仅变几处标点，竟成一首绝妙小令。"清明时节雨。纷纷路上行人，欲断魂。借问酒家何处？有牧童遥指，杏花村。"此断亦小令。又有人将此断作词者："清明时节雨，纷纷路上行人，欲断魂。借问酒家：何处有牧童？遥指杏花村。"有断作小品者："清明时节，雨纷纷。路上，行人欲断魂：'借问酒家何处？''有！'牧童遥指：'杏花村'。"或：

“清明时节，雨纷纷。路上，行人欲断魂。借问酒家：‘何处有牧童？’遥指杏花村。”

有人断《早发白帝城》曰：“朝辞白帝，彩云间千里，江陵一日，还两岸，猿声啼，不住轻舟已过万，重山。”或：“朝辞白帝彩云，间千里江陵，一日还两岸，猿声啼，不住轻舟，已过万重山。”断杜甫《绝句》曰：“两个黄鹂鸣，翠柳一行，白鹭上青天，窗含西岭，千秋雪门泊，东吴万里船。”断《枫桥夜泊》曰：“月落乌啼霜，满天江枫，渔火对愁，眠姑苏，城外寒，山寺夜半钟声，到客船。”或：“月落乌啼霜满，天江枫渔火，对愁眠姑苏，城外寒山寺，夜半，钟声到客船。”断《题乌江亭》曰“胜败兵家事，不期包羞忍耻，是男儿江东子弟，多才俊卷土重来，未可知。”断《相思》曰：“红豆生，南国春来，发几枝，愿君多采，撷此物，最相思。”或：“红豆，生南国春，来发几枝，愿君多，采撷此物，最相思。”断《游园不值》曰：“应怜屐齿印，苍苔小，扣柴扉久，不开春色，满园关，不住一枝红，杏出墙来。”或：“应怜屐齿，千里莺啼绿，印苍苔小，映红水村山郭，扣柴扉久不，酒旗风南朝，开春色满园，四百八十寺多少，关不住一枝，楼台烟雨中，红杏出墙来。”断赵翼《论诗》曰：“李杜诗篇，万人传至今，已觉不新鲜，江山代有，才人出各，领风骚数百年。”

似诗而无韵，似词而无律，似小令而无趣，似文而无境，皆文人游戏而已。此断虽附会能通，却不能畅，将信将疑，半信半疑。此一断，诗意为之亦断，乱停顿，不合拍，情景难融，声韵皆无，似处处藩篱，步步鹿寨，全然没有了洒脱萧散、挺拔瘦劲的高蹈，没有了羚羊挂角、无迹可求的随意。长衫改短袄，大梁削细椽，怎么看怎么别扭，还是原装原配好。情文并茂，言简意丰，而非削足适履、截趾适屦式的牵强。人多以孔子之“民可使由之，不可使知之”为愚民策略，梁启超改断，使文意大改：“民可，使由之，不可，使知之。”此一断，断出了时代精神，甚妙。

诗有诗境，词有词理，皆从心转，不由断句。纵使诗，也有唐宋之别。唐诗不涉理路，不落言诠，宋诗颇费匠心，深析透辟，唐诗主情致，宋诗重理性。启功的通俗解释为：“唐以前的诗是长出来的，唐人诗是嚷出来的；宋人诗是想出来的，宋以后诗是仿出来的。”

陆以《冷庐杂识》论唐宋诗之不同：“王右丞诗‘漠漠水田飞白鹭，阴阴夏木啭黄鹂’，王介甫诗‘萧萧抟黍声中日，漠漠春锄影外天’，同一咏鹭鹂也，一则妙合自然，一则巧极人工，唐、宋之分即此可见。”缪钺《诗词散论·宋诗》言：“唐诗以韵胜，故浑雅，而贵蕴藉空灵；宋诗以意胜，故精能，而贵深析透辟。唐诗之美在情辞，故丰腴；宋诗之美在气骨，故瘦劲。”钱锺书《谈艺录》开篇即称：“唐诗宋诗，亦非仅朝代之别，乃体态、性分之殊。天下有两种人，斯分两种诗。……唐诗多以丰神情韵擅长，宋诗多以筋骨思理见胜。……曰唐曰宋，特举大概而言，为称谓之便。非曰唐诗必出唐人，宋诗必出宋人也。故唐之少陵、昌黎、香山、东野，实唐人之开宋调者，宋之柯山、白石、九僧、四灵，则宋人之有唐音者。”钱先生此话意旨清楚：唐诗不必出于唐人，即唐人写的未必就是唐诗；宋诗不必出于宋人，即宋人写的未必就是宋诗。

诗分唐宋，乃风格之殊，非朝代之别，应以审美划分，各花入各眼。唐诗有下开宋调者，如韩愈、孟郊诗派及杜甫夔州以后诗；宋诗有嗣响唐音者，如宋初的白体与西昆体。唐宋诗孰优孰劣，历来纷争不止，褒贬取舍，因人而异。在高大的唐诗阴影笼罩下，宋诗求新求变，欲求树立以文字为诗，以议论为诗，以才学为诗，用字必有来历，押韵必有出处，反害了卿卿性命，唐风虽变，因辞害意，内容增扩，诗境尽损，天工巧夺，空灵渐失，新界别辟，浑雅遂缺。王力便说："宋诗在对仗上比唐诗纤巧，但艺术水平比较低。"唐人论及国事，多气魄恢宏，充满自信，宋人则多惆怅叹喟，负荷沉重，乃困于国力衰弱、外战屡败心理，此心绪自然会默化诗趣，形成另一番面貌。从时间上推延，宋诗是唐诗的发展，却点金成铁，弄巧成拙。"我口所欲言，已言古人口。我手所欲书，已书古人手。不生古人前，偏生古人后。一十二万年，汝我皆无有。等我再来时，还后古人否。""宋人生唐后，开辟真难为。"鲁迅《致杨霁云》言："我以为一切好诗，到唐已被做完。"但也有例外，宋人也可作出唐诗。黄庭坚于苏轼《黄州寒食帖》后题跋曰："东坡此诗似李太白，犹恐太白有未到处。"苏轼有唐人的豪迈大度，豁达气势，而晚唐诗人在审美意趣上已然宋人。苏轼的词，也唐词，而温庭筠等人的词，乃宋词。

陈继儒《小窗幽记》云："作诗能把眼前光景、胸中情趣，一笔写出，便是作手，不必说唐道宋。"这样的话，信心满满，不过鼓气之言。曹雪芹则相反，其借贾宝玉口感慨："自谓高过古人，今日方知自误了。"

明人王偁跋李建中《土母帖》："唐人书法，自徐浩来，已骎骎入于宋矣，指苏、黄始一大变，而无复唐意。今观李西台书虽在宋人，当去唐为不远。前论谓其有李北海之风，是为知言矣。"诗词之外，书画亦然。

人穷诗穷

安史变故，天下逆向，虽平息，再也回不去正常人间，动乱创伤，永无痊愈。

兵燹未熄，关辅饥荒，哀鸿遍野，民不聊生。杜甫弃官，携家逃难，临行之前，入门闻号咷，幼子饥已卒，所愧为人父，无食致夭折。辗转多地，苦捱硬撑，其窘，诗中记录，句句断肠，每每不忍卒读。贫困无情人造成，所谓现实主义，盖不避讳描写丑拙。

下层人士如此，朱门高官也好不到哪里。广德三年，关中大旱，五谷歉收。其间，颜真卿家也因此左支右绌，数米而炊，遂向好友李光弼求援，“拙于生事，举家食粥米已数月，今又罄竭，只益忧煎，辄恃深情，故令投告，惠及少米，实济艰勤，仍恕干烦也”。此即名帖《乞米帖》之由来。按理说，颜已官至刑部尚书、知省事，晋封鲁郡开国公、二品勋阶，且为平定“安史之乱”功臣，面对此般旱魃亢虐，大致可衣食无忧，泰然处之，却要因此等小事，抹开颜面，央告于友，令人感慨喟叹。全家老小，面黄肌瘦，衣衫褴褛，长者，啼叽号寒，幼者，嗷嗷待哺，景象与平民市井无异，与黔首兆黎类同。

国破山河在，窗外雨淋淋，感时花溅泪，室内泪涟涟。佛说人有二十难，每个人生命里，都有最为艰辛的一段，杜甫的这一段却格外的长，长成了常态，长到了没有去处，没有归途。“布衾多年冷似铁，娇儿恶卧踏里裂”，贫穷也；“床头屋漏无干处，雨脚如麻未断绝”，贫穷也；“盘飧市远无兼味，樽酒家贫只旧醅”，贫穷也；“痴儿不知父子礼，叫怒索饭啼门东”，贫穷也。

食物果腹，也传递心情。孟浩然的“故人具鸡黍，邀我至田家”，其情浓浓，白居易的“绿蚁新醅酒，红泥小火炉”，其乐融融，而杜甫的“所来为宗族，亦不为盘飧”，其态窘窘，“阿翁懒惰久，觉儿行步奔”，其色难难，至本家侄孙杜济处，遇杀鸡问客的炎凉，对食物的持续关注，皆因其囊空空，其肠辘辘。只有经济自立，方能获得尊严，生活悲欢，全然掌握其手，自古皆然。贫困是书生难过的坎儿，尤其兵荒马乱、天灾人祸之时。

残羹与冷炙，处处潜悲辛。贫病交加，濒临绝境之时，一顿饱餐便是一个奢望，一粥一饭，绝非红尘身外事，乃心灵深处的疼。为此，钱穆感叹道：“我们吃人家一顿，摸摸肚皮跑了，明天事情过去，全没有了，觉得这事情一无意思般。读杜工部诗，他吃人家一顿饭，味道如何，他在卫八处士家‘夜雨剪春韭’那一餐，不仅他吃得开心，一千年到现在，我们读他诗，也觉得开心，好像那一餐，在我心中也有份，也还有余味。”在朝，食人之禄，忠人之事，在野，得人一食，感人之恩，看似小目标，小志趣，世之常情矣，尤其在饥馑岁月。

林语堂说“一个人彻悟的程度，恰等于他所受痛苦的深度”，反之亦然，一个人所受痛苦的深度，也是彻悟的程度。“安得广厦千万间，大庇天下寒士俱欢颜”“但使残年饱吃饭，只愿无事常相见”“但愿人皆健，何妨我独贫”，此非矫情，也非饿着肚皮布道说教，诗人襟怀耳。

诗穷而后工，对杜甫而言，此穷非彼穷，贫穷之穷也。人穷未必能使诗穷，然唯身处卑微之人，最有机缘看清世态真相，此诗穷之前提。

手写让人放慢速度

前些日子，以硬笔为友人抄录过一篇文稿，对方客套了几句，自己真欣欣然起来，更是索要狼毫小笔一支，准备重拾旧好，诵诗抄经，待冷静下来，终于还是未敢开砚。

一直坚持以笔写作，倒不是怀旧，只是习惯。但上电脑，不易进入绞思状态，文章结构总嫌松垮，率性而言，凭心立论，千字文尤贵精密。虽如此，动笔处越来越少，书信改微信，语音则更为直接。岁月不居，节令如流，久疏音信，时在念中，别后萦思，愁肠日转，闻君欠安，甚为悬念，千里鹅毛，聊表寸心，日来事冗，恕不多谈，祈望一会，共叙友情，言不尽思，不胜依依。这样的言辞，唯有笔的隆重，才能写就。君子问灾不问福，书面问灾，对面问福。

执笔轻落墨，心情写在纸上；卷书巧成章，笑意挂在脸庞。赠尔多情诗一卷，他年重拾石榴裙，相看无一语，凝视未必能说出口的话，书于纸端都是诗。若当面道出，或以为东食西宿，轻佻狎昵，往往以礼相拒，大笑而罢，只得留待他年再看花。玉体易枯，红颜易老，每一场相遇都不可能重复，入骨相思君知否？

阅读成为社交活动的年代，书本成为生活于狭小区域内的趣缘群体瞭望广大外部世界的一扇窗户。见面未及寒暄几句，话题便转向阅读，那些刺痛过自己的书，利斧凿洞，豁然开朗，可以大段大段背诵。书中资料抄录也费事，或眉批，或另纸，密密麻麻，不厌其烦，杨绛归纳人成长的原因，即“好读书，肯下功夫，不仅读，还做笔记”。后来，书籍出版繁荣，初学者苦于不得要领，经史子集、山经地志、医卜方伎、稗官小说无不涉足，而浅尝辄止，不求甚解，往往会成为《围城》中的方鸿渐，“随便听几门功课，兴趣广泛，心得全无，生活尤其懒散”。而不读书混文化圈、不写作混作家圈者，更不在少数。

好作家，字不必写得好，写得好自然相得益彰，有花有鸟，可见生机，读来赏心悦目，神畅气氲；差作家，字又写得不好，那便不堪了。周作人说刘师培“字写得实在可怕，而且不讲笔顺。他刘师培却是全不管这些个，只看方便有可以连写之处，就一直连起来，所以简直不成字样。当时北大文科教员里，以恶札而论，申叔（刘师培）要算第一”。那么谁写字第二难看？周作人诚恳地承认：“申叔要算第一，我就是第二了。”虽有调侃成分，却也实话，怕就怕人不帅，文不佳，字还丑。毛笔书写时代，读书人皆善此道，很少专门的书法家，但有高下的区分。

识时务者，述而不评，不识时务者，以手写口，我属后者，虽在体制内，却越来越民间化，为人谨厚，而文章放肆，理性反思，而不合时宜。认同熊十力的一句话：“为学，苦事也，亦乐事也。唯真志于学者，乃能忘其苦而知其乐。盖欲有造于学也，则凡世间一切之富贵荣誉皆不能顾。甘贫贱，忍淡泊，是非至苦之事欤。”有一种时光，只留给自己，笔在纸间行走，万虑一空，无净土，有静心，老夫静处闲谈。

出版这一行，一地散钱，面值都不大。文字编辑，时间都花在了努力上，却是一份用力多获利少的工作，虽有缺口，总还是一口吃饭的碗，山肴野蔌不得饱，也不至于饥。佛门以洒扫为第一执事，编辑以除错为第一要紧。其也阅读，却仅余挑剔眼光，几遍通校，早已麻木了内容所指，书付梓，不知其云。涂改劣稿，心有不甘，倒不如亲执厨刀，庖丁解牛，虽曰千字文，入乎其中，取势于海，出乎其里，取精于山，不也以少少许胜多多许。浅池难容巨鲸，片林不栖大鹏，大丈夫生居天地间，岂能郁郁久居其下？故有志者不为，趁机展翅驾东风。来也匆匆，去也匆匆，初见如此，再见依旧，我便沉渣到了这个边缘化的体制内。

生活节律并未放慢，只是书写工具出现了更为便捷的方式。手写让人放慢速度，还是心静让人感到舒缓？

悼妻诗文残莫续

夫妻一场，千年姻缘，互济搭补，患难与共。然天不假命夺其魂，风云翻转有不测，除泫然泪下、痛哭失声外，由衷哀文不在少数。

潘岳妻死，赋《悼亡》诗："如彼翰林鸟，双栖一朝只。如彼游川鱼，比目中路析。"元稹妻死，赋《离思》诗："曾经沧海难为水，除却巫山不是云。"贺铸的"梧桐半死清霜后，白头鸳鸯失伴飞"，为悼亡妻赵氏而作。陆游的"伤心桥下春波绿，疑是惊鸿照影来"，为悼前妻唐婉而吟。

悼亡诗中，沈约《悼亡诗》最为悲怆："万事无不尽，徒令存者伤。"梅尧臣《悼亡三首》最为痴情："见尽人间妇，无如美且贤。"悼亡词中，苏轼《江城子》最为著名："十年生死两茫茫，不思量，自难忘，千里孤坟，无处话凄凉。"纳兰性德《沁园春》最为哀婉："便人间天上，尘缘未断；春花秋月，触绪还伤。"

龚炜《巢林笔谈》中有"内亡度岁"篇："今夕是除夕耶？内亡且

二十日矣，含泪濡毫，粗述其生平大略，三十七年夫妇之情与一切病亡惨境，不忍一二道也。往年度岁，纵极艰难，内必勉措齐整；今夕但闻幕内哭声。孙男女麻衣绕膝，泪霪霪不止，何心更问度岁事？哀哉！壬午除夜泪笔。”佳节念亲，人生一苦，时龚炜年已花甲，含泪濡毫，情深意切。

吴锡麒在《寄邹论园》中悼念亡妻：“仆归里后，内子已自病危，乃不数日间，遽然化去。以数十年同艰共苦者，而目中忽无此人，觉蒙楚一诗，字字皆为我辈画出泪痕。方知此种伤心，固自同于千古。特仆不幸适然觏之，惨惨何已。”偕老路上，幽泉忽噎，彼何人，予何人，数十年同艰共苦之二人，从花开到花落，自红颜而白发，“目中忽无此人”，眼前顿时荒芜失景，意兴何以阑珊聊赖，无论生前吵也罢，闹也罢，哭也罢，笑也罢，浓也罢，淡也罢，喜也罢，怒也罢，此种感受，丧偶者最为不堪。幽情如蓝，静夜尤清，心若一动，泪即千行，短的是生命，长的是磨难。

蒋坦《秋灯琐忆》有悼念亡妻秋芙记述：“去年燕子来较迟，帘外桃花，已零落殆半。夜深巢泥忽倾，堕雏于地。秋芙惧为猧儿所攫，急收取之。且为钉竹片于梁，以承其巢。今年燕子复来，故巢犹在，绕屋呢喃，殆犹忆去年护雏人耶。”燕子尤识旧，人却不能归。燕子归来人去也，此时无奈昏黄。

礼教社会，存天理，灭人欲，母子之恩可表，夫妻之情讳谈，主流文人多无意于此，偶有只言片语之悲切，多不列正式，唯以笼统之词，概括言之而已，加之有三妻四妾分心，小楼佳日，丝竹管弦旁骛，阑干几曲，未尝见十分文字。倒是布衣之士，贫贱夫妻，百事人哀，相呴以湿，相濡以沫，常有戚戚之抒。沈复《浮生六记》，整书忆述与妻芸的闺房之乐、居家琐趣，纯真率真，独抒性灵，伉俪笃深，缠绵缱绻，妻殁，悒悒不得稍脱，遂作如此泪涟篇章。

梦好难留，诗残莫续，悼亡诗文，抑郁难平矣。

数字诗趣

宋代理学家邵康节有蒙学诗《山村咏怀》：“一去二三里，烟村四五家。亭台六七座，八九十枝花。”巧妙之至，识数的同时，也触及了诗，寥寥几笔，便勾勒出了一幅清新的田园风景。

之后，数字诗渐多。

苏轼题《百鸟归巢图》诗：“天生一只又一只，三四五六七八只。凤凰何少鸟何多，啄尽人间千万石。”

徐再思《水仙子·夜雨》云：“一声梧叶一声秋，一点芭蕉一点愁，三更归梦三更后。”

吴承恩的《西游记》第三十六回“心猿正处诸缘伏，劈破旁门见月明”中有一首咏夜景的数字诗：“十里长亭无客走，九重天上现星辰。八河船只皆收港，七千州县尽关门。六宫五府回官宅，四海三江罢钓纶。两座楼台钟鼓响，一轮明月满乾坤。”

查慎行饮酒诗云：“两岸山花似雪开，一杯一杯复一杯。劝君更尽一杯酒，二月已破三月来。”

郑板桥在山东潍坊任知府时，某年遭受涝灾，全县受灾严重，百姓深受其苦。面对自然灾害，其无奈赋诗道：“一二三月连雨天，四五六月雨涟涟。七八九月村村水，十万农户缺吃穿。”后郑板桥还作有咏雪诗：“一片两片三四片，五六七八九十片。千片万片无数片，飞入芦花总不见。”

相传乾隆帝下江南时，游到兴趣处，令纪晓岚作诗，大学士吟道：“一篙一橹一渔舟，一个艄公一钓钩。一拍一呼还一笑，一人独占一江秋。”

李调元咏妇人诗云：“一名大乔二小乔，三寸金莲四寸腰。买得五六七包粉，打扮八九十分娇。”李调元另有咏麻雀诗：“一窝两窝三四窝，五窝六窝七八窝。食尽皇王千盅粟，凤凰何少尔何多。”

陈沅有七言绝句云：“一帆一桨一渔舟，一个渔翁一钓钩。一俯一仰一顿笑，一江明月一江秋。”

褚人获《坚瓠首集》载骨牌四副“八不就诀”：“一天二地两人牌，二六长三五六来。三六四六五六六，一双蝶戏两和谐。拣出杂牌成四副，三十二扇各含胎。”后二句，一作“四副共成八不就，杂牌八扇一齐捱”。

黄侃作《闺情》诗云：“一丈红蔷荫碧溪，柳丝千尺六阑西。二情难学双巢燕，半枕常憎五夜鸡。九日身心百梦杳，万重云水四边齐。十中七八成虚象，赢得三春两泪啼。”

流沙河《重逢》诗云：“一阵敲门一阵风，一声姓名想旧容。一番迟疑一番懵，一番握手一番疯。”

相传司马相如一次外出许久不归，出于思念，便别出心裁地给妻子写了一封家书："一别之后，两地相思，说是三四月，谁知五六年，七弦琴无心弹，八行诗无可传，九个连环从中折，十里长亭望眼穿，百般思千般念，万般无奈把郎怨。"此显然为后人托名之作，汉诗无此风。

民间仿照数字诗，作吉祥语："一帆风顺，二龙腾飞，三阳开泰，四季平安，五福临门，六六大顺，七星高照，八方来财，九九同心，十全十美。"另有讽喻词者："一声不响，二目无光，三餐不吃，四肢无力，五官不全，六亲无靠，七窍不通，八面威风，九坐不动，十足无用。"贾植芳长年蹲监，曾记录了上海提篮桥监狱流传的一则顺口溜："一进监房，心惊肉跳；两个两个，队伍排好；三顿茶饭，顿顿不饱；四季衣服，独缺夹袄；五层洋楼，外加保镖；六尺地板，两头跑跑；七根栏杆，根根牢靠；八点一到，大家睡觉；九九归一，自己不好；十十足足，思想改造；亲朋好友，一概绝交。"民国二十一年《柏乡县志》记录有民谣"儿女月令花歌"："一月水仙呈素妆，二月迎春是海棠，三月桃杏花如锦，四月牡丹发浓香，五月榴花红似火，六月荷花满池塘，七月葵花倾向日，八月桂花流芬芳，九月菊花如黄金，十月样锦不凋伤，十一月款冬开偏艳，十二月梅花耐雪霜。"民国二十四年的《张北县志》记录有名曰"十字头"的歌谣："一字好比一根枪，二字下道拉得长，三字好比王字样，四字封口嘴不张，五字好比一只虎，六字两点在两旁，七字金鸡束全爪，八字蛾眉两炷香，九字好像秤钩月，十字横竖一根梁。"

数字诗属趣味之作，为诗人的偶尔才情显露。其中多有附会，为数字而数字。诗做到这个份上，只有才，而无情矣。

邵康节的《山村咏怀》一出，效仿者纷纭。有人描绘自己的理想生活："一夫二三妾，相伴四五年。有子六七位，八九十为花。"民国年间，有人感慨于乘坐公共汽车的破烂陈旧状况，诗讽道："一去二三里，抛锚四五回。上下六七次，八九十人推。"我则有感于目前乡村的衰落，改诗道："一去二三里，烟囱四五根，垃圾六七堆，八九十辆车。"类似者不乏其人，据冯梦龙《古今谭概》载："苏诗：'无事此静坐，一日似两日。若活七十年，便是百四十。'近有任达者更之曰：'无事此游戏，一日似三日。若活七十年，便是二百一。'子犹尝反其诗云：'多事此劳扰，一日如一刻。便活九十九，凑不上一日。'"

序之絮言

序无定式，固定的只有文前的位置。

序分自序与他序两种。前有序引，后有尾跋，方可组成一个完整的体系。

大凡他序者，不是相关领域的名家高手，便是作者的师长、领导。请名家代序，可增加作品分量，抬升作者身价；为后生作序，可验证自己在这一方面的显赫地位，又可获人情，得润格，实则名利双收事业，于是序言便成了其文集中的一大部分。受人之托，写几句溢美之词、几段夸饰之章也在情理之中。褒奖嘉誉、称颂揄扬似乎已然成了墓志铭、序跋体的共同特点。

正因如此，推许显尚、赞美称道的分寸，便成了他序者难以把握的尺度。今天充斥于卷首文初的序引似乎有了一固定格式：先讲与作者的私交，这种私交可能是世交、平交，可能是忘年交、芝兰交，也可能是莫逆之交、管鲍之交；再讲作者的趣闻轶事、佳话末节；最后便是连篇累牍、过甚其词的推荐提携、罗列援引了。至于对作品本身的评价，或文不对题、词不达意，或浮泛接应、搪塞敷衍，其原由多半因没有研读作品所至，名家自不屑将宝贵的时间用于阅读这类“等外之言”，而名家眼里的名家更不可能请他来作序。还有请两三名家同时着墨者，于是根据诸名家知名度的高低，排作序一、序二、序三等等。如此不厌其烦，所要说明的无非是作者的人缘好、路子广、地位显、捧者众，而那些被排了座次的诸名家，感觉一定很复杂。

若请领导作序，定是作者怀有另一门心思，这类序言不是秘书的捉刀，便是自己拟好了文字，嘻嘻哈哈请领导签个名了之。而更糟的是指令下属为之作序者。这类序言竭尽恭维奉承、迎合攀附之能事，语词靡丽铺陈，傅粉施粉，观点隐约暧昧，言之无物。当年刘孝绰为《昭明文选》作序时，开口便是“臣窃观大易，重明之象著焉”。分明就是一篇奏章折子。“文化大革命”后，聂绀弩集结狱中诗出版，胡乔木主动要为之写序，出版社也是此主张，胡乔木官大，聂绀弩无奈。后来，王蒙去拜访聂绀弩：“聂老的诗集好啊，连胡乔木都来帮你写序。”聂听后大怒：“这么好的一本书，就让一个序给毁了！”

好的序言，借题发挥，吐露剖白，隐喻象征，意内言外，抒胸臆，阐观点，立未立之论，发未发之慨。王羲之作于永和九年的那篇旷世之篇《兰亭集序》，书绝文亦绝。是年三月初三日，羲之同谢安、孙统等四十一位名士宴集于会稽山阴之兰亭，席间流觞曲水，一觞一咏，诵出了不少好诗。聚诗成集时，右军先生便挥就了这篇“双绝”序。文章通篇着眼于生死二字，万千慨叹中流露出几许悲伤，避开了就诗论诗的窠臼。《桃花源记并诗》亦文诗结合，辅记长而主诗短，且更著名。此类文式源于古印度，乃天竺一种通行的文艺形式，其特点是长行散句部分多于偈颂韵语部分，同时在内容上偈颂韵语对长行散句具有重复性，即文诗合体，文前诗后。其偈颂韵语部分，佛教徒还为之设了个专用词“祇夜”。

欧阳修是北宋文章大家，请他写序言者自不在少数。秘演和尚要出诗集，请托六一居士代序，于是就有了那篇著名的《释秘演诗集序》。如今秘演的诗集早已逸传，但序言却成了不朽经典。类似例子还有孙过庭的《书谱》，虽只是原书的一篇前序，却也能管窥蠡测出已失正文的价值。

他序者也有非请托之作，昭明太子因素爱陶渊明诗文，搜校而成《陶渊明集》，并为之加序。这样的序言功利色彩显然少了许多，所以序中才能出现“白璧微瑕，惟有《闲情》一赋”这样不避名家讳的观点。沈炼是明中叶与严嵩父子斗争而被害致死的节义之士，后严党覆灭，《青霞先生文集》得以出版。茅坤序中描述了沈炼直言讽谏、疾恶如仇的气概后写道：“至于文词之工不工，及当古作者之旨与否，非所以论君之大者也，予故不著。”在肯定文集社会意义的同时，实则以言外之意的方式对其写作水准也给出了恰当评价。胡适当时也是绝对的大家，人缘又好，故请作序者络绎不绝，应接不暇。这位白话文的倡导者往往开文便是“我的朋友罗尔纲”“我的老朋友陈伯庄”。郭绍虞《中国文学批评史》完成后，多次请胡先生作序，胡推辞不过，便写了篇短文。序是写好了，但其中不尽然是美言，首先他对郭论将中国文学批评史分作三大时期的论点“我个人感觉得不很满意”，接着又说“此书亦有一些可议之处，即使我们感觉不少的失望”。胡先生指出的多处疑义，是经过深思熟虑、小心求证的，是建立在对原著的精读之上的。郭氏并未因胡序中的微词而弃之不用，郭论的地位也未因诸多异义而有所损伤。有这样的开诚布公、真知灼见附于书前，实在是郭著之大幸，是中国学术之大幸。对学术的剖毫析芒并未因个人关系的亲疏左右，正是那一代学人的治学态度与人格魅力所在。诤序者，何须有请托与不请之分。

1903年，邹容《革命军》出版，请志同道合的章太炎作序。此书迅速风靡，清廷大为恐慌，遂派员拘捕邹章二人。警察到时，章太炎抱定“志在流血”的决心，安坐静待；邹容原本已从后门逃走，听说章被捕，马上到衙门自首。章太炎因序得牢狱之灾，之后两人大闹租界法庭，引来全国舆论的支持，清廷因而不敢将其重罚，此即闻名“苏报案”之缘起。1918年，梁启超、蒋百里并辔游欧。归来后，蒋写就《欧洲文艺复兴时代史》一书，请梁作序。序以建言，首引情本，梁认为欧洲文艺复兴与清代学术思潮有许多相似之处，遂借题发挥，一泻八万言，较蒋著为长。“蒋方震著《欧洲文艺复兴时代史》新成，索余序，吾觉泛泛为一序，无以益其善美，计不如取吾史中类似之时代相印证焉，庶可以校彼我之短长而自淬厉也。乃与约，作此文以代序。既而下笔不能自休，遂成数万言，篇幅几与原书埒。”蒋啼笑皆非，只好请梁单独出版，这便是后来闻名于世的《中国近代三百年学术史》之雏形，其序反倒为蒋所作。唐德刚好议论，其整理的众多名人自传，几乎都有冗长的序言或评点。最著名者莫过于《胡适杂忆》，此文为作者撰写《胡适口述自传》时所写的一篇短序，不料下笔竟十几万言，只得印成专书，独立出版。“在动手翻译这本小书之前，我曾遵刘绍唐先生之嘱，先写一篇《导言》或《序文》。谁知一写就阴差阳错，糊里糊涂地写了十余万言；结果，自成一部小书，取名《胡适杂忆》，反要请周策纵、夏志清两先生来为我作序了。”

不过好的序言还以自序为多，司马迁的《太史公自序》、班孟坚的

《汉书叙传》、许叔重的《说文解字序》、葛雅川的《抱朴子序》、郦道元的《水经注序》皆属自序。《五代史伶官序》是欧阳修为自己所著的《五代史》之《伶官传》作的序。其开章句“呜呼！盛衰之理，虽曰天命，岂非人事哉！”一出，便将人引入了一种悠远的沉思。醉翁之意不在伶官矣。与他序不同，自序往往是正文的概括综述、提纲挈领，是注释补充、感而有得，是正文的有机组成、交融水乳。没有了奖掖擢拔、栽培提升的成分，自序便有了贴切合宜的况味。郑板桥在其《十六通家书小引》一文中，就他序自序说过一段话，很能代表一批文人的心声：“板桥诗文，最不喜求人作序。求之王公大人，既以借光为可耻；求之湖海名流，必至含讥带讪，遭其荼毒而无可如何，总不如不序为得也。”

像胡先生写给郭先生那样的他序精品实在难求。与其假手于人，不如自己为自己裁剪一件合体的衣裳。不过时下有的自序用了大量篇幅作秀般述说自己所遭遇的盗版，写一些感激出版单位的话语，这类序言无论出自何人之手，一样的空洞迂阔，不着边际，一样的不被看好。

1933年，陈三立的好友、同光体另一位代表人物郑孝胥投靠日本，辅佐溥仪建立伪满洲国。陈痛斥郑背叛中华，自图功利，再版《散原精舍诗》时，愤然删去郑序，与之断交。序之存留，人之气节。

独爱评书

恢复评书播出时，我已是初中学生。中午放学，评书就饭，边吃边听。一段时间，甚至上学就为等待下学，等待下学后听书。若下课拖堂，便中途立于道旁高音喇叭下，半个小时播完后，方各自奔家，此时已过一点，早饿得眼冒金花。

起初的历史知识，多来自评书，对文学的偏好，也源于评书。头顶亮银盔，身披亮银甲，外罩素罗袍，胯下白龙马，掌中擎五钩亮银枪，背后背三尺青金工剑，白似雪，亮如银，马前威风高三丈，马后威风百步余，此乃赵云。嵌宝头盔稳戴，磨银铠甲重披，素罗袍上绣花枝，狮蛮带琼瑶密砌，丈八蛇矛紧挺，霜花骏马频嘶，满山都唤小张飞，此乃林冲。头戴烂银盔，身披银叶甲，内穿白罗袍，下坐白龙马，手执沥泉枪，隆长白脸，三绺微须，膀阔腰圆，此乃岳飞。头戴金盔，身穿金甲，跨下黄骠马，掌中一杆虎头錾金枪，此乃高宠。评书人物亮相，一般自上而下，先披挂后颜面，虽曰套路，却也精彩。

有些段落，甚至能背诵出来。卧蚕眉，丹凤眼，面如重枣，五绺长髯，坐下嘶风赤兔马，倒提青龙偃月刀，是关羽。身长八尺，豹头环眼，燕颔虎须，声若巨雷，势如奔马，身披黑挂皂一身青，胯下乌锥豹，手提丈八蛇矛，是张飞。身长七尺五寸，两耳垂肩，双手过膝，是刘备。头戴三叉束发紫金冠，体挂四川红锦百花袍，身披兽面吞头连环铠，腰系勒甲玲珑狮蛮带，引箭随身，手持画戟，是吕布。

《温酒斩华雄》中对华雄的描述篇幅可谓大矣：大督旗下，马上之人跳下马来，身高过长，头如麦斗，膀阔三亭。前胸宽，臂膀厚，肚大腰圆。蓝瓦瓦的一张脸，两道槐角儿浓眉,一对金睛叠暴。狮子鼻，翻鼻孔，大嘴叉，连鬓络腮胡暴长短钢髯。头戴八角板檐荷叶盔，斗大的朱樱倒坠，狮子尾倒撒。镶明珠嵌异宝，光华灿烂，脑后双插雉鸡尾，胸前搭甩狐裘，如同锦带两条。身披大叶锁子连环甲，暗透出水八怪。九股蓝绒绳拧成绊甲绦，巧打蝴蝶扣。前后护心宝镜，冰盘大小，烁烁放光，夺人二目。腰系狮鸾带，折条带，能工打，巧匠雕，上无鳞却有爪。在左肋下，悬挂一口杀人的宝剑，绿鲨鱼皮鞘，墨鲨鱼皮尾。金吞口，金什件儿，黄绒绳的挽手，杏黄灯笼穗飘摆。鱼褟尾，护档口，青中衣，皂征裙。足下虎头战靴，坐下青鬃兽。

如此不厌其烦耗费笔墨，只为反衬关羽之勇猛：出帐提刀，飞身上马。众诸侯听得关外鼓声大振，喊声大举，如天摧地塌，岳撼山崩，众皆失惊。正欲探听，鸾铃响处，马到中军，云长提华雄之头，掷于地上。其酒尚温。后人有诗赞之曰："威镇乾坤第一功，辕门画鼓响冬冬。云长停盏施英勇，酒尚温时斩华雄。"

兵过一万，无边无沿，兵过十万，彻地连天，说书的一张嘴，拉车的跑断腿，千秋故事，起承开阖间，故曰"世界生意甚多，惟有说书难习。评叙说表非容易，千言万语需记。一要声音洪亮，二要顿挫迟疾。装文装武我自己，好似一台大戏”。量明末清初江南说书艺人柳敬亭，可抵此境界。柳下说书，一时盛况。

未闻柳麻子，独爱单田芳。旧书百读出新意，古事重论感世情，单先生这些沙哑的段子，多反复听过。有些话语起初不解，后猜得大意，“人前显胜，傲里多尊”“经停馆驿”等等词汇，只在单先生书中听到过。如今，我的手机在通话短信之外，添了一项听书功能，午睡催眠，路途聊慰，但须戴着耳麦窃听，否则年轻人的白眼中，会翻出“老土”的轻蔑来。张岱、吴伟业、黄宗羲、阎尔梅、沈龙翔诸名士，都曾为柳敬亭立传，也说明这些大文人当年亦评书爱好者，我有这么个爱好，你们看什么看！

一次，夸单位某女同事长得俊，先用了“面如满月”的形容，对方顿缄默，见势不妙，忙改作“面如银盆”，悻悻然背过了身：“哎呀，别开这种玩笑了！”评书真的与时代脱节了？肤如凝脂，面似桃花，目如秋水，眉似远山，鼻如玉柱，发似青丝，身如杨柳，指似葱白，唇如激丹，齿似编贝，可曾是那个年代的极致赞美，较之沉鱼落雁、闭月羞花，更形象，更生动。

书场里的精致传神

“那西门庆正和这婆娘在楼上取乐，听得武松叫一声，惊得屁滚尿流，一直奔后门，从王婆家走了。”《水浒传》中只有三十八字的这般描述，在扬州评话里，此番情节竟扩成了四千字的段子。“狮子楼”一出原传不过五百字，演义成《斗杀西门庆》时，已增至近两万字。

“且说武松径直奔到狮子桥下酒楼前，便问酒保道：‘西门大郎和甚人吃酒？’酒保道：‘和一个一般的财主，在楼上边街阁儿里吃酒。’”原传仅此铺垫而已，在评话中，先是描述其来到店前，如何欲进不能，因为两个管账的都是熟人，此时进门，定要招呼他，喉音一高，恐楼上的西门庆听见，待一堆酒客围到了柜台前，搭起了肉屏风时，武松才冲了进来。原传“武松一直撞到楼上”一句，更添加成了五千多字的一出。楼上的部局如何，食客身份如何，几道饭菜，因何请吃等等，此中皆有交代，其中穿插了大量的情景对白、心理活动。

那些看似节外生枝、密麻针线般的絮碎，实则周细入微、剖毫析芒式的传神写照，它能使听众在活灵活现、如见如闻中，切身感受到故事的真实可信、栩栩如生。英雄豪杰、市井小民皆常人心理，生活场面、事体末节皆此情此景，宛如身边事、邻里事，于是闻者不知为数百十年前遗事，而喜怒哀乐随之移情于不觉。有了如此细致的描写，方可做到句句有交代、事事有着落，且言之有据，论之成理。加之说书人手势身段、步法眼神以及情绪起落、节奏快慢的配合，声成金石，语妙书场，衔华佩实，风生入座，大有口秀造化、压倒元白之势，哪还有赘冗啰唆、丰干饶舌之感。听之不厌其长，唯恐其尽。心开神释、色飞眉舞之时，天壤间仿佛浩气卷舒，振荡激薄，纵使荒诞奇僻、牛鬼蛇神之事，依然可喜可愕、可歌可泣。听毕，千古伤心，潸然泪下，进而掀髯鼓掌，流连忘返。书中人物，无论男女长幼、贵贱尊卑，在工于说表的书人嘴中，因语速的急缓、语音的亮暗、语气的抑扬，便可清晰分明，毫末毕现，而绝无隐约模糊、修远依稀之态。间或调笑滑稽、离奇诡异，无不引人入胜，扣人心弦，置身书场，直有洞中七日之慨喟。柳敬亭柳麻子是明末清初著名的扬州评话艺人，黄宗羲赞其“每发一声，使人闻之，或如刀剑铁骑，飘然浮空，或如风号雨泣，鸟悲兽骇”。张岱在《陶庵梦忆》中述其说《景阳冈武松打虎》书时，“描写刻画，微入毫发，然又找截干净，……声如巨钟。说至筋节处，叱咤叫喊，汹汹崩屋”。

但这般繁复，并非无节制。该带过时，只一句“这女子花容月貌”了之，该归拢时，只一句“此不在我书中交代”，即收煞住了。名手画龙，东云见鳞，西云见爪足矣。

从《宣和遗事》中的只言片语演绎成鸿篇巨制的《水浒传》，又从《水浒传》中的一鳞半爪派生为连篇累牍的“二十回”（《武十回》《宋十回》）；从《三国志》中的断编残简推导成纷繁的《三国演义》，又从《三国演义》中的些许头绪添加为层见叠出的“三把火”（《火烧博望坡》《火烧新野》《火烧赤壁》），每个情节在力求贴近现实的同时，还加入了自己草根式的忠奸善恶观、虚拟公正式的是非曲直观。以这样的价值取向评判历史，其作用与影响是相当大的，尽管它并不科学理性，譬如对曹操、潘美等人的品评。有学者认定野史的可信度甚高，但多数学者持否定态度，理由之一便是民间人士面目全非式的肆意取舍添改、移宫换羽式的无忌饾饤补缀。

缜密刻画、层层揭示式的传统，恰是民间文学的精华所在、特色所在。从魏晋志怪到唐宋传奇再到明清小说皆如此。《柳毅传》中有段勾勒千尺赤龙“钱塘君”的文字：“大声忽发，天坼地裂，宫殿摇簸，云烟沸涌，俄有赤龙长千余尺，电目血舌，朱鳞火鬣，项掣金锁，锁牵玉柱，千雷万霆，激绕其身，霰雪雨雹，一时皆下。乃擘青天而飞去。”实在是穷形尽相，精彩纷呈，非士大夫刻板生硬、凝滞拘执文字所及。作者唐人李朝威走的显然也是民间文学的路子。这种表述方式还通行于其他民间艺术形态。五禽戏，鹤翔桩，均由仿生而来，以致强身健体；寺庙壁画，宫廷绘图，但求形神兼备，无不惟妙惟肖；晋南锣鼓中的《狗咬狗》《滚核桃》《老鸭子》《风搅雪》等等的曲牌也都是大体上的摹声仿音、绘影绘神之作。

当下纸质文学读者之锐减与影视艺术受众的猛增，其反差可谓罕有，对比可谓鲜见，原因之一便在于一个板起面孔要往象牙塔里钻，一个放下架子愣往大众堆里扎。大众文化的外延总被不断厘定着。

皇权文化与民间文化两个文化子系统中，皇权文化是一种以文人士大夫为人格载体、以经典文献形式流传于世的垄断性文化，其存在的依据就是为皇权等级统治提供文化层面上的合法性论证。民间文化则是以包括评话评书、弹词鼓书在内的民间戏剧、歌谣、话本演义的形式在民众中流传着，其主要功能则在于为下层民众的生存与生活提供意义解释和娱乐休闲。但在传统社会，无论民间文化的受众多少、精彩几何，却依旧处于边缘位置。纵使同样出自文人之笔的小说，也只能是诗词辞赋、曲令联对的边缘，边缘的书场容纳了小说这样的文体，也容纳了写小说的落魄文人。陈美延在《也同欢乐也同愁》一书中回忆父亲陈寅恪："走到茶馆旁，父亲常会停下来，听片刻成都方言说书，多半是讲《三国》，他用欣赏的口吻说：说书人讲得比小说生动。"确系如此。

对联不讨好

毛笔时代过去后，练书法便成了可以安身立命、养家糊口的一门专业。我的毛笔字在八九十年代时长进最快，那时，单位的开会标语、日常告示，皆出我手。“文化大革命”后期，北师大造反派令启功抄写大字报，其欣然接受，书法技能终于有了用武之地。不过一支秃笔，几张彩纸或报纸，边抄边聊，反而能挥洒自如，以至启功回忆说那段时间是他“书法水平长进最快的时期”。后来有人问及他的书法是如何练成的，戏言道：“都是抄写大字报练成的。”目前活跃的一批书家，多有此经历，后来虽回归碑帖，但总摆脱不了火气，启功则不同，具有旧时代的功力。我虽未赶上抄写大字报，但也属野狐禅一路，姑且称之为会标体。

另外，每至年关，同事索要对联者众，我也欣然受命，乐此不疲。有时一写便是一天，直写得腰酸腿痛，手麻脚困，红纸的红与墨汁的墨，沾污手指，数日不除。春联皆吉祥用词，甘人之语，虽俗，人却不怪。

但我少年气盛，无意于此，遂据不同人的需求，琵琶新曲，现场口占，其中多嵌名联，虽牵强，却有趣。曾为一位同事拟就一婚联，将二人名字嵌联尾，但后来这对看上去很般配的夫妻，终究离异，提及此事，便想起此联。单位一位名曰树仁的同事驾鹤西去，得的是癌病。其生前乃纪检干部，做事严谨，有直内方外、不愧屋漏之象，为人清鲠，能不因人热、危言危行之诚，同僚因此多有不解者也。然人生斯世，如叶飘风，彭修颜短，同归一空，睚眦恩怨何其不值，嫌隙芥蒂隔世了了。其间送树仁先生两副挽幛其一便是嵌名联："松凌霜雪风范已树；月照云天精神在仁。"联虽工，意也实，但与之生前两刃相迎者看后，却有微词。孰是孰非，难论是非，人已去，当善言，进善言，则受善言，善念善言，吉神随之。

还有寓意联。单身是单位里的极小群体，今天搬到这，这里又作他用，明天搬到那，那儿又变用途，居无定所，疲于流动。又搬，便在宿舍门口贴了一副四十字长联，述不被重视之征，不堪转移之苦，而此宿舍正冲着单位大院，早间做操时，众人围观，议论纷纷，未几，领导便传唤谈话了，无奈自己将对子撕扯了事，虽如此，此后倒安定了下来。一好友竞聘受挫，便多情多谊，主动呈送一联宽慰之，上联论原委，下联表激励，正月里趋前登拜，发现此联未挂门户，而是进了书房。一想也对，怎可将己之疮疤，揭予每个上门者，一联无聊，偏唤愁人，他倒坦然，说字还不错，且作纪念。慈悲之筏，无济于人，我才之所限、力之所怠也。某次短信问候某好友，对方回复"醉卧榻前君莫问，明朝笑看短信来"，我则和道："笑傲江湖君莫笑，古来征战我怀古"，其后又送了同题联。一次偶见其夫人，先说联句工仗，接着便开始数落好友的贪杯。摇唇鼓舌，妄生是非，无事之人，好为生事，月旦难，臧否不易，自拟联赠人，往往费力不讨好，以后便止了。

据吴恭亨《对联话》载：“曾文正联语雄奇突兀，如华岳之拔地，长江之汇海，字字精金美玉，亦字字布帛菽粟。”曾国藩平生好对联，且好为生人拟挽联。道光年间某元旦，同僚汤鹏登拜，寒暄之后，让至书房，二人闲聊，兴致正高，但见书桌上的几幅字，墨迹尚未干，汤鹏以为是新作诗文，欲先睹为快。曾死护不予视，汤则一把抢过，只见包括他本人在内不下十几位曾氏好友，一一被“敬挽”了一番。新正吉日，吉语未落，竟先见一篇晦词，汤恼羞成怒，拂袖而去，从此断绝往来。自拟联，古来难讨巧。

俗联实不俗。中年以后方悟，那副“天增岁月人增寿，春满乾坤福满门”的通联，恰是我此时的心境：岁月静好，现世安稳。而我最想写的一副是“年年难过年年过，处处无家处处家”，虽仍年年过着，却在日日衰退，两鬓杂毛记忆减，薄雾几层眼昏花，更要命的是，精神上越发得如丧家犬般，归属无着落，有家似无家。五更三四点，点点生愁，一日十二时，时时寄憾。旧门新联，犹老路新鞋，寸阴难挽，光景不拘，你我都是时间的过客。自拟联不讨好，俗联则不然，中年心态之无奈也。

进入电脑时代，会标海报皆为刻字取代，春联也改由商家赠送，虽无个性，却也省事。一次，会前被抓差，写下一干座签，负责人回来后，觉得不比电脑字规范，欲更换之，我则冷冷回道：“这是手擀面。”至于对联，仍坚持自拟，我的门楣我做主。鼠年自拟联为：“鼠颖文章稿；羊毫书画蛇。”于是便有人试向我索字画，不知曲解其意，还是表述不清，总有破绽渗漏、女娲无补之处。龙年自拟联为：“无边春色好文气；有志金龙越古今。”来者撂了句“好大的口气”，像玩笑，又不像。自拟于自家门楣，同样不讨好。

一曝十寒，学艺之忌，止了春联之类，书法便也止了进步。

耐人寻味舞台联

大戏虽有行教化、敦伦理作用，道学人士却颇不以为然，村优俗伶，焉可载道？教化之外，尚有寓教于乐功能，人间悲欢离合，世上喜怒哀乐，在此被演绎得有声有色，有情有味，看戏曾是那个时代最重要的娱乐方式。《西厢记》《牡丹亭》《拜月亭》《墙头马上》等戏，倡导“天下有情人终成眷属”的主题，宣扬冲破礼法门第观念的自由恋爱，唤醒了多少青年男女爱情自主的意识，“滩簧小戏演十出，十个寡妇九改节”，这便是戏剧所谓的“诲淫”作用了。男女混杂，做活不乏，书坊戏坊，不是正经地方。妇女台前看戏，车轿杂于男子中，成何风俗？且优人科诨，无所不至，可令闺中女闻见耶？

然此“不是正经的地方”，不知吸引了多少落拓文人的精神寄托，他们为之写剧本，润角色，妙思巧构，玲珑细密，同时也为戏剧舞台处留下了众多精彩对联。这些对联往往将戏剧与人生、梦幻与现实相比较，情景交融，妙趣横生，言近旨远，耐人寻味。如：

是我非我，我看我，我也非我；装谁像谁，谁装谁，谁就

像谁。

文成武就，金榜题名空富贵；男婚女嫁，洞房花烛假风流。

大文章全凭起首；好结果总在后头。

你也挤，我也挤，此处人无立脚地；好也看，歹也看，大家都有下场时。

“台前有泪原非我；座上无声已入神”，与李渔《比目鱼·发端》中的“戏在戏中寻不出，教人枉费探求力”句，异曲同工，堪有一比，但更加深入浅出，朗朗上口，所以流传也更广。山西原平石鼓山古戏台上有对联曰：“名利交迫，扮几场争夺情形，如觅蝇头，如居蜗角；善恶两分，写一本昭彰榜样，俨披鲁史，俨谱毛诗。”其劝言警世，大有意趣，挂在了“不是正经地方”的“书坊戏坊”，用心良苦也。

没有角色，何须舞台，没有舞台，何须角色。舞台之上，除却自己是自己的青衣，还要客串，除却自己是自己的小生，还要装蒜。生旦净末，善恶美丑，你方唱罢我登台，从来未见歇息过。此舞台小耶？大耶？真耶？假耶？

愤怒文章

愤怒出诗人，也出文章大家。屈原“发愤以抒情”，淮南子“愤于中而形于外”，司马迁“发愤著书”，刘勰“志思蓄愤”，韩愈“不平则鸣”，李贽“不愤则不作矣”，金圣叹“怨毒著书”，千古文章，无外乎几家。

存志而不得志，有理而无处理，韬光忍耻，积郁内衷，泄愤无孔，图报无门，酿之沸之，捶之锥之，但吐为快，遂成绝唱。为赋新词强说愁者，无病呻吟，煞有介事。将愁挂于嘴边者，哪有不矫情者；将怒形于浮表者，岂有不肤浅者。一件小事若可安慰心灵，只因这件小事刺痛了内衷，一开小窗若能神清气爽，只因这扇小窗封闭了太久。易愤者，非胸襟不阔，是看得深刻，非根性使然，乃现实局促；易愤者，非怒目圆睁，凶神恶煞，反倒是望之俨然，即之也温。

处江湖之远则忧其君，述怀咏史，援古刺今，文人之讽谏也。填膺之物有愤世嫉俗之堵，有济世救民之任，众人皆醉我独醒。忧怨气质，违碍思想，与个人政治坎坷关涉，与社会风气的浑浊相干。愤怒的葡萄，愤怒的小鸟，皆因愤怒的心情，遂被定性为攻讦诗书，指摘文字，而文字之累，竟致波累师生，株连亲故，破家亡命。愁多知夜长，仰观众星列，长啸一声，谁人知解。

张爱玲说鲁迅：“他很能暴露中国人性格中的阴暗面和劣根性，这一传统等到鲁迅一死，突然中断，很是可惜，因为后来中国作家，在提高民族自信心的旗帜下，走的是‘文过饰非’的路子，只说好的，不说坏的，很是可惜。”先前鲁迅自己便说过：“中国有些小说做的很坏，所谓陋儒，帮闲，好风月者为之，一类要夸学问，一类要大团圆，一类要吊膀子。前一种腐，后一种淫，中间一种混。”说的岂止是小说，有多少文字，御用帮腔，粉饰太平，有多少文字，巧设妙构，欲言又止，对客花含笑，吟诗石点头，犬儒之媚也。吴冠中所言“一百个齐白石抵不上一个鲁迅”，此中含义甚广。

诗多讽谏因天宝，道在佯狂得季真，英国小说家金斯利·艾米斯说：“如果你的写作不能让一些人厌恶，那你还不如不写。”此话针对作者而言。卡夫卡说：“我们只该读会咬痛、螫刺心灵的书。书若不能让人有如棒喝般震撼，何必浪费时间去读？好书须像把利斧，一击敲开我们冻结的心海。”此话针对读者而言。刚日读经，柔日读史，饮酒读骚，茶罢西轩读老庄，何时读此等愤怒文章？

“世事莫论量，今古都输梦一场。笑煞利名途上客，干忙。千丈红尘两鬓霜。”功名一戏，过眼云烟，既如此，何须愤怒；白云在天，明月在地，既如此，何要憋屈。美人色衰，依旧一往情深，社稷变迁，仍然一意孤行。情深者羁绊，悱恻绸缪，秋叶恋树；孤行者独立，挣脱钳制，野鸟离笼。独立者，谋道不谋食，甚至与自己也保持着距离。大诗人穷途一路，甘愿掌灯前行，好文章性苦味涩，须沉潜玩索，究到极处，道理既狭洽于心，眼前豁然开朗。

好文章无法悦读，不忍卒读。画者不哭观者哭，墨点不多泪点多，动心之处，岂在巧作。好文章似酒，捧读而醉，回味即酡，真醇之液耳。

文字还是过去的好

语言铭烙时代印记，先秦文，六朝文，唐宋文，明清文，各有高妙境界。其中原因多多，乃一专门学问，总之反映着那个时代的文化特质。

有不同之处，便有相似之点。傅斯年尝言："中国文最大的毛病是面积惟求铺张，深度却非常浅薄。六朝人做文只知铺排，不肯一层一层地剥进。唐宋散文家的制作，比较好一点，但是依然不能有很多层次，依然是横里伸张。以至于清朝的八股文、八家文，都是'其直如矢，其平如底'，只多单句，很少复句；层次极深，一本多枝的句调，尤其没有了。"锦绣黼黻，铺张文风，内有居心，暗存自得，子虚上林之奢，歌功颂德之嫌矣。

时代前提下，元轻白俗，郊寒岛瘦，尚有个体之差异，董桥分析民初白话文："胡适的文章，白话文够好了吧，干干净净流水一样，但是就缺了文采，他不太注意调句子。鲁迅懂，鲁迅故意把一些句子调来调去。周作人写的那种半文言半白话，是另外一种意境。”雨送添砚水，竹供扫榻风，俱因清新自在；停之如栖鹄，挥之如惊鸿，皆似仙界中来。

政治化语言，是这个时代的表象。我小学所读，皆口号语录，稍长习作文，大批判体。虽为俗人，不染俗乐，凡世所欲，有避无就，在之后的几十年里，刻意摆脱之，存心蝉蜕之，无奈此般印记，犹纹色在肤，革面不去。汪曾祺《与友人谈沈从文》云：“现代文学史（包括古代文学史也一样）不是文学史，是政治史，是文学运动史，文艺论争史，文学派别史。”情动于中而形于言，语言暴力，皆隐于戾气之中。钱锺书《围城》里说，“对于丑人，细看是一种残忍——除非他是坏人，你要惩罚他”，对于文字亦然，冯小刚电影常以“文化大革命”语句为噱头，取悦观众，我却笑不起来，但所有玩笑的背后，皆有认真的成分。顾彬说“二战”后，德国作家意识到必须重新学习德文，因为先前的德语已被政治错误污染了。同样情形，汉语也有被政治重度污染的历史。

语言从政治，为一种不自觉习惯，可测得所处时代政治化程度之高低。一切围绕政治，语言自不脱干系，文人不独立，语言自依附。语言之外，其他文化形态亦如此。国之哲学，昔人皆知，何以今人懵懂？哲学因离政治太近，而成御用工具，时而注解政治，时而训诂政策，媚俗随波，甜熟趋时，唯恐精明不至，竟诠释起了领导人言论，政治风向旦转，竟也不假思索跟变。学问可以托身，不可牟利，忠于己之信念与价值，即为诚实。声色娱情，弄臣之擅长，名节至大，名是而实非，为后人所不齿。何时国人的文化生活，高于政治生活，生活兴致，高于政治兴致，真就进步了。

时下社会，向利而生者众，消费欲望、金钱欲望超越精神欲望，必也带来文艺上的变故。一位画家年老后，不愿再动笔，其曰：“一提笔作画，便想这幅能卖多少钱，而求画者想的也是价值几何。眼蒙灰尘，逸不高华，胸沉渣滓，趣不淡泊，画得实在没意思。”

有伟大的诗歌，必有伟大的读者，时下鲜有好文字，是否也与缺少好读者有关，我看主要是没有好作家，李白当年谪夜郎，中原不复汉文章。所谓好作家，能够点化俗情、摆脱世故者也。若说文字，还是过去的好。

后记

上辈子做坏事，这辈子做电视；上辈子作恶多，这辈子做广播；上辈子太无耻，这辈子做报纸；上辈子太放肆，这辈子做杂志；上辈子不学好，这辈子做编导；上辈子不像样，这辈子做摄像；上辈子不好惹，这辈子做记者；上辈子老犯错，这辈子做网络。此媒体人之戏谑，虽排调打趣，却内含隐情。

锄禾日当午，不如编辑苦，对着专题页，一哭一下午。我的感受是，百遍纵或未能，三复必不可少，一日改稿校雠下来，回家躺倒闷头便睡，夜半忽惊起，尚有一字不安、一词不妥。待到出版之日，忐忑烦躁，惴惴不安，但还是留下了诸多遗憾，白纸黑字，懊恼不已，不畏人知畏己知，真真不想干了。负重涉远，不择地而休；家贫亲老，不择薪而职。翌日，便又按时端坐于办公桌前，呕心文字，重复既往，一切如旧顺延。行行重行行，嗟乎蜀道难，此编辑之难也。我所供职的《编辑之友》，乃一家专为出版传媒者办的杂志，做编辑的编辑，仅校对一项，似乎更为严格，唯恐遗人把柄，贻笑大方，所以也就更加的费心。

朱子曰：“怒于甲者，不移于乙；过于前者，不复于后。”不迁怒，不二过，说来容易。司空见惯，熟视无睹，手指间流走者，皆低级错误。每个人都有走不出的死角，蒲团坐破，不得此道，职业麻痹，可见一斑。

不是所有的爱好都可用来养家糊口，安身立命，编辑职责在于条分缕析，整理文字，而我业余状态的写作，只将其作为调剂身心之方式，而此方式恰能为我带来快乐。一往情深诵读，半生乐事诗书，自由之心做喜爱之事，不为功利支配。简单之事重复做，便成了专家，重复之事用心做，便成了赢家，而写作之事虽重复往还，却因各存主题，未有重复之感。朱光潜尝言：“大学国文不是中国的学术思想，也还不能算是中国文学，他主要的是一种语文训练。”其实，写作就是编辑的一种训练。再则，进入知命之年，已显老态，新知识记不住，旧记忆渐流失，浓尽必枯，淡者屡深，而一些早有的想法，终日萦绕脑际，辗转绞思，没完没了，不吐不快。不付诸文字，便会匿迹于无形，不知不觉，无影无踪，怪可惜。

不为无益之事，何以遣有涯之生？不与人物接，不与山海游，写作消磨了我大部分的业余时间。既非专业，便属业余，业余者，不计得失，也不计成本。但得夕阳无限好，何须惆怅近黄昏，每天码些文字，似有所获，便觉问心无愧，心安理得。忙起来仿佛什么都存在，闲下来才知什么都没有。本书选文皆与编辑有关，算是扣了“编辑学人丛书”之题。

感谢山西教育出版社诸位同仁的鼓励，使我了此心愿。感谢责任编辑刘继安为此书出版付出的辛苦。

作者

丙申霜降